Giorgio Scerbanenco

Das Mädchen aus Mailand

Roman

Aus dem Italienischen von Christiane Rhein

Ihr persönliches Leseexemplar

Gebunden ca. DM 38,00
Erstverkaufstag 20. August 2001
Wir bitten Sie, Rezensionen nicht vor
dem Erstverkaufstag zu veröffentlichen.

Kremayr & Scheriau

Die Originalausgabe erschien 1966 unter dem Titel »Venere privata«
bei Garzanti Editore, Mailand

Umwelthinweis:
Dieses Buch und der Schutzumschlag
wurden auf chlorfreiem Papier gedruckt.
Die Einschrumpffolie (zum Schutz vor Verschmutzung)
ist aus umweltschonender und recyclingfähiger PE-Folie

Kremayr & Scheriau
ist ein Unternehmen der Verlagsgruppe Bertelsmann

1. Auflage

Satz: Uhl + Massopust, Aalen
Druck und Bindung: GGP Media, Pößneck
ISBN 3-218-00695-3
Printed in Germany

PROLOG

für eine Verkäuferin

Ihr Name?«

»Marangoni, Antonio, ich wohne dort hinten, in Cascina Luasca. Seit über fünfzig Jahren fahre ich jeden Morgen mit dem Fahrrad nach Rogoredo.«

»Vergeude deine Zeit doch nicht mit diesen alten Leutchen. Lass uns lieber zur Zeitung zurückfahren.«

»Aber er hat das Mädchen doch gefunden, er kann sie uns beschreiben, sonst müssen wir noch im Leichenschauhaus vorbei, und wir sind sowieso schon spät dran.«

»Ich habe sie gesehen, als der Krankenwagen kam. Sie hatte ein hellblaues Kleid an.«

»Hellblaues Kleid. Haare?«

»Dunkel, aber nicht schwarz.«

»Sie hatte eine große Sonnenbrille auf, mit runden Gläsern.«

»Sonnenbrille mit runden Gläsern.«

»Vom Gesicht war kaum etwas zu erkennen, es war von den Haaren verdeckt.«

»Weitergehen, hier gibt es nichts zu sehen.«

»Hier gibt es nichts zu sehen, der Polizeibeamte hat Recht. Lass uns zur Zeitung zurückfahren.«

»Weitergehen, weitergehen. Müsst ihr denn nicht zur Schule?«

»Stimmt, hier wimmelt es von Kindern.«

»Als ich hier vorbeikam, roch es nach Blut.«

»Was sagten Sie, Signor Marangoni?«

»Es roch nach Blut.«

»Klar, sie ist schließlich verblutet.«

»Es roch nach gar nichts, es war ja schon viel zu viel Zeit vergangen. Wir sind mit dem Lieferwagen hier vorbeigekommen.«

»Was sagen Sie denn dazu, Herr Wachtmeister?«

»Auf der Wache wird man Ihnen sagen, was Sie wissen wollen. Meine Aufgabe ist es, das Gesindel hier zurückzuhalten, und mit Zeitungsreportern rede ich nicht. Aber nach Blut hat es bestimmt nicht gerochen, das ist gar nicht möglich.«

»Ich habe es aber gerochen, und ich habe eine gute Nase. Ich bin vom Fahrrad gestiegen, weil ich Wasser lassen musste. Das Fahrrad habe ich auf die Erde gelegt.«

»Erzählen Sie weiter, Signor Marangoni.«

»Ich bin auf die Büsche zugegangen, genau auf die dort, und da habe ich den Schuh gesehen, also den Fuß.«

»Weitergehen, weiter, hier gibt es nichts zu sehen. So viele Leute nur wegen einem leeren Stückchen Wiese.«

»Zuerst habe ich nur den Schuh gesehen, aber nicht, dass ein Fuß darin steckte. Ich habe die Hand nach dem Schuh ausgestreckt.«

»Alberta Radelli, dreiundzwanzig Jahre, Verkäuferin, gefunden in Metanopoli, Ortsteil Cascina Luasca. Der Leichnam wurde morgens um halb sechs von Signor Antonio Marangoni entdeckt. Hellblaues Kleid, Haare dunkel, aber nicht schwarz, Sonnenbrille mit runden Gläsern. Ich gehe jetzt telefonieren und gebe das schon mal durch, und dann hole ich dich hier ab.«

»Und da habe ich gemerkt, dass in dem Schuh ein Fuß steckte, und habe einen fürchterlichen Schreck bekommen. Und dann habe ich das ganze Gestrüpp zur Seite geschoben und sie entdeckt. Man sah sofort, dass sie tot war.«

ERSTER TEIL

Das Leben eines Menschen zu erzählen – ist das nicht wie beten?

1

In den drei Jahren Gefängnis hatte er gelernt, sich die Zeit mit einfachen Mitteln zu vertreiben. Die ersten zehn Minuten beschränkte er sich allerdings darauf, eine Zigarette zu rauchen, ohne sich dabei irgendein Spielchen auszudenken. Als er den Zigarettenstummel aber auf den Kiesweg schnipste, dachte er daran, dass die Zahl der Steinchen auf den Wegen dieses Gartens eine endliche Zahl war. Auch die Summe aller Sandkörner an allen Stränden der Welt konnte man ausrechnen; auch das war eine endliche Zahl, wenn auch eine sehr hohe, und so begann er zu rechnen, den Blick auf den Weg geheftet. Auf fünf Quadratzentimetern mussten sich im Durchschnitt achtzig Steinchen befinden. Dann überschlug er die Fläche der Gartenwege, die zu der Villa vor ihm führten, und kam zu dem Schluss, dass der Kies dieser Wege, der aus unendlich vielen Steinchen zu bestehen schien, gerade einmal die lächerliche Zahl von einer Million und sechshunderttausend erreichte, plus minus zehn Prozent.

Plötzlich knirschte der Kies, und er schaute einen Augenblick auf. Aus der Villa war ein Mann getreten, der über den breitesten Weg auf ihn zukam. Bis er ihn erreichen würde, konnte er noch ein Spielchen machen, und so blieb er mit gebeugtem Rücken auf der

Betonkonsole sitzen, die als Bank diente, und hob eine Hand voll Kies auf. Das Spiel bestand darin, die Antworten auf zwei Fragen zu erraten: erstens, ob die Zahl der Steinchen gerade oder ungerade war, und zweitens, ob sie größer oder kleiner als eine bestimmte Zahl, zum Beispiel zwanzig, war. Waren beide Antworten richtig, hatte er gewonnen. Er beschloss, dass die Zahl der Steinchen in seiner Faust gerade sein musste und kleiner als zwanzig. Er öffnete die Hand und zählte nach: Gewonnen! Es waren achtzehn Steinchen.

»Entschuldigen Sie, dass ich Sie habe warten lassen, Doktor Lamberti.« Die Stimme des Mannes, der nun vor ihm stand, war würdevoll und müde zugleich, die Stimme eines erschöpften Herrschers. Die Hose – denn das war das Einzige, was er bei seiner gebeugten Haltung sehen konnte – lag eng an den mageren Beinen an, eine Hose, wie die jungen Leute sie tragen, doch dieser Mann war nicht jung, wie er sah, als er sich erhob, um die ausgestreckte Hand zu schütteln, und wie er ja auch bereits wusste. Vor ihm stand ein nicht sehr großer, aber kräftiger alter Mann, die Haare ganz kurz geschoren, das Kinn vollkommen glatt rasiert, die Hand klein, aber stahlhart.

»*Buonasera*«, antwortete er dem kleinen Herrscher, »angenehm.« Im Gefängnis hatte er gelernt, keine Worte zu verschwenden. Im Prozess, als die Nichte von Signora Maldrigati weinte und jammerte, dass ihre Tante umgebracht worden sei, aber mit keinem Wort die Millionen erwähnte, die sie von ebendieser Tante geerbt hatte, wollte er reden, doch sein Verteidiger hatte ihm fast mit Tränen in den Augen zugeflüstert, er solle bloß nichts sagen, nicht ein einziges Wort, denn sonst hätte er die Wahrheit gesagt, und die Wahrheit ist der Tod; alles darf man sagen, bloß nicht die Wahrheit. Nicht vor Gericht. Nicht in einem Prozess. Und auch nicht im Leben.

»In Mailand ist es heiß«, sagte der kleine Mann und setzte sich neben ihn auf die Betonkonsole. »Hier in der Brianza hingegen ist es immer angenehm kühl. Kennen Sie die Brianza?«

Mit Sicherheit hatte er ihn nicht kommen lassen, um ihm einen Vortrag über das Brianzer Klima zu halten. Wahrscheinlich wollte er erst mal ein wenig unverbindlich mit ihm plaudern. »Ja«, antwortete er, »als Junge bin ich manchmal mit dem Fahrrad hierher gekommen. Canzo, Asso, der See.«

»Mit dem Fahrrad«, sann der kleine Mann, »auch ich war als junger Mann manchmal mit dem Fahrrad hier.«

Das Gespräch schien beendet. Der Garten lag um diese Stunde schon fast im Dunkeln, in der Villa gingen einige Lichter an, ein Bus, der auf der zwanzig Meter tiefer liegenden Straße vorbeifuhr, hupte eine Melodie, die an Wagner erinnerte.

»Diese Gegend ist aus der Mode gekommen«, fing der Kleine wieder an, »heute fährt man an die Côte d'Azur oder zum Sonnenbaden auf die Inseln, obwohl wir hier in der Brianza, eine halbe Autostunde von Mailand entfernt, eine Luft haben wie auf Tahiti. Ich glaube, das liegt daran, dass die Leute sich gern von ihrem Wohnort entfernen. Ein Ort in der Nähe ist einfach nicht attraktiv. Für meinen Sohn etwa ist diese Villa eine Art Gefängnis; wenn ich ihm sage, er soll mich besuchen, tut er, als müsse er eine Strafe abbüßen. Vielleicht hat er ja Recht: Es ist zwar angenehm kühl, aber auch etwas langweilig.« Inzwischen war es fast ganz dunkel, nur die erleuchteten Fenster der Villa spendeten noch etwas Licht. Mit veränderter Stimme fügte der kleine Mann hinzu: »Hat man Ihnen gesagt, Doktor Lamberti, weshalb ich Sie hierher gebeten habe?«

»Nein«, antwortete er, man hatte es ihm nicht gesagt. Man hatte ihm allerdings erklärt, wer dieser Mann war, der sich so einfach und anspruchslos gab: einer der fünf großen, italienischen Plastikexperten, Ingenieur Pietro Auseri, schon über fünfundfünfzig, ein Künstler der Materie, fähig, alles und jedes zu Plastik zu machen; eine spezielle Plastiksorte war sogar nach ihm benannt, Auserol. Er besaß drei verschiedene Diplome, sein Vermögen musste beträchtlich sein, doch offiziell war er nur der Inhaber eines alten Ingenieurbüros in einer alten Straße im Herzen Mailands.

»Ich dachte, man hätte Ihnen angedeutet, worum es geht«, bemerkte der Kleine. Die Müdigkeit war aus seiner Stimme verschwunden, sie klang nun gebieterisch, das Wetter und der Tourismus waren kein Thema mehr.

»Mir wurde gesagt, ich könne hierher kommen, um eine Arbeit für Sie zu übernehmen«, antwortete er. Jetzt war es ganz dunkel, in der Villa gingen noch ein paar Lichter an, ein fahler Schein fiel zu ihnen herüber.

»Ja, in gewisser Hinsicht handelt es sich um eine Arbeit«, bestätigte Auseri. »Haben Sie etwas dagegen, wenn wir zum Reden hier sitzen bleiben? Im Haus ist nämlich mein Sohn, und ich möchte, dass er Ihnen erst hinterher begegnet.«

»Mir ist es recht.« Der kleine Alte gefiel ihm, er war bestimmt kein Scharlatan. In den letzten Jahren hatte er ganze Heerscharen von Scharlatanen getroffen, im Gefängnis und auch außerhalb, er konnte sie inzwischen fast am Geruch erkennen, am kleinen Finger oder an einem Härchen ihrer Augenbrauen.

»Sie sind Arzt«, sagte Auseri.

Er antwortete nicht sofort, sondern wartete einen Moment. In der Dunkelheit und Stille wurde die Pause immer länger. »Ich *war* Arzt. Man hätte Sie darüber informieren müssen.«

»Sicher«, bestätigte Auseri, »aber Sie sind doch auch weiterhin ein Arzt. Und ich brauche einen Arzt.«

Er zählte die erleuchteten Fenster der Villa: Es waren acht, vier im Erdgeschoss und vier im ersten Stock. »Ich darf meinen Beruf nicht mehr ausüben. Ich darf nicht einmal mehr eine Spritze geben, genauer gesagt: Gerade Spritzen darf ich nicht mehr geben. Hat man Ihnen das nicht mitgeteilt?«

»Doch, alles hat man mir gesagt, aber das ist nicht von Wichtigkeit.«

Merkwürdig. Er widersprach: »Wenn Sie einen Arzt brauchen und sich an jemanden wenden, dem die Zulassung entzogen wurde und der Ihnen nicht einmal ein Aspirin verschreiben darf, so muss das ja wohl von einer gewissen Wichtigkeit sein.«

»Nein«, entgegnete der Herrscher mit gebieterischer Freundlichkeit. In der Dunkelheit hielt er ihm ein Päckchen Zigaretten hin: »Rauchen Sie?«

»Ich war im Gefängnis, drei Jahre.« Er nahm eine Zigarette, und Auseri gab ihm Feuer. »Wegen Mord.«

»Ich weiß«, antwortete Auseri, »doch das ist nicht wichtig.«

Gut, mag sein, dass überhaupt nichts wichtig ist.

»Mein Sohn ist Alkoholiker«, sagte Auseri in die Dunkelheit hinein und zog an seiner Zigarette. »Jetzt ist er gerade in seinem Zimmer oben, dem einzigen erleuchteten Raum im ersten Stock. Es muss ihm gelungen sein, ein paar Flaschen Whisky vor mir zu verstecken, und so heizt er sich jetzt ein, während er darauf wartet, dass wir hereinkommen.«

Seiner Stimme konnte man anhören, dass es wohl doch etwas gab, was für ihn wichtig war, nämlich sein Sohn.

»Er ist zweiundzwanzig«, fuhr Auseri fort, »fast zwei Meter groß und wiegt ungefähr neunzig Kilo. Bis letztes Jahr hat er mir nicht viel Kopfzerbrechen bereitet, nur sein Mangel an Intelligenz machte mich ein wenig traurig. Zur Universität konnte ich ihn nicht schicken, und durch das Abitur habe ich ihn nur gebracht, weil ich seine Lehrer systematisch bestochen habe. Außerdem ist er willensschwach und äußerst schüchtern. Bei uns sagt man: groß, aber Kamuffel.«

Groß, aber dumm. Auseris verbitterte Stimme schien aus dem Nichts zu kommen.

»Doch das hat mich nicht weiter gestört«, fuhr Auseri fort. »Mir liegt nichts an den kleinen Freuden, die ein genial veranlagter Sprössling seinen Eltern bereiten kann. Mit neunzehn habe ich ihn als Lehrling zu Montecatini geschickt. Er hat alle Büros und Abteilungen durchlaufen. Viel gelernt hat er dabei zwar nicht, aber es ging immerhin vorwärts. Letztes Jahr hat er dann mit dem Trinken begonnen. Anfangs gelang es ihm noch, seine Sucht einigermaßen zu verbergen, er kam nur viel zu spät ins Büro oder ging manchmal auch gar nicht hin. Nach einigen Monaten aber musste ich ihn zu Hause behalten, weil er sich jeden Morgen ein paar Flachmänner mit zur Arbeit nahm. Sie hören mir doch zu?«

O ja, im Gefängnis hatte er auch gelernt zuzuhören, seine Zellengenossen hatten unendlich lange Märchen zu erzählen, Märchen von ihrer Unschuld, Märchen von Frauen, die sie in den Ruin getrieben hatten, alle waren sie von Kain ermordete Abels oder von Eva verführte Adams. Der Ingenieur hingegen erzählte etwas anderes, etwas Wahres, etwas, das schmerzte, und er hörte ihm wirklich zu. »Natürlich«, bestätigte er.

»Ich muss Ihnen ein paar Einzelheiten mitteilen, damit Sie begreifen, wie die Dinge liegen«, erklärte Auseri. Die Stimme in der Dunkelheit verlor nicht etwa ihren gebieterischen Ton, sondern wurde eher noch eindringlicher. »Mein Sohn betrinkt sich dreimal täglich. Beim Mittagessen ist er bereits vollkommen zu, isst fast nichts und schläft hinterher ein. Nachmittags betrinkt er sich ein zweites Mal und schläft dann bis zum Abendessen. Bei dieser Mahlzeit isst er, beginnt allerdings auch, sich zum dritten Mal zu betrinken, und schläft hinterher in seinem Sessel ein. Und so geht das nun tagaus, tagein, seit fast einem Jahr, außer ich denke mir etwas ganz Konkretes aus, um ihn daran zu hindern.«

Für einen Zweiundzwanzigjährigen hatte diese Art, sich zu betrinken, etwas Unheimliches. »Sie haben sicher einiges unternommen, um ihn am Trinken zu hindern.« Ihm war noch nicht klar, was man von ihm erwartete, aber er wollte höflich sein. »Sie werden ihm den Umgang mit den Freunden untersagt haben, in deren Gesellschaft er trinkt.«

»Mein Sohn hat keine Freunde«, widersprach Auseri, »er hat nie welche gehabt, nicht einmal in der Grundschule. Er ist ein Einzelkind. Ich bin seit elf Jahren Witwer, aber trotz meines Berufs habe ich ihn nie einer Gouvernante oder Hauslehrerin anvertraut. Ich kenne ihn gut, er hat sich noch nie mit Freunden getroffen, um ins Schwimmbad zu gehen, Tennis zu spielen oder abends auszugehen. Seit er sein Auto hat, benutzt er es ausschließlich, um allein über die Autobahn zu brausen. Das einzig Normale an ihm ist dieser Geschwindigkeitswahn. Früher oder später wird er sich zu Tode rasen, und damit wäre dann auch das Alkoholproblem gelöst.«

Er wartete, dass der verbitterte Ingenieur weitersprechen würde. Er musste lange warten. »Ich habe einiges getan, um ihn vom Trinken abzubringen.« Auseri begann, seine Anstrengungen aufzuzählen, als würde er die Posten einer miserablen Bilanz angeben. »Zunächst habe ich mit ihm gesprochen: die Methode der Überzeugung. In meinem ganzen Leben habe ich zwar kein einziges Mal erlebt, dass sich jemand in irgendeiner Hinsicht von Worten hätte überzeugen lassen, aber ich musste es zumindest versuchen. Die Psychologen behaupten ja, dass man Jugendliche nicht zwingen, sondern sie lieber überzeugen soll. Der Whisky hat meine Überzeugungsarbeit allerdings regelmäßig zunichte gemacht. Ich redete, und er trank. Dann habe ich es mit der Methode der Verbote versucht. Kein Geld, ständige Überwachung. Fast zwei Wochen war ich mit ihm zusammen und habe ihn keine Sekunde aus den Augen gelassen, wir waren in St. Moritz, stundenlang haben wir den Schwänen auf dem See zugeschaut, mit dem Regenschirm in der Hand, denn es regnete ununterbrochen, aber es gelang ihm trotzdem zu trinken, er trank nachts, denn wir schliefen in verschiedenen Zimmern, wahrscheinlich brachte ihm irgendein Hotelboy das Zeug heimlich, und so war er morgens immer vollkommen betrunken.«

Hin und wieder schauten sie zum einzigen erleuchteten Fenster im ersten Stock hinauf, zum Zimmer des Trinkers, aber es war nichts als das Licht zu sehen, die beleuchtete Zimmerdecke.

»Die dritte Methode, die körperliche Züchtigung, hat auch keine besseren Ergebnisse gebracht«, fuhr Auseri fort, »obwohl ich große Hoffnungen auf sie gesetzt hatte. Ohrfeigen, Faustschläge und Hiebe bringen den Menschen außerordentlich schnell dazu, darüber nachzudenken, wie er sie vermeiden kann. Immer wenn ich merkte, dass mein Sohn betrunken war, verprügelte ich ihn, und zwar nach Strich und Faden. Mein Sohn ist von Natur aus ein unterwürfiger Mensch, und außerdem hätte ich ihn fertig gemacht, wenn er versucht hätte, sich aufzulehnen. Nach den Schlägen weinte er meist und beteuerte, dass er nichts dafür könne, dass er nicht trinken wolle, aber dass er es einfach nicht lassen könne. Nach einer Weile habe ich auch diese Methode aufgegeben.«

»Haben Sie noch etwas anderes versucht?«

»Nein. Ich habe einen Arzt kommen lassen und ihm die Lage geschildert, und er hat mir gesagt, der einzige Ausweg sei, meinen Sohn zu einer Entziehungskur in die Klinik zu stecken.«

Ja, das stimmte, in der Klinik hätte man den Jungen einer Entziehungskur unterzogen, doch sobald er wieder herausgekommen wäre, hätte er erneut zu trinken begonnen. Das sagte er aber nicht – Auseri sagte es selbst.

»Ich hatte an diese Möglichkeit bereits selbst gedacht, bloß dass er nach seiner Entlassung sicher sofort wieder anfangen würde zu trinken. Wenn er allein ist, trinkt er. Er braucht Freunde – und Frauen.« Auseri bot ihm noch eine Zigarette an, gab ihm Feuer, und sie begannen wieder zu rauchen. Feuchtigkeit breitete sich aus, es war dunkel, nur die erleuchteten Fenster am Ende des Wegs spendeten etwas Licht. »Vor allem Frauen. Ich habe ihn noch nie mit einem Mädchen gesehen. Bitte verstehen Sie mich nicht falsch: Frauen gefallen ihm, das merkt man an der Art, wie er sie anschaut, und ich glaube, dass er sich nicht selten an Frauen des horizontalen Gewerbes wendet. Aber er ist zu verschlossen, um sich eine Freundin zuzulegen. Ich habe mehrmals erlebt, wie er von Mädchen umworben wurde, schließlich ist er auch eine gute Partie. Aber er wird stumm wie ein Fisch, wenn eine Frau in seine Nähe kommt, und spricht kein einziges Wort mehr. Vielleicht denken Sie jetzt, er sei nicht normal. Irrtum. Er hat seinen Militärdienst ganz regulär absolviert, und zwar als Soldat, nicht als Offizier. Anfangs wurde er ständig gehänselt, weil er sich immer abseits hielt. Doch als er dann einem Kameraden fast den Kopf einschlug und einem anderen zwei Rippen brach, verschaffte er sich schlagartig Respekt, und danach wurde er in Ruhe gelassen. Mein Sohn ist völlig normal, nur dass er von seiner Mutter einen starken Drang zum Alleinsein geerbt hat. Meine Frau war genauso, hatte keine Freundinnen, nicht einmal Bekannte, nur mit mir fühlte sie sich wohl, zu Hause; nur äußerst selten ist es mir gelungen, sie auf Empfänge oder Feste mitzunehmen. Ja, ja, so werden die schlechten Seiten vererbt, die guten hingegen gehen verloren. Das ist wohl eine Art biologischer Entropie.«

Der kleine Herrscher fuchtelte unglücklich mit der Hand in der Dunkelheit herum, doch schien diese Hand nicht lebendig zu sein, sie erinnerte eher an ein düsteres, rastloses Gespenst.

»Ich möchte jetzt einen letzten Versuch machen«, sagte Auseri. »Ich möchte jemanden an seine Seite stellen, einen Freund und Arzt, der ihm das Trinken abgewöhnt, einerlei, mit welcher Methode. Einen Begleiter, der ihn durch seine Anwesenheit ständig, Minute für Minute, am Trinken hindert, sogar auf dem Klo. Mir ist egal, wie lange er dazu braucht – und wenn es ein Jahr dauert. Und mir ist auch egal, welche Mittel er einsetzt. Meinetwegen kann er ihn zu Tode prügeln: lieber tot als Alkoholiker.«

Im Gefängnis wird man klug, und Worte erhalten großes Gewicht – die gesagten und die gehörten. In der Freiheit hingegen, wo es keine Zensur gibt, wird oft leichtfertig mit Worten umgegangen, und auch dem Zuhören wird kein großes Gewicht beigemessen: Man redet und redet, ohne eigentlich zu wissen, was man sagt, und man hört zu, ohne zu begreifen. Mit Auseri aber war es anders. Und deshalb gefiel Auseri ihm, und auch wegen dieses Schmerzes und dieser Bitterkeit, die unter seinem gebieterischen Wesen verborgen lagen. Er erwiderte »Und dieser Jemand, dieser Freund und Arzt für Ihren Sohn, soll ich sein.«

»Ja, dieser Gedanke ist mir gestern gekommen. Kommissar Carrua ist ein Freund von mir, er weiß von dieser Geschichte. Gestern musste ich ins Kommissariat, und da habe ich bei ihm vorbeigeschaut. Er hat mir von Ihnen erzählt und mich gefragt, ob ich Ihnen eine Arbeit bei Montecatini verschaffen könne. Ja, natürlich könnte ich Ihnen dort auch eine Schreibtischarbeit vermitteln. Aber dann ist mir der Gedanke gekommen, dass jemand wie Sie mir mit meinem Sohn helfen könnte.«

O ja, jemand, der erst seit drei Tagen aus dem Gefängnis heraus ist, ist natürlich bereit, jedem zu helfen, alles zu tun, jedes Lied mitzusingen. Dank Carrua war er allerdings in der glücklichen Lage, bereits eine ganze Palette von Wahlmöglichkeiten zu haben. Carrua hatte für ihn nämlich auch eine Stelle als Pharmavertreter gefunden, eigentlich ein idealer Beruf für einen Arzt, dem die Zulassung entzogen worden war, ein Köfferchen mit Schachteln und Döschen, ein Auto, auf dem Ciba oder PharmItalia stand, immer unterwegs zu den Ärzten und Apothekern der Region, das war ja fast besser, als den Arztberuf auszuüben. Wollte er hingegen lieber etwas Ausgefalleneres tun, konnte er Ingenieur Auseris Angebot annehmen und sich seines dem Alkohol verfallenen Sohnes annehmen, ihn heilen, entgiften, sich einer für das Individuum und die Gesellschaft nützlichen Arbeit widmen. Hatte er den Schwung für heilbringende Werke dieser Art allerdings eingebüßt, konnte er Auseri immer noch um die Arbeit bei Montecatini bitten: Ein Schreibtisch ganz hinten in einem der vielen sauberen Büros käme dem engstirnigen Egoismus und der fehlenden Tatkraft eines Mannes, der an nichts mehr glaubt, sicherlich entgegen.

Im Gefängnis wird man leider auch empfindlich und reizbar. Doch trotz seiner Gereiztheit fragte er ruhig: »Wie kommen Sie denn ausgerechnet auf mich? Es gibt doch genug andere Ärzte, die sich um Ihren Sohn kümmern könnten.«

»Das glaube ich kaum«, antwortete Auseri. Auch er war gereizt. »Ich brauche jemanden, dem ich restlos vertrauen kann. Nach dem, was Dr. Carrua von Ihnen erzählt hat, schenke ich Ihnen vollstes Vertrauen. Ich verlasse mich dabei ganz auf meine Intuition. Auch vorhin, als ich Sie hier sitzen sah, mit den Steinchen in der Hand, habe ich sofort gedacht, dass ich Ihnen wirklich vertrauen kann.«

Dieser Worte waren nicht einfach so dahingesagt, er hörte es am Tonfall. Sein Ärger verrauchte, er fand es schön, mit einem richtigen Mann zu reden, nachdem er es mit so vielen Narren zu tun gehabt hatte – mit dem Oberarzt der Klinik zum Beispiel, dem mit dem Käppi, der beim Operieren ständig unanständige Witze erzählte, oder mit dem Staatsanwalt, der bei seinem Schlussplädoyer immer den Kopf schüttelte, wenn er seinen Namen aussprach: »... ich verstehe nicht, wie Dr. Duca Lamberti«, Kopfschütteln, »eine so kindische Version dieses Falls vertreten kann. Dr. Duca Lamberti«, Kopfschütteln, »ist entweder weit naiver oder weit schlauer, als er vorgibt. Dr. Duca Lamberti«, abermaliges Kopfschütteln – was für ein Hampelmann! Auseri hingegen war ein Mann, und er hörte ihm gern zu.

»Jeder andere Arzt würde die Situation ausnutzen und versuchen, auf diese Weise von sich reden zu machen«, sagte Auseri. »Bisher ist der Alkoholismus meines Sohnes noch eine Privatangelegenheit, von der nur wenige enge Freunde wissen. Wenn ich mich an einen x-beliebigen Arzt wende, wird die Sache umgehend zum Gegenstand des Klatsches in den Mailänder Salons. Sie hingegen werden nicht reden, sondern handeln, falls Sie mein Angebot annehmen. Jeder andere Arzt würde nach einer Woche genug haben, den Jungen mit Tabletten oder Spritzen ruhig stellen und ihn dann sich selbst überlassen – und sofort würde er sich wieder betrinken. Ich möchte aber keine Tabletten oder Spritzen. Ich brauche einen Freund und strengen Hüter für meinen Sohn.

Es ist mein letzter Versuch. Wenn er fehlschlägt, gebe ich auf, lasse den Jungen entmündigen und zerbreche mir nicht weiter den Kopf darüber.«

Nun war er an der Reihe. Wie spät war es eigentlich, und wo befanden sie sich überhaupt? In einem dunklen, feuchten Winkel der Brianza, auf dem Kamm eines Hügels, vor einer Villa, die auf sie zuzugleiten schien und in der ein junger Mann an einer Whiskyflasche hing – dort waren sie. »Ich muss Ihnen ein paar Fragen stellen«, begann er.

»Natürlich.«

»Sie sagten, dass Ihr Sohn seit einem Jahr unmäßig trinkt. Hat er vorher überhaupt nicht getrunken? Hat er völlig unvermittelt damit begonnen?«

»Nein, auch vorher hat er manchmal getrunken, aber da war es die Ausnahme. Er betrank sich vielleicht zwei- oder dreimal im Monat, nicht mehr. Ich möchte ja nicht übel von seiner verstorbenen Mutter reden, aber diese Tendenz hat er von ihrer Seite geerbt.«

»Sie sagten außerdem, Ihr Sohn habe keine Freunde oder Freundinnen. Heißt das, dass er normalerweise allein trinkt?«

»Ja, auch jetzt trinkt er allein, dort oben in seinem Zimmer. Er trinkt allein, weil er nie Gesellschaft hat. Er möchte keine.«

»Sie sagten, dass Ihr Sohn trotz allem ein normaler junger Mann ist. Nehmen wir einmal an, dass das stimmt. Ohne Grund fängt ein normaler junger Mann aber nicht plötzlich an, sich derart zu betrinken. Vielleicht ist ihm ja etwas zugestoßen, das ihn dazu treibt, immer mehr zu trinken. Eine Frau zum Beispiel. In Karikaturen trinken Männer meist, um eine unglückliche Liebe zu vergessen.«

Auseris Hand erhob sich erneut und flatterte durch die

schwarze Luft, dann fasste er sich ans Kinn. »Ich habe ihn danach gefragt, mithilfe eines Feuerhakens. Wir haben einen schönen, alten Kamin in unserer Wohnung in Mailand, neben dem ein alter Feuerhaken hängt. Ein Feuerhaken im Gesicht tut weh. Es ist noch nicht lange her, die Stelle an seiner Wange ist noch zu sehen. Ich habe ihn gefragt, ob eine Frau im Spiel sei, ob er Schulden habe oder ob er vielleicht eine Minderjährige überredet habe abzutreiben, doch er hat alles verneint, und ich glaube ihm, denn er ist grundsätzlich unfähig – auch im Bösen.«

Dieser Junge musste wirklich merkwürdig sein. »Entschuldigen Sie, wenn ich noch einmal nachhake, Signor Auseri, und zwar diesmal als Arzt«, als Exarzt, bitte schön, als Arzt, dem die Zulassung entzogen worden war! »Als Sie vorhin von Frauen sprachen, sagten Sie, Ihr Sohn habe nie eine Freundin gehabt und sich deshalb häufiger an Prostituierte gewandt. Es wäre doch denkbar, dass er sich durch diese Angewohnheit eine Krankheit eingefangen hat, die er für unheilbar hält, dass er nun überzeugt ist, sein Leben weggeworfen zu haben, und aus Verzweiflung darüber begonnen hat zu trinken. Syphilis ist zwar heute längst nicht mehr so erschreckend wie früher, aber ein sensibler junger Mann, der nichts davon versteht, kann deshalb trotzdem in Panik geraten.«

Aus der Dunkelheit kam die Antwort: »Das war auch mein erster Verdacht, und so habe ich ihn vor vier Monaten nochmals zum Arzt geschickt. Es wurden alle notwendigen Untersuchungen vorgenommen. Er ist absolut gesund, nicht einmal die kleinste Infektion war festzustellen.«

Die Angst vor einer Krankheit konnte also auch nicht der Grund dafür sein, dass der junge Auseri trank. »Was sagt Ihr Sohn denn dazu? Womit rechtfertigt er sich?«

»Mein Sohn ist verzweifelt und tief beschämt. Er beteuert immer wieder, er wolle nicht trinken, aber er könne einfach nicht aufhören. Jedes Mal, wenn ich ihn ohrfeige, sagt er nur: »Du hast ja Recht, du hast ja Recht«, und fängt an zu weinen.

Er musste nun zu einer Entscheidung finden. »Haben Sie Ihrem Sohn von mir erzählt?«

»Sicher.« Er benutzte dieses Wort gern, und wenn er es benutzte, dann war es nicht nur so dahin gesagt, sondern drückte eine felsenfeste Überzeugung aus. »Ich habe ihm gesagt, vielleicht würde ein besonders vertrauenswürdiger Arzt bereit sein, ihm zu helfen, und er hat mir versprochen, alles zu tun, was Sie von ihm verlangen. Und selbst wenn er es nicht versprochen hätte, hätte ich schon dafür gesorgt.«

Ah, natürlich oder, besser gesagt: »Sicher.« Was sollte er tun? Dies war keine normale Arbeit, sondern eine mühsame und komplizierte Aufgabe. Wenn er allerdings an die Pharmavertretung dachte, stieg leichte Übelkeit in ihm auf. Er versuchte, ruhig zu bleiben und sich nicht über sich selbst zu ärgern. »Es kann nicht allzu schwer sein, Ihren Sohn dazu zu bringen, dass er mit dem Trinken aufhört. In einem guten Monat bekommen Sie ihn trocken zurück. Was hingegen viel schwieriger, wenn nicht gar unmöglich erscheint, ist, ihn zu hindern, wieder damit zu beginnen, sobald er frei über sich bestimmen kann. Sein Alkoholismus ist nur ein Symptom, und wenn wir die Ursache dafür nicht herausfinden, wird er immer wieder mit dem Trinken anfangen.«

»Bringen Sie ihn zunächst einmal dazu, damit aufzuhören, dann sehen wir weiter.«

»Gut. Von mir aus kann es losgehen.« Nun war der Moment gekommen, das Opfer des Alkohols kennen zu lernen.

»Danke.« Auseri stand jedoch nicht auf, sondern wühlte in seinen Taschen. »Wenn es Ihnen recht ist, würde ich Ihnen den Jungen am liebsten gleich jetzt überlassen, dann wäre das erledigt. Ich selbst überwache ihn seit einem Monat und bin völlig erschöpft. Ihn von morgens bis abends betrunken zu sehen, ist furchtbar deprimierend. Ich habe Ihnen einen Scheck ausgestellt und etwas Bargeld für die ersten Spesen dazugelegt. Ich übergebe Ihnen jetzt meinen Sohn, und dann fahre ich umgehend nach Mailand zurück, denn morgen früh um sechs muss ich in Pavia sein. Ich habe meine Arbeit seinetwegen schon lange genug vernachlässigt, es reicht jetzt. Sie haben freie Hand: Machen Sie mit ihm, was Sie wollen!«

In der Dunkelheit konnte er weder den Scheck noch das Geld erkennen, aber das Bündel Scheine, das ihm in die Hand gedrückt wurde, war recht dick, und er steckte es in die Tasche. Ingenieur Auseri war wohl darüber informiert, dass Menschen, die aus dem Gefängnis entlassen werden, nicht über besonders viel Geld verfügen.

»Gehen wir.«

Sie setzten sich in Richtung Villa in Bewegung. Als sie eintraten, erhob sich ein junger Mann leicht schwankend aus seinem Sessel, stand jedoch gleich darauf sicher und ohne zu wanken in dem Wohnzimmer, das viel zu klein für ihn war: Mit ihm darin wirkte diese Villa wie ein Puppenhaus.

»Mein Sohn Davide. Dr. Duca Lamberti.«

2

Nun ging alles ziemlich schnell. Der kleine Kaiser mit den engen Hosen war jetzt müde, er sagte nur noch wenige Sätze, wie ein lustloser Schauspieler, sein Sohn würde sich um den Gast kümmern, es tue ihm Leid, dass er nicht bleiben könne. Er vermied es, seinen Sohn anzusehen, warf ihm nur ein flüchtiges »Ciao« hin, während er sich bereits abwandte, um seinem Gast die Hand zu reichen, und bemerkte: »Rufen Sie ruhig an, wenn es nötig ist. Ich werde allerdings in nächster Zeit nicht ganz einfach zu erreichen sein.« Das war sicher ein Euphemismus, um ihm mitzuteilen, dass er nicht gestört werden wolle. »Vielen Dank, Dr. Lamberti.« Erst kurz bevor er den Raum verließ, sah er noch einmal rasch zu dem jungen Riesen hinüber, der sein Sohn war, und in diesem Blick spiegelte sich eine ganze Palette von Gefühlen: Mitleid, Hass, tiefe Verbundenheit, Ironie, Verachtung, schmerzliche väterliche Zuneigung.

Das Knirschen der Schritte auf dem Kies, dann Stille, das verhaltene Brummen eines Motors, das dumpfe Geräusch der Reifen auf dem Weg, und dann Stille.

Sie standen eine Weile schweigend da, ohne sich genauer zu betrachten. Währenddessen schwankte Davide Auseri nur zweimal, doch mit einer gewissen Eleganz. Seine Trunkenheit hatte nichts Vulgäres, das lag wohl vor allem an seinem Gesicht. Woran erinnerte ihn dieses Gesicht nur? Er kramte in seiner Erinnerung, und endlich begriff er: Es war der Ausdruck eines Schülers, der eine wichtige Prüfung ablegen muss und keine Antwort weiß – diese Mischung aus Scheu und Beklemmung, und der mühsame Versuch, ganz natürlich zu wirken.

Er hatte ein sanftes, pagenhaftes und doch männliches Gesicht, das noch nicht vom Alkohol gezeichnet war. Seine seitlich gescheitelten dunkelblonden Haare wirkten ebenso elegant wie die zu dieser Stunde nicht mehr ganz glatt rasierten Wangen, das weiße Hemd mit den aufgekrempelten Ärmeln, in denen zwei zyklopische, mit hellem Flaum bedeckte Arme steckten, die Hose aus schwarzem Tuch und die mattschwarzen Schuhe: Vor ihm stand ein Prachtexemplar des Mailänder Geldadels mit einem Faible für das alte England, Königin der Meere, und dem Bemühen um eine britische Erscheinung, als gehöre die Hauptstadt der Lombardei ein wenig, zumindest moralisch, zum Commonwealth.

»Setzen wir uns doch«, sagte er zu Davide, der ein letztes Mal schwankte und sich dann in seinem Sessel niederließ. Sein Ton hatte eine gewisse Härte, denn obwohl er im Gefängnis gewesen war, hatte er doch sein Herz behalten, wobei er nicht so sehr an den Muskel in seiner Brust dachte als an diese auf Postkarten gedruckten Herzen, die immer noch gern und viel verkauft werden. Mit Strenge kann man sein Mitgefühl, seine Schwäche verdecken. Seelische Krankheiten können selbst einen Arzt erschüttern, und dieser Junge war sein seelisch Kranker. »Wer außer uns ist hier in der Villa?«, fragte er weiter in seinem strengen Ton.

»Also, in der Villa«, diese Prüfungsfrage war eigentlich nicht schwer, doch für den jungen Mann musste es schon eine Überwindung sein, überhaupt mit einem Unbekannten zu sprechen, »hier in der Villa – also eigentlich ist es ja eher ein Haus, nicht? – also, es gibt hier ein Hausmädchen, das ist die Frau des Gärtners, dann den Butler, und dann ist da noch die Köchin, die gerade das Abendessen zubereitet, auch wenn Papa sagt, dass man sie eigentlich nicht wirklich als Köchin bezeichnen kann, aber heutzutage muss man sich begnügen können ...« Er redete und lächelte, doch die Rolle des jungen, brillanten Gesprächspartners gelang ihm nur kläglich.

»Noch jemand?«, unterbrach er ihn barsch.

Die Augen des jungen Riesen verschleierten sich vor Angst.

»Niemand«, antwortete er schnell.

Die Lage war schwierig, er durfte jetzt beim ersten Kennenlernen keinen Fehler machen, der Junge war betrunken, aber dennoch vollkommen klar. »Versuchen Sie, keine Angst vor mir zu haben, sonst hat das alles keinen Sinn.«

»Ich habe keine Angst«, entgegnete er und schluckte vor Angst.

»Es ist vollkommen normal, dass Sie Angst haben. Sie haben mich noch nie gesehen und wissen, dass Sie tun müssen, was immer ich von Ihnen verlange. Diese missliche und beängstigende Lage hat Ihr Vater so gewollt. Ich möchte meine Arbeit dann auch gleich damit beginnen, Ihren Vater schlecht zu machen, wenn Sie nichts dagegen haben.« Der junge Mann zeigte nicht einmal den Anflug eines Lächelns, noch nie hat eine schnodderige Bemerkung des Lehrers einen durchgefallenen Prüfling zum Schmunzeln gebracht. »Ihr Vater hat Sie immer klein gemacht und Ihnen seinen Willen aufgezwungen, er hat Sie daran gehindert, erwachsen zu werden. Ich bin hier, um Ihnen zu helfen, vom Trinken loszukommen, und das ist an sich auch nicht allzu schwer. Ihr eigentliches Problem liegt aber woanders. Man behandelt seinen Sohn nicht, als wäre er ein Kind, dem man Tischmanieren beibringen muss. Ihr Vater hat diesen Fehler gemacht, und ich kann und will das nicht wieder gutmachen. Sobald Sie nicht mehr trinken, gehe ich wieder, und das wird für uns beide eine Befreiung sein. Versuchen Sie deshalb, möglichst wenig Angst zu haben. Außerdem gehen mir Leute, die sich vor mir fürchten, auf die Nerven.«

»Ich habe keine Angst vor Ihnen, Doktor Lamberti.« Seine Furcht schien immer größer zu werden.

»Ist schon gut. Und lassen Sie das ›Doktor‹ weg. Ich bin zwar kein Freund von Vertraulichkeiten, vor allem, wenn man sich kaum kennt, aber in diesem Fall ist es wohl notwendig. Wir werden uns siezen, aber wenn nötig den Vornamen benutzen.« Es wäre ein Fehler gewesen, ihm schön zu tun und um seine Freundschaft zu buhlen. Der Junge war intelligent und sensibel und hätte nie an eine so spontane Freundschaft geglaubt. Es war besser, bei der Wahrheit zu bleiben, auch wenn er immer das Flüstern seines Anwalts im Ohr hatte: Nie, nie, niemals die Wahrheit, lieber Tod als Wahrheit.

Eine alte Bedienstete kam herein, sie wirkte wie eine Bäuerin, die irrtümlicherweise in die Villa gelangt und nun über diesen unerwarteten Zwischenfall verärgert war. Säuerlich fragte sie, was sie zum Abendessen servieren solle und für wie viele Personen. »Es ist bereits halb neun«, fügte sie fast bissig hinzu.

Selbst dieses Problem verdunkelte den Blick des traurigen Pagen, und so musste er es für ihn lösen. »Wir gehen auswärts essen. Sie können dem Personal frei geben.«

»Wir gehen auswärts essen«, wiederholte Davide, worauf das mürrische Individuum sie noch einmal gallig anschaute und dann genauso beiläufig, wie es gekommen war, aus dem Wohnzimmer verschwand.

Doch bevor er diesen riesigen Jungen ausführte, wollte er ihn untersuchen, und so ließ er sich von ihm in den ersten Stock führen, in sein Zimmer, und forderte ihn auf, sich auszuziehen. Bald stand Davide Auseri im Slip vor ihm, doch er bedeutete ihm, auch diesen abzulegen. Nackt war er noch eindrucksvoller, es kam ihm vor, als stünde er vor Michelangelos David in Florenz, nur dass dieser hier ein kleines bisschen fülliger war.

»Ich weiß, dass das unangenehm ist, aber drehen Sie sich bitte um, und gehen Sie ein paar Schritte.«

Er gehorchte wie ein Kind, schlimmer, wie eine ferngesteuerte Maus, deren Bewegungen durch fremde Impulse vorgegeben sind. Nur die Drehung um sich selbst fiel ihm schwer, und er schwankte heftig.

»Das reicht. Legen Sie sich bitte auf das Bett.« Wenn man von den motorischen Störungen absah, die auf den Alkoholgrad in seinem Blut zurückgingen, war sein Gang vollkommen normal. Er tastete die Leber ab. Soweit er das mit dieser einfachen Methode feststellen konnte, hätte es auch die Leber eines Abstinenzlers sein können. Er begutachtete die Zunge: perfekt. Er untersuchte seine Haut, Quadratzentimeter für Quadratzentimeter: perfekt. Sah man von ihrer männlichen Festigkeit einmal ab, hätte es die reine, elastische Haut einer schönen Frau sein können. Der Alkohol brauchte wohl seine Zeit, um an diesem Monument von Körper seine Spuren zu hinterlassen.

Aber vielleicht gab es ja irgendwelche verborgenen Schäden. »Bleiben Sie bitte auf dem Bett liegen, und sagen Sie mir, wo ich eine Nagelschere finde«, sagte er.

»Im Bad, das ist die Tür gleich nebenan auf dem Flur.«

Er kam mit der Nagelschere zurück und begann, ihn mit einer oder beiden Spitzen der Schere leicht in die Füße, die Fußgelenke und die Beine zu pieksen. Die Reaktionen kamen tadellos und präzise: Der junge David war ein Trinker, dem der Alkohol noch nichts hatte anhaben können.

»Sie können sich wieder anziehen, und dann gehen wir essen, in der Nähe von Inverigo gibt es, meiner Erinnerung nach, ein gutes Lokal.« Er schaute aus dem Fenster, während Davide sich anzog, und bemerkte: »Ihr Vater hat Ihnen vielleicht mitgeteilt, dass ich erst vor wenigen Tagen aus dem Gefängnis entlassen wurde.« Es war keine Frage.

»Ja.«

»Gut, dann werden Sie Verständnis für meine Situation haben. Mit der Behandlung beginnen wir morgen. Heute Abend möchte ich mich entspannen. Im Gefängnis ist das Essen genauso deprimierend wie die Umgebung. Heute Abend werden Sie sich nach mir richten und mir Gesellschaft leisten.«

Bevor sie das Haus verließen, blieb er mit ihm unter der Lampe stehen und strich vorsichtig mit zwei Fingern über seine linke Wange, die einen Kohlenfleck aufzuweisen schien. Es war aber keine Kohle.

»Tut das weh?«

«Ja.« Er schien jetzt weniger Angst zu haben. »Aber nicht sehr, nur nachts, ich schlafe besser nicht auf dieser Seite.«

»Ein Schlag mit dem Schürhaken ist eindeutig zu viel.«

Zum ersten Mal lächelte Davide. »Auch ich hatte an jenem Abend etwas zu viel getrunken.« Er entschuldigte den Vater, er fand die Strafe gerecht, er hielt die andere Wange hin, für den nächsten Schlag.

Das Auto des merkwürdigen Jungen war eine Giulietta, natürlich dunkelblau, natürlich mit grauer Innenausstattung und natürlich ohne Radio und sonstigen Schnickschnack: Alles andere hätte nicht von Klasse gezeugt. Von dem Felsbuckel, auf dem die Villa lag, bis nach Inverigo war es nicht weit. Doch kaum hatte Davide sich ans Steuer gesetzt, sah er, wie die Villa im Himmel verschwand, während die Straße unten auf ihn zuflog und ihm fast um die Ohren klatschte, dann ein paar Erschütterungen und blendende Lichter, vermutlich die Scheinwerfer der entgegenkommenden Autos, und schon hielt die Giulietta an: Sie waren da.

»Ihr Vater hat mir gesagt, dass Sie schnell fahren«, bemerkte er. »Er hat mir aber nicht gesagt, dass Sie so gut fahren.« Die Straße war eng und voller Kurven, und da hier zu dieser Jahreszeit viele Autos unterwegs waren, erforderte es große Geschicklichkeit, so zu rasen.

So näherte er sich vorsichtig seinem schwierigen Patienten. Es war, als versuche er, Freundschaft mit dem Nichts zu schließen, mit der Leere zu sprechen, einer Einöde zu schmeicheln. Davide ergriff nie von sich aus das Wort, er antwortete lediglich auf die Fragen, die ihm gestellt wurden, und, wenn möglich, immer nur mit »Ja«. Als Erstes nahm er ihn mit an die Bar. »Sie können ruhig einen Whisky trinken, die Therapie beginnt erst morgen.«

Das Lokal, das genau wie die Villa an einem Abhang lag, war ein Country-Nightclub, hatte aber auch etwas von einem Tanzlokal. Die Tanzfläche auf der Gartenveranda war fast leer. In dem schummrigen Licht waren ein paar Pärchen auszumachen, offensichtlich einfache Werktagssünder. Ein junges Paar tanzte zur Musik der Jukebox, doch ein Plakat versprach für zweiundzwanzig Uhr ein fabelhaftes Orchester, man musste dabei unwillkürlich an mindestens fünfzig Musiker denken, auf der winzigen Bühne standen jedoch nur vier Instrumente.

Auf einer kleinen Terrasse waren einige Tische gedeckt, dort befand sich das Restaurant, in dem sie in weniger als einer Stunde Schinken aßen, der nach Kühlschrank schmeckte, ein Hühnchenaspik, das hingegen von einer erstklassigen Küche zeugte, und eine mittelmäßige *Insalata capricciosa.* Das Beste waren die angenehm kühle Luft und das Panorama, diese unzähligen, leuchtenden Punkte in der Dunkelheit – Häuschen, Villen, Straßenlaternen –, die sanft zur Mailänder Ebene abfielen.

Davide aß mit sichtlicher Mühe. Er hatte nicht einmal ein halbes Glas Wein getrunken und sprach auch nicht. Obwohl er selbst mit seinem Salat noch nicht fertig war, stand er auf, ging zur Bar und fand dort drei Sorten Whisky. Er brachte die drei Flaschen an ihren Tisch. »Suchen Sie sich die Marke aus, die Ihnen am besten schmeckt, mir ist es gleich.«

»Mir auch.«

»Dann behalten wir die größte Flasche. Ich habe weder Eis noch Soda bestellt, da ich denke, Sie brauchen das nicht.«

»Ich trinke ihn immer pur.«

»Ich auch.« Er goss ihm Whisky in sein Weinglas. »So, und jetzt möchte ich Sie bitten, sich von nun an selbst zu bedienen. Ich bin oft zerstreut und habe außerdem viele Dinge im Kopf, über die ich mit Ihnen reden möchte.«

Er fing wieder mit der Fragerei an, es war die einzige Möglichkeit, mit seinem Begleiter zu reden, ein paar Sätze aus ihm herauszulocken. Ab und zu stellte er ihm eine Frage, ab und zu gab Davide eine Antwort, ab und zu wehte die Musik von dem »großen« Orchester herüber, und über der Terrasse funkelten sogar die Sterne.

Ja, seine Mutter war sehr groß, war die Antwort auf eine Frage. Seine Mutter kam aus Cremona, war eine andere Antwort. Nein, er mochte das Meer nicht, im Gegensatz zu seiner Mutter, die es liebte. Sie hatten ein Haus in Viareggio, aber seit dem Tod seiner Mutter waren sie erst einmal dort gewesen. Nein, er hatte nie eine feste Freundin gehabt. Das war die Antwort auf die Frage gewesen: »Wie war Ihre erste Freundin?«

»Eine feste Freundin im weitesten Sinn«, beharrte er, »ein Mädchen, mit dem man ein paar Tage, eine Woche zusammen ist.«

Antwort: »Nein.«

Es war mühsam. Er goss ihm erneut ein, da Davide sich, nachdem er ausgetrunken hatte, stoisch zurückhielt und sich nicht mehr nachgeschenkt hatte. Er füllte das Glas fast bis zum Rand. »Das ist zwar nicht besonders fein, aber so sparen wir uns die Mühe, immerzu nachzugießen. Außerdem kommen Sie mir dann vielleicht in der Konversation ein wenig entgegen. Ich möchte über Frauen sprechen – und nicht nur sprechen. Vor einundvierzig Wochen habe ich zum letzten Mal den Arm einer Frau berührt. Als ich neben ihr aufwachte, merkte, ich, dass meine Hand auf ihrem Arm lag, sie schlief noch, und als sie aufwachte, zog sie den Arm zurück. Seitdem sind einundvierzig Wochen vergangen. Diese unfreiwillige Enthaltsamkeit kann ich, glaube ich, keinen Moment länger ertragen.« Er spürte, dass er dabei war, in den Bunker einzudringen, in dem der Junge sich verbarrikadiert hatte.

»Hier gibt es dazu wohl kaum eine Möglichkeit«, bemerkte Davide – eine sehr lange Antwort für seine Verhältnisse.

»Ich weiß nicht, ich gehe mal nachsehen.« Er ließ ihn auf der Terrasse unter dem sternenklaren Himmel sitzen und schlenderte durch die Bar zur Tanzfläche. Auf der Veranda war es jetzt etwas voller, doch gab es nur wenige Männer, die allerdings sehr viel Lärm machten. Eine nach der anderen begutachtete er die adretten Damen. Mit Ausnahme der Mailänderinnen, die in Begleitung waren und alle wie Soraya in Person aussahen, hatten sie etwas Hausbackenes mit ihren Plastikketten, den goldenen Sandalen im Astrolook und den von der Freundin fabrizierten Frisuren, bei denen die Hand des Friseurlehrlings nicht zu übersehen war. Doch an dieses Hausfrauenflair glaubte er schon lange nicht mehr. Er kehrte auf die Terrasse zurück, bemerkte zufrieden, dass Davide seinen Whisky ausgetrunken hatte, und nahm ihn mit zur Tanzfläche. Er schwankte nicht viel mehr als zuvor: Wenn ein bestimmter Alkoholpegel überschritten ist, gewinnt man entweder sein Gleichgewicht zurück, oder man schläft ein.

»Ich kann nicht tanzen«, sagte Davide. Sie setzten sich an einen Tisch in einer besonders schummrigen Ecke der Bar, weit vom Orchester entfernt.

»Dafür tanze ich umso besser.« Nachdem er den geldgierigen Kellner mit einer Whiskybestellung zufrieden gestellt hatte, stand er auf und forderte die hausbackenste der anwesenden Damen auf. Sie war nicht einmal geschminkt. Am Ende des Tanzes erklärte sie sich bereit, eine Limonade an ihrem Tisch zu trinken. »Ich darf abends nicht lange wegbleiben. Mein Vater gibt mir Ausgang bis elf. Meistens komme ich erst um Mitternacht nach Hause, aber wenn er dann aufwacht, setzt es Hiebe.«

»Wie schade«, bemerkte er, »mein Freund hat eine Villa hier in der Nähe, mit einer bemerkenswerten Stereoanlage und hervorragenden Platten.«

Bei dem Wort »Villa« wurde das Mädchen hellhörig, und als das Orchester wieder zu spielen begann, forderte er sie nochmals zum Tanzen auf und sprach sanft und eindringlich auf sie ein. Sie hatte offenbar keine Schwierigkeiten, die Wünsche zweier allein stehender Männer in einer sternenklaren Nacht wie dieser zu verstehen, und noch bevor das Stück zu Ende war, stellte sie zwei Möglichkeiten in Aussicht: erstens, in die Villa mitzukommen, und zweitens, eine Freundin mitzubringen.

»Ihr dürft uns aber nicht zu spät nach Hause bringen, spätestens um halb eins«, beharrte sie, wenn auch nicht sehr überzeugend. Ihren Ausgang hatte sie sogar um eine halbe Stunde verlängert.

Die Freundin war bald gefunden, schon nach drei Minuten kam sie mit ihr zurück. Die beiden wirkten wie zwei Kostüme vom gleichen Schnitt, nur in verschiedenen Farben, und tatsächlich war die eine blond und die andere braunhaarig. Ihre Ähnlichkeit bestand jedoch nicht so sehr in ihren Gesichtszügen oder ihrer Kleidung, sondern in ihrer Art. Sie schienen sehr erfreut darüber, dass er verschiedene Flaschen erwarb, waren zufrieden mit der Giulietta und bereit, sich im Auto ausgiebig zu unterhalten. Bei hundertzwanzig Stundenkilometern auf dieser engen Straße blieb ihnen allerdings die Luft weg, und erst, als das Auto vor der

Villa zum Stehen kam, fingen sie wieder an zu atmen. »Ich fahre nicht gern so schnell«, meinte die Braunhaarige, die Mariolina hieß, oder war Mariolina doch die andere? »Auf dem Rückweg fahrt ihr langsamer, sonst gehen wir zu Fuß.«

Davide schwankte den ganzen Abend nicht mehr, nicht ein einziges Mal, er war nur etwas steif und schweigsam. Er selbst redete dafür umso mehr, denn wer sich entschließt, sich sozial zu engagieren und die Menschheit zu retten, muss bis zum Letzten gehen, nicht wahr, Dr. Duca Lamberti – Kopfschütteln – und Sie, Dr. Duca Lamberti – Kopfschütteln –, sind schließlich der Fürst aller Menschheitserretter mit sozialem Engagement, und »Fürst« heißt auf Italienisch »Duca«, wie passend, wie witzig! Man muss die Menschheit in Gestalt von Davide Auseri von der Plage des Alkohols befreien. Und man muss sie in Gestalt von Signora Sofia Maldrigati von der Angst vor dem Tod befreien, dieser Signora, deren Augen jedes Mal schwarz wurden vor Entsetzen, sobald der Oberarzt mit den schmutzigen Witzen sich ihr näherte. Ja, er befreite sie alle, befreite sie von jedem Übel, er war Befreier von Beruf, und so redete er fast eine Stunde lang ununterbrochen mit den Mädchen und mit Davide und versuchte sogar, der Stereoanlage Musik zu entlocken, doch die war leider kaputt, und so drehte eine der beiden Mädchen das Radio an und fand Rom 2, und nun redete er wie ein Ansager, mit Tanzmusik im Hintergrund.

Während er die Gläser füllte, erklärte er, dass sein Freund Davide hieß und stumm sei. Die Damen waren klug und tranken wenig, sie erzählten höchst unwahrscheinliche Dinge aus ihrem Leben, doch er und Davide nickten überzeugt, und so trugen sie alle dazu bei, dass ihre Zusammenkunft kein bisschen vulgär wirkte, bis er sich schließlich einen Moment mit Mariolina zurückzog, wenn es denn Mariolina war, und ihr ein paar Anweisungen gab.

Wenige Minuten später konnte Mariolina Davide dazu bewegen, sich aus seinem Sessel zu erheben, und begann, mit schwingenden Hüften die Treppe zu den Schlafzimmern im ersten Stock hinaufzusteigen. Trotz Absätzen und Frisur reichte sie ihm nicht einmal bis zur Schulter. Als das verliebte Paar verschwunden war, streckte er sich auf dem Sofa aus. Das andere Mädchen setzte sich, von der Musik und zwei, drei Gläsern zutraulich geworden, neben ihn auf den Boden, und mit den langen Haaren, die ihr Gesicht einrahmten, verwandelte sie sich in eine raffinierte Françoise Hardy, die ein klagendes Lied vor sich hin flüsterte. Doch plötzlich hielt sie inne, um unmissverständlich, wenn auch immer noch mit leidenschaftlicher Stimme, zu fragen: »Bleiben wir hier, oder gibt es irgendwo ein Plätzchen für uns?« Sie sah hinüber zur Treppe, die in den ersten Stock führte; sie wünschte sich wohl ein eigenes Brautgemach.

Er schenkte ihr nach und trank auch selbst noch einen Schluck. Er konnte diesem Mädchen nicht erklären, dass längere Enthaltsamkeit eine neuropsychische Blockade hervorruft oder, man könnte auch sagen, eine auf Gewohnheit beruhende Keuschheit. Keuschheit ist im Grunde eine Sucht: Wer erst einmal anfängt, keusch zu sein, kommt nicht mehr los davon, sondern wird immer keuscher und keuscher. Andererseits war es unmöglich, vor allem in Italien, einer Frau nach einer so eindeutigen Frage eine Absage zu erteilen, und sei sie auch noch so geschickt formuliert. Diese brave und pflichtbewusste Herumtreiberin, die so anständig gewesen war, auf seine Bitte nach Gesellschaft einzugehen, hätte das nie begriffen, sie wäre gekränkt gewesen, hätte ihn für einen Krüppel gehalten, und zwar in jeder Hinsicht, und hätte schließlich gedacht, er sei einer vom anderen Ufer. Dieses nette Mädchen aus der netten Brianza konnte er wirklich nicht mit derartigen Problemen behelligen. »Hier ist es schöner, aber schalte bitte das Radio aus.« Er hatte einmal von einem hochrangigen Faschisten gehört, der während des Spanischen Bürgerkriegs beim Vögeln immer den Bolero von Ravel auflegte. So weit wollte er es nicht kommen lassen.

Gegen halb zwei kam Mariolina äußerst würdevoll die Treppe herunter – allein. Er und Françoise Hardy hatten das Radio wieder angestellt, und auch sie versuchten, würdevoll und wie gute Freunde zu wirken. Mariolina hatte noch kaum das Ende der Treppe erreicht, als er schon neben ihr stand und sie höflich aufforderte, sich auf die unterste Stufe zu setzen. Während er neben ihr Platz nahm, bat er sie um eine freundschaftliche Erklärung. Die Fragen, die er ihr stellte, waren äußerst indiskret, doch er vertraute auf das Einfühlungsvermögen der jungen Frau, die auf ihre Weise durchaus intelligent war.

Bei Frage Nummer eins, die zu den weniger heiklen gehörte, lachte das Mädchen laut auf. »Auch ich habe geglaubt, dass er hinterher einschlafen würde. Das war aber nicht der Fall, im Gegenteil.«

Frage Nummer zwei war schon etwas schwieriger, und die Befragte antwortete mit einem einfachen »Nein«.

Auch auf die Fragen drei, vier und fünf antwortete sie mit Nein. Ihre Freundin brachte ihr ein Glas und setzte sich zu uns. Doch nachdem sie die Fragen sechs und sieben einschließlich der Antworten ihrer Kollegin mit angehört hatte, kehrte sie, von deren Unanständigkeit beschämt, zum Sofa und zum Radio zurück.

Frage Nummer acht war die letzte, und Mariolina antwortete fast gerührt: »Nein, das hat er nicht getan, er hat das kleine Radio neben seinem Bett angestellt, das war das einzige Licht.« Es gefiel ihr offenbar, die Szene zu beschreiben, sie musste sie irgendwie gerührt haben. »Er hat mir eine Zigarette angezündet und sich dafür entschuldigt, dass er so wortkarg ist, und dann hat er mich gefragt, ob ich zum Schlafen dableiben oder lieber nach Hause gebracht werden wolle. Ich habe ihm gesagt, ich müsse nach Hause, und bin ins Bad gegangen, und als ich wiederkam, hatte er sich bereits angezogen, Hose, Hemd, Schuhe, und hat sich noch einmal entschuldigt.«

»Wofür?«

»Dafür, dass er mich nicht nach Hause bringen kann. Er hat gesagt, er fühle sich befangen.«

»Wieso befangen?«

»Er hat gesagt, er wolle dir jetzt nicht begegnen.«

Das psychosexuelle Verhör war beendet. Michelangelos David war auch in dieser Hinsicht vollkommen normal. Von fast schon banaler Gewöhnlichkeit. Auf die acht technisch-analytischen Fragen, die er Mariolina gestellt hatte, hatte er mehr als eindeutige Antworten erhalten. Davide Auseri war ein gesunder junger Mann, mit ziemlich traditionellen Vorstellungen in Bezug auf das andere Geschlecht, ohne abartiges Verlangen oder für sein Alter ausgefallene Wünsche. Obwohl sein Alkoholspiegel oft sehr hoch war, hatte sich das noch in keiner Weise ausgewirkt, er hatte keine Potenzstörungen. Mariolinas Berichterstattung war in dieser Hinsicht sehr exakt.

Er erhob sich und half auch seiner sexuellen Mitstreiterin auf die Beine. »Noch einen Schluck, und dann fahren wir nach Hause.«

Einige der Scheine, die Ingenieur Auseri ihm gegeben hatte, wanderten äußerst diskret aus der Innentasche seines Jacketts in die Handtaschen der beiden jungen Damen, die sich während des ganzen Abends um diese distinguierte Atmosphäre bemüht hatten. Sie ließen sich vor dem Restaurant mit Sternenblick absetzen, in dem er sie aufgegabelt hatte und das noch immer geöffnet war; dann fuhr er mit der Giulietta langsam zur Villa zurück. Am Tor stieß er auf einen vornehmen älteren Herrn, der sich einen Regenmantel über sein langes Nachthemd gezogen hatte und ihm in einem sehr gewählten Italienisch ohne einen Hauch von Akzent mitteilte, er sei der Butler und entschuldige sich für seinen Aufzug, er habe von Davide Auseri den Auftrag erhalten, ihm sein Zimmer zu zeigen und alles, was er brauche, zur Verfügung zu stellen.

Der geradezu kinoreife Butler führte ihn in sein Zimmer im ersten Stock, zeigte ihm, wo das Bad war, das er ja bereits kannte, und ließ ihn dann nach einer unterwürfigen Verbeugung – mit der Hand auf dem Herzen, um den Regenmantel zuzuhalten – allein.

Der Raum lag direkt neben Davides Zimmer, die Topographie des Hauses war leicht zu durchschauen. Hier musste Ingenieur Auseri schlafen, wenn er in die Villa kam, das sagte ihm nicht nur die Logik, das erkannte er auch an den Büchern, die auf einem Wandbord standen: zwei Geschichten des Zweiten Weltkriegs, eine Geschichte der Republik von Salò, eine Geschichte Italiens von 1860 bis 1960, *Das menschliche Wissen* von Russell, eine englische Werbebroschüre über einen nicht entzündbaren Lack und zwei Folgen der Reihe *Vie del mondo* – konstruktive Lektüre für einen solide konstruierten Geist wie den von Ingenieur Auseri.

Er hatte nicht einmal ein Köfferchen dabei, denn als er in Mailand losfuhr, war ihm nicht klar, dass er gleich dableiben sollte. Doch das war völlig nebensächlich. Im Bad drückte er ein wenig

Zahnpasta auf die Zunge, spülte den Mund aus, wusch sich flüchtig und ging dann in Unterhosen und ziemlich unglücklich in sein Zimmer zurück.

Durch das Fenster kamen feuchtwarme Luft, ein paar Mücken und vor allem eine bleierne Stille herein, denn unten auf der Straße fuhren nun keine Autos mehr. Seine traurige Stimmung nahm zu, als er, seinen Waschbemühungen zum Trotz, ein langes Haar von Françoise Hardy am Hals entdeckte. Auch im Gefängnis hatten ihm diese Nachtstunden besonders zu schaffen gemacht. Er war zwar vorbereitet, erwartete bereits den Ansturm von Gedanken und Erinnerungen, aber wenn die Welle dann über ihn hereinbrach, erschütterte sie ihn doch jedes Mal heftiger, als er befürchtet hatte. Also gut, dann mal los.

Er hatte alles falsch gemacht.

3

Vor allem hätte er den Oberarzt der Klinik nicht hassen dürfen. Arquate war zwar in jeder Hinsicht widerwärtig, von seinem Aussehen – er wirkte wie ein als Chirurg verkleideter Pferdeknecht – über seine Moral und seine Stimme bis hin zu seinen ruppigen Manieren. Aber Hass fruchtet nichts. Wenn Arquate ihm nicht zusagte, hätte er die Klinik verlassen sollen, statt ihn zu hassen.

Falsch war es auch gewesen, auf Grund dieses Hasses der Szene an jenem Morgen übermäßiges Gewicht beizumessen. Nach der Zeremonie der Visite, übrigens eine reine Formsache, waren Arquate und er aus dem Zimmer von Signora Maldrigati gekommen, und bei offener Tür – denn der Herr Oberarzt machte die

Türen nie zu, vielleicht aus Prinzip – hatte Arquate gesagt: »Die hält garantiert bis *Ferragosto* durch. Man denkt immer, sie lägen in den letzten Zügen, und dann treten sie doch nicht ab.« Da er gereizt war, dröhnte seine Stimme, die schon unter normalen Umständen an den Lärm auf einem Bocciaplatz erinnerte, noch lauter als sonst. Außer Signora Maldrigati selbst, der unglücklichen Betroffenen, mussten auch alle anderen Patienten der Klinik diesen Satz gehört haben.

Professor Arquates Verstimmung lag daran, dass er jedes Jahr vom 5. bis zum 20. August seine kleine, aber dicht belegte Klinik schloss und die Patienten nach Hause schickte, wobei er sie entweder urplötzlich für geheilt erklärte oder ihnen versicherte, sie bräuchten dringend einen Klimawechsel. Nicht immer wurde die Klinik allerdings zu seinem Wunschtermin frei oder, besser gesagt, zum Wunschtermin seiner Frau, die alle Jahre wieder zum besagten Datum in Forte dei Marmi sein wollte, um dort mit ihrer Schwester aus New York die Ferien zu verbringen. Musste Arquate nun wegen eines Patienten seine Abreise verschieben und deshalb mit seiner Frau streiten, trug das sehr zu seinem Unmut bei.

Er hätte sich über jenen Satz nicht so aufregen dürfen. Und die Verzweiflung von Signora Maldrigati, die ihn mit angehört hatte, hätte ihn nicht so verstören dürfen. Beides waren schwere Fehler gewesen.

Signora Maldrigati hatte den Satz gehört und verstanden, das nackte Entsetzen packte sie, stundenlang wimmerte sie vor sich hin, keine Beruhigungsspritze half mehr, nur die stärksten Schlafmittel konnten sie noch in einen verzweifelten Schlaf des Vergessens versetzen. Sie wusste zwar, dass sie nicht mehr lange leben würde, aber die Worte des großen Oberarztes hatten sie mit dem

Datum ihrer Abreise konfrontiert: Vielleicht würde sie noch vor *Ferragosto* sterben – Arquate jedenfalls hoffte das - oder zumindest nicht viel später.

Du hättest dich nicht einmischen sollen. Natürlich war es ein trauriger Fall, aber so etwas kam vor. Dank des Morphiums litt Signora Maldrigati außerdem keinerlei Schmerzen, und so hätte er sich damit zufrieden geben sollen, dass die Krankenschwester ihr die nötigen Spritzen gab. Aber nein, er war so oft wie möglich bei ihr gewesen und hatte versucht, sie zu überzeugen, dass es nicht wahr sei, dass sie sterben müsse. Noch ein Fehler, denn Signora Maldrigati war zwar alt und vom Krebs zerfressen, aber nicht dumm.

Im Prozess hatten sie ihn gefragt, wie lange Signora Maldrigati ihn hatte beschwören müssen, sie sterben zu lassen, bis er einwilligte, ihr die tödliche Spritze zu geben.

Es war falsch gewesen zu antworten: »Am 30. Juli hat sie mich den ganzen Vormittag lang angefleht, sie von ihren Leiden zu erlösen.« Er hätte die Daten verschweigen und lieber vage bleiben sollen und sagen, er erinnere sich nicht.

»Und wann haben Sie ihr das Gift gespritzt?«

Es war falsch gewesen zu antworten: »In der Nacht vom 31. Juli zum 1. August.« Der ganze Gerichtssaal war erstarrt.

»Die Entscheidung«, sagte der Staatsanwalt, »eine alte, kranke Frau umzubringen – wenn auch unter dem Aspekt der Euthanasie –, haben Sie also in sechsunddreißig kurzen Stunden getroffen! Ihre Überlegungen, ob es moralisch vertretbar sei, einen Menschen zu töten, der noch Jahre hätte leben können, haben nicht länger als sechsunddreißig Stunden gewährt, oder sogar noch weniger, da Sie ja wohl sieben oder acht Stunden geschlafen haben.«

Seit Jahren versuchte er, diese Stimme in seinem Kopf zum

Schweigen zu bringen, und zwar wegen der Beschränktheit, die aus ihr sprach. Aber es gelang ihm nicht. Bis zum Prozess hatte er geglaubt, auch bei Dummheit gebe es Grenzen, doch dann war er zu dem Schluss gekommen, dass er sich auch hier geirrt hatte. Nur die Bravour des Rechtsanwalts, den sein Vater ihm besorgt hatte, hatte ihn – jedenfalls teilweise – vor den Folgen all der Fehler bewahrt, die er begangen hatte. Mit drei Jahren Gefängnis und der Aberkennung der Approbation war er glimpflich davongekommen. Fünfzehn Jahre hatte er riskiert – und nur, um Signora Maldrigati von ihrer entsetzlichen Todesangst zu befreien. Sterben ist tausendmal besser, als unter Todesangst zu leiden, das hatte er dem Gericht erklären wollen, und so war er – wie lächerlich – plötzlich aufgesprungen und hatte in den Saal geschrien: »Signora Maldrigatis Augen wurden jedes Mal schwarz vor Angst, wenn sie den Mann erblickte, der sie mit ihrem Todesdatum konfrontiert hatte …« Zwei Carabinieri hatten ihn wieder auf seinen Stuhl gezwungen, und Signora Maldrigatis Nichte war nach dem Urteil zum Notar gegangen, um über das Erbe zu sprechen.

Einmal hatte sein Vater ihn morgens im Gefängnis besucht, es aber nach kürzester Zeit wieder verlassen, da er sich nicht wohl fühlte. Vier Tage später war er an einem Herzinfarkt gestorben. Seine Schwester Lorenza, die sich nun allein durchschlagen musste, hatte im Lauf der folgenden drei Jahre einen freundlichen Herrn kennen gelernt, der sich um sie kümmerte und sie tröstete, sie schwängerte und dann verschwand, nachdem er ihr mitgeteilt hatte, er sei verheiratet. Lorenza hatte ihn gefragt, ob ihm der Name Sara für das Kind gefiele. Aus dem Gefängnis hatte er ihr sein Ja zukommen lassen. Alles von vorn bis hinten falsch.

Falsch war es auch gewesen, keine Schlafmittel zu nehmen, denn so hätte er es sich ersparen können, bis in die Morgendämmerung hinein wach zu liegen und wieder und wieder Arquates Stimme zu hören, oder die seines Vaters, oder die wimmernde Stimme von Signora Maldrigati, die erst seine Spritze barmherzig zum Schweigen brachte. Der Gefängnisarzt hatte ihm zwar Schlafmittel angeboten, aber er hatte abgelehnt, denn es hätte ja so aussehen können, als liege die Schlaflosigkeit an seinen Gewissensbissen, an der Reue, eine alte, kranke Frau umgebracht zu haben, die noch Jahre hätte leben können! Dabei war die Annahme, Signora Maldrigati hätte länger als einen oder höchstens noch zwei Monate gelebt, so idiotisch, dass sie nur in diesem Prozess vorgebracht werden konnte. Nein, dass er nicht mehr schlafen konnte, lag einfach daran, dass ihm die Welt, in der er lebte, seit jener Erfahrung nicht mehr gefiel. Auch ein Huhn kann es in die Schlaflosigkeit treiben, in einem Hühnerstall leben zu müssen, der ihm partout nicht zusagt.

Es war erst vier, doch die Wogen in ihm begannen bereits abzuebben, vielleicht näherte sich die nächtliche Tortur schon ihrem Ende. Außerdem hatte er eben ein leises Geräusch gehört, vielleicht eine Tür, die langsam geschlossen wurde, oder ein Fenster. Auch Michelangelos David konnte anscheinend nicht schlafen, auch er machte den Eindruck, als befände er sich in einer Welt, die ihm nicht zusagte. Er stand auf und griff sich wahllos ein Buch aus dem Regal; es war die Geschichte der Republik von Salò. Er schlug eine Seite auf und las einen Vermerk von Buffarini für Mussolini: Die Kriegsbegeisterung des italienischen Volkes sei nach Stalingrad und der Landung der Alliierten in Marokko dabei, deutlich abzukühlen, der Duce solle sich klar darüber werden, dass in der Bevölkerung nicht mehr derselbe Geist herrsche wie zur Zeit des *Impero.* Auch die Feindseligkeiten den deutschen Kameraden gegenüber nähmen zu…

Unversehens klappte er das Buch zu, stand auf und stellte es in das Bücherregal zurück. Da war etwas, das ihm nicht behagte, eine merkwürdige Atmosphäre lag über dem Haus, sogar der graue Streifen an dem dämmrigen Morgenhimmel wollte ihm nicht gefallen. Er verließ sein Zimmer, als fühle er genau, was ihm missfiel, dabei wusste er es noch gar nicht. Er klopfte an die Tür des Nebenzimmers, das Zimmer Davides.

Keine Antwort. Er versuchte, den Türknopf zu drehen: Die Tür war verschlossen. Plötzlich begriff er, was da vor sich ging, und schlug drei- oder viermal kräftig mit der Faust dagegen. »Machen Sie auf, sonst trete ich die Tür ein.«

Kein Geräusch. Er klopfte erneut, diesmal noch lauter, und während er so gegen die Tür hämmerte, drehte sich der Schlüssel im Schlüsselloch, und die Tür öffnete sich. Es war genau, wie er angenommen hatte: Mit der rechten Hand drückte Davide ein Taschentuch auf sein linkes Handgelenk. Das Taschentuch war blutgetränkt, es tropfte bereits. Die trostloseste Art zu sterben.

Er sagte nichts. Er schob ihn ins Bad und ging zum Medizinschränkchen an der Wand, das erstaunlicherweise alles Nötige enthielt. Den riesigen Arm auf dem Waschbecken ausgestreckt, ließ Davide fügsam alles über sich ergehen. Der Schnitt in der Pulsader war geschickt gesetzt und zeugte von glasklarer Kenntnis des zu erreichenden Ziels: größtmöglicher Blutverlust bei kleinstmöglichem Schnitt. Das erleichterte ihm das Nähen, und eine knappe halbe Stunde später lag der gescheiterte Selbstmörder auf seinem Bett. Die Manschette seines Hemdes verbarg den Verband. Schweigend lag er da, bisher hatte er kein einziges Wort gesagt.

Auch er selbst hatte kein Wort geredet. Kaum hatte er ihn auf das Bett gelegt, begann er auch schon, nach dem Whisky zu suchen. Es war ganz einfach: Wer so groß war wie Davide Auseri, musste den Whisky eigentlich auf dem Schrank verstecken. Er brauchte sich nur auf die Zehenspitzen zu stellen, um an das simple Versteck zu gelangen. Er griff nach der Flasche. So viel kleiner als Davide war er wohl doch nicht, lachte er nervös in sich hinein.

Er setzte die Flasche an und trank: einen Schluck, Atem holen, einen zweiten, längeren Schluck, Atem holen, einen dritten Schluck, genug! Er brauchte das jetzt, er war immer noch eiskalt vor Schreck, selbst der Whisky konnte ihn nicht wirklich wärmen. Er stellte die Flasche auf den Schrank zurück, setzte sich neben den Jungen aufs Bett und betrachtete ihn. Sein Gesichtsausdruck war normal, er war nicht blass und hatte auch nicht geweint. Das war ja das Schreckliche: Er hatte bei vollem Bewusstsein gehandelt. In absoluter Ruhe hatte er seinen Tod herbeigesehnt. Mit zweiundzwanzig.

»Denken Sie eigentlich jemals an die anderen?«, fragte er. Er sah zum Fenster hinüber, das viereckige Stück Himmel schimmerte milchig in der Dämmerung. Keine Antwort. »Nein, ich meine nicht Ihren Vater, den Schmerz, den Sie ihm zugefügt hätten, wenn Sie gestorben wären. Ich meine die anderen, irgendjemand anderen, der Ihnen zufällig über den Weg läuft. Wie ich, zum Beispiel. Stellen Sie sich vor, ich hätte dieses leise Geräusch eben nicht wahrgenommen, als Sie ins Bad gegangen sind, um die Schere zu holen und sich die Pulsadern aufzuschneiden. Stellen Sie sich vor, ich wäre morgens aufgewacht und hätte Sie verblutet aufgefunden. Versuchen Sie das doch mal zu verstehen. Ich bin gerade erst aus dem Gefängnis entlassen worden, vor nur drei Tagen, ich war dort wegen eines Verbrechens, das man sogar als Mord bezeichnet hat, wenn auch unter mildernden Umständen wegen der selbstlosen Beweggründe. Stellen Sie sich vor, man hätte mich heute Morgen hier mit einem Toten vorgefunden, nachdem wir den Abend in Gesellschaft von zwei leichten Mädchen verbracht hatten, unten im Wohnzimmer noch die Reste der Orgie. Sie kennen die Phantasie der Journalisten und das Misstrauen der Polizei nicht. Man hätte sofort von Drogen gesprochen. Ich, der Arzt ohne Zulassung, wäre beschuldigt worden, ein Sadomasofest organisiert und Heroin, Kokain, Meskalin oder Marihuana beschafft zu haben, vielleicht hätte man sogar Ihren Selbstmord angezweifelt. ›Die Pulsadern wurden ihm aufgeschnitten, während er im Rausch war!‹ Es gibt immer Anwälte, die bereit sind, solche Sätze in einen Gerichtssaal hineinzurufen. Ich wäre also postwendend wieder eingeliefert worden, und damit wäre mein Leben endgültig ruiniert gewesen. Und jetzt hören Sie mir bitte mal gut zu: Ich weiß, dass ich für Sie nicht die geringste Bedeutung habe, aber ich besitze eine zweiundzwanzigjährige Schwester mit einer unehelichen Tochter von einem Jahr, und das Leben dieser beiden hängt allein von mir ab. Wenn ich Arbeit habe, haben sie etwas zu essen, andernfalls sind sie auf Almosen angewiesen, wie in der Zeit, als ich im Gefängnis saß. Wenn dieser hirnverbrannte Scherz Ihnen gelungen wäre, wäre mein Leben zerstört gewesen. Ich weiß, dass Ihnen das nicht klar war, aber mir ist es klar, und wenn ich Sie nicht erwürgt habe, als ich Ihre aufgeschnittenen Pulsadern gesehen habe, dann nur deshalb, weil ich über eine große Selbstbeherrschung verfüge.«

Endlich sagte er ein Wort, ein einziges, kleines, blasses und doch bewegendes Wort: »Entschuldigung!« Seine Augen verengten sich dabei ein wenig, auch Davide verfügte über große Selbstbeherrschung.

»Machen Sie das nicht noch einmal, Davide!« Noch nie hatte

er jemandem so gedroht. »Ich kann Sie nicht jeden einzigen Augenblick überwachen, und jemand, der sich abschlachten will, schafft das früher oder später sowieso, auch wenn er zehn Leibwächter um sich herum hat. Wenn Sie lebensmüde sind, warten Sie bitte, bis ich mit meiner Arbeit fertig bin. In einem Monat trinken Sie nur noch Mineralwasser, dann gehe ich, und Sie können machen, was Sie wollen. Aber solange ich hier bei Ihnen bin«, er packte ihn am Kragen seines offenen Hemdes und zog ihn trotz seines Gewichts daran hoch, bis er fast auf dem Bett saß und ihm in die Augen blicken musste, »solange ich hier bin, versuchen Sie das nicht noch einmal: Ich würde Sie erst daran hindern und dann selbst umbringen, und zwar auf eine denkbar abscheuliche Art.«

Obwohl der Junge intelligent war, konnte er nicht wissen, wie viel Schauspielerei in dieser Szene lag. Er übertrieb, damit Davides Moral ihm verbat, sich umzubringen. Er hatte ihm schließlich aufs Dramatischste ausgemalt, dass sein Selbstmord das Leben eines anderen Menschen zerstören würde, eines Wesens, das ihm glich, obgleich es ihm fremd war. Mit zweiundzwanzig kann die Moral durchaus noch Wirkung zeigen.

»Es wird nicht wieder vorkommen.« Während Davide sprach, kniff er die Augen noch einmal leicht zusammen. Er musste zutiefst unglücklich sein, auch wenn es ihm gelang, das fast vollkommen zu verbergen.

Er stand auf. Er war noch immer in Unterhosen. »Ich hole mal eben meine Zigaretten.« Er ging in sein Zimmer und zog sich an: das wunderschöne neue Hemd, den wunderschönen blauen Anzug aus feinstem Stoff, die phantastische Krawatte in hellstem Hellblau. Das alles hatte er zu seiner Freilassung geschenkt bekommen, von Lorenza oder, wenn man ehrlich sein wollte, von Dr. Carrua, der ihr das Geld dafür gegeben hatte. Seine kurzen

Haare brauchten keinen Kamm, aber während er sich die Krawatte vor dem Schrankspiegel band, stellte er fest, dass er sich rasieren musste. Er zündete sich eine Zigarette an und ging in Davides Zimmer zurück.

Das Haus war immer noch in die Morgendämmerung getaucht, der Tag wollte und wollte nicht anbrechen. Elektrisches Licht war aber nicht mehr nötig, und so schaltete er es aus. Der Junge lag – groß und unglücklich – weiterhin auf seinem Bett, das viel zu kurz und zu schmal für ihn war, sodass es aussah, als ruhe er auf einem Balken. Er zog sich einen Stuhl heran und setzte sich neben ihn. Er rauchte eine Weile, ohne ihm eine Zigarette anzubieten.

»Ich habe Sie nicht gefragt, warum Sie sich umbringen wollten, denn Sie hätten es mir sowieso nicht gesagt.« Er wartete nicht auf eine Antwort, da er wusste, dass er keine bekommen würde. Er zog noch einmal an seiner Zigarette und meinte dann: »Und ich werde auch nicht nachbohren, da Sie es mir doch nicht sagen würden.«

Er antwortete tatsächlich nicht. Aber er hatte verstanden. Das eigentliche Problem war gar nicht sein Trinken, also seine Sucht, wie sein herrischer Vater annahm. Leider bleiben Eltern allzu oft in der Zeit stehen, in der sie ihr Kind noch in den Schlaf gesungen haben. Nein, wenn ein junger Mann wie Davide so unmissverständlich seinen Tod herbeisehnte, musste es einen schwer wiegenden Grund dafür geben. Davide war in jeder Hinsicht gesund, wie auch Mariolina & Co. bestätigt hatten, und wenn sich ein kerngesunder junger Mann bei vollem Bewusstsein für den Freitod entschied, musste sein Ich tief erschüttert worden sein. Ein konkreter Vorfall, und wäre er noch so schlimm gewesen, hätte nicht so verheerende Folgen gehabt. Selbst wenn er jemanden umgebracht, eine alte Frau in Brand gesteckt oder eine Bombe im Mailänder Hauptbahnhof gezündet hätte, hätte er sich nicht so verhalten. Etwas hatte Davide Auseri psychisch zerstört. Oder jemand. Das war es, was er herausfinden musste. Verglichen damit war die Überwindung des Alkoholproblems geradezu ein Kinderspiel.

»So, jetzt haben wir uns ein wenig ausgeruht und können gehen.« Er stand auf und warf seine Kippe aus dem Fenster, das noch genauso milchig in der Morgendämmerung lag wie vorher, als wäre die Sonne beim Aufgehen gestört worden. Auch gab es hier merkwürdigerweise keine Vögel, die zwitschernd auf den Sonnenaufgang warteten. Nach wie vor herrschte nächtliches Schweigen. »Dies ist weder für Sie noch für mich ein geeigneter Ort. Wir fahren weg. Ich packe Ihnen den Koffer, denn je weniger Sie Ihren linken Arm in den nächsten zwei, drei Tagen belasten, desto besser. Sie sind doch nicht müde? Ich auch nicht.«

Davides Anweisungen folgend, fand er einen sehr schönen, weichen Koffer, natürlich dunkelblau, und packte alles Nötige ein. Anschließend entfernte er die Blutflecke, die vom Zimmer bis ins Bad führten, sorgfältig mit Toilettenpapier – um Lorenza und seiner kleinen Nichte den Unterhalt zu sichern, kam sicher noch ganz anderes auf ihn zu –, und als er fertig war, befahl er Davide: »Sie können jetzt aufstehen. Da ich den einen oder anderen Blutspritzer übersehen haben könnte, wecken Sie jetzt das Hausmädchen oder den Butler, wie Sie wollen, und kündigen Ihre Abreise an. Selbst wenn man einen Blutfleck entdecken sollte, wird man also nicht denken, dass hier ein Verbrechen stattgefunden hat und hinterher alle Beteiligten verschwunden sind.«

Davide gehorchte umgehend und offensichtlich unter Schmerzen. Er weckte den Diener, der am Abend zuvor im Nachthemd erschienen war, ließ sich den Koffer zum Auto bringen und setzte sich gehorsam auf den Beifahrersitz, da ihm wohl klar war, dass er den Wagen nicht steuern konnte.

So fuhren sie die sanften Brianzer Hügel hinab in die Mailänder Ebene. In der Nähe von Monza gab es ein Lokal, das bereits geöffnet war, aber natürlich keinen Whisky vorrätig hatte. Eigentlich war es mehr ein Stall als ein Café, aber Michelangelos David begann blass zu werden und brauchte dringend Stoff. Er bestellte jedem von ihnen einen Grappa. Der junge Auseri kippte seinen sofort hinunter, und so schob er ihm den seinen hinüber.

»Hiermit beginnt unsere Therapie«, erklärte er. »Immer wenn ich es für nötig halte, dass Sie trinken, bekommen Sie etwas. Ansonsten gibt es keinen einzigen Tropfen. Ich werde Sie auf jede erdenkliche Weise am Trinken hindern.«

Davide schüttete auch das zweite Glas hinunter. Sie waren so klein und kümmerlich – Überbleibsel aus einer Welt, in der man Likör trank und sich die Absätze beschlagen ließ –, dass er ihn aufforderte: »Trinken Sie noch eins. Das ist ein Befehl.« Dann setzte er sich wieder ans Steuer, und als er nach einer Weile zu seinem Beifahrer hinüberschaute, sah er, dass die Farbe in sein Gesicht zurückgekehrt war und sein Atem wieder normal ging. Natürlich war nicht der Blutverlust daran schuld gewesen, dass er sich so schlecht gefühlt hatte: Es war das unbekannte Etwas, das ihn innerlich auszehrte.

»Wenn Sie mir erzählen würden, was Ihnen passiert ist, und sich von mir helfen ließen, würde es Ihnen wesentlich besser gehen«, bemerkte er. Eine Antwort erwartete er allerdings nicht. Und er bekam auch keine.

4

Manchmal erscheint die Sonne selbst in Mailand am Himmel. Auch an diesem Morgen musste sie aufgegangen sein, denn die oberen Stockwerke der Mietshäuser schimmerten rötlich, und es war bereits heiß und stickig. Er parkte die Giulietta auf der Piazza Leonardo da Vinci. »Wir gehen meine Schwester besuchen. Sie müsste eigentlich schon wach sein, denn um sechs Uhr bekommt ihr Kind die erste Mahlzeit.«

Die riesige, massive Haustür aus dem 15. Jahrhundert, die einen merkwürdigen Kontrast zu dem eher bescheidenen Bauwerk bildete, war abgeschlossen. Er schenkte dieser Tatsache allerdings keine große Bedeutung, sondern pfiff nur kurz, und sogleich erschien Lorenza mit dem Kind auf dem Arm an einem Fenster des ersten Stocks.

»Ich dachte schon, ich hätte mich verhört, um diese Zeit habe ich dich nicht erwartet«, bemerkte Lorenza und warf ihm den Schlüssel hinunter.

»Dies ist ein Freund von mir. Kannst du uns einen Kaffee machen?« Er stieg mit Davide die kurze Treppe hinauf. »Die Wohnung meiner Schwester ist zwar klein und alt, aber von der Straße und vom Hof aus bequem zu erreichen – besonders für das Ungeziefer. Wir bleiben allerdings nur kurz.«

Lorenza stand auf dem Treppenabsatz vor der Wohnungstür mit dem Kind auf dem Arm. Sie hatte einen Schlafanzug an, der zum Glück dunkel war, und ein langer, von einem einfachen Gummi zusammengehaltener Pferdeschwanz fiel ihr über die Schultern.

Er nahm ihr das Kind ab und machte alle Anwesenden miteinander bekannt. Saras Stoffwindel war zufällig einmal nicht vollkommen durchgeweicht. »Hat sie gerade gepinkelt, oder wird sie es gleich tun?«, erkundigte er sich.

»Sie hatte sich gerade nass gemacht und ist jetzt frisch gewickelt.« Lorenza schaute ihn mit ihren großen Augen glücklich an. Auch den Riesen Davide betrachtete sie glücklich, es war ihre Art, ins Leben zu blicken. Sogar wenn sie ihn im Gefängnis besuchte, hatte sie ihn so angesehen und so mit ihm gesprochen, mit dieser glücklichen Stimme: »Der Rechtsanwalt hat gesagt, es ist alles in Ordnung.«

»Ich kann sie ja auf dem Arm behalten und mit in die Küche kommen, dann kannst du den Kaffee machen.« Er drehte sich zu Davide um, der unbeweglich auf einem wackeligen Stuhl saß. »Ich bin gleich wieder da.« In der Küche trug er Sara ein wenig herum. Sie war ein ruhiges Kind, solange sie auf dem Arm gehalten wurde, andernfalls schrie sie wie am Spieß. »In meiner rechten Jackentasche sind Zigaretten.«

Lorenza nahm sie heraus, zündete eine an und steckte sie ihm zwischen die Lippen.

»In der linken Tasche sind ein Scheck und Bargeld. Nimm dir das Geld und lass den Scheck drin.«

Das dicke Bündel Banknoten, das Lorenza aus seiner Jackentasche zog, stimmte sie nachdenklich. Sie legte das Geld in die Schublade des Küchentisches und zündete das Gas unter der Kaffeekanne an, die bereits auf dem Herd stand. »Was geht hier vor, Duca?«

»Das ist ein Vorschuss für meine Arbeit.« Er blies den Rauch seiner Zigarette zur Seite, um das Kind nicht zu belästigen. »Die Arbeit ist in Ordnung, mach dir da keine Sorgen, du weißt doch, dass Carrua sie mir besorgt hat. Vielleicht kann ich dich eine Weile nicht besuchen, deswegen bin ich jetzt vorbeigekommen.«

Und auch, um ihr etwas Geld zu geben. Auf dem Hochstuhl des kleinen Mädchens lag ein Brötchen, was hieß, dass Lorenza nicht einmal genug Geld besaß, um die Plasmon-Kinderkekse zu kaufen, die sie ihr sonst immer gab.

»Und worin besteht diese Arbeit?« Lorenza war etwas ängstlich, seit er ins Gefängnis gekommen, ihr Vater gestorben und sie allein geblieben war und der Arzt ihr eines Tages gesagt hatte, dass es wohl eine Schwangerschaft sei. Die Angst machte ihren schönen, großen Mund ein wenig schmaler.

Ohne weiter ins Einzelne zu gehen, erklärte er ihr, was er mit dem Jungen vorhatte, der dort im Nebenzimmer wartete, und dann gingen sie mit dem Kaffee hinüber und fanden ihn genau dort vor, wo sie ihn zurückgelassen hatten. Während seines ganzen Besuchs behielt er das Kind auf dem Arm, was riskant war, denn Sara pinkelte häufig und viel und hätte seinen neuen und einzigen Anzug leicht verderben können, doch für das Händchen um den Hals und das andere, das nach seiner Nase griff, die hellblauen, lachenden Augen und die fröhlich gelallten Silben lohnte es sich, dieses Risiko einzugehen. Er betrachtete Davide, doch viel Aufschluss gab ihm das nicht. Der niedrige Alkoholpegel in seinem Blut ließ ihn entrückt erscheinen. Er antwortete nicht einmal mehr auf seine Fragen, außer mit einem Lächeln oder einem leichten Nicken, und war auch ziemlich blass. Er brauchte dringend Nachschub, bevor sein depressiver Zustand sich verschlimmerte.

»Wir müssen jetzt gehen.« Er gab Sara seiner Schwester zurück, ohne auch nur einen Tropfen Pipi abbekommen zu haben.

»Wann seh ich dich wieder?«, erkundigte sich Lorenza.

»Schwer zu sagen. Ich rufe dich an.« Im Auto meinte er zu Davide: »Halten Sie noch ein klein wenig durch. Wir gehen jetzt zum Barbier und hinterher suchen wir uns eine gute Bar hier in der Nähe.« Der Junge lächelte und deutete mit einer leichten Kopfbewegung ein »Ja, danke« an. Beim Barbier ließen sie sich beide rasieren, einer neben dem anderen, und im Spiegel sah er, dass Davide hin und wieder die Augen zufielen. Wenn er jetzt einschliefe, wäre viel gewonnen.

Er schlief tatsächlich ein.

»Schschscht«, flüsterte er dem Barbier zu, »wir sind die ganze Nacht über gefahren, er ist todmüde und gesundheitlich nicht ganz auf der Höhe. Es wäre gut, wenn er ein wenig schliefe, solange hier nicht viel Betrieb ist.«

»Heute ist sowieso nichts los.« Der Barbier war ein verständiger Mann, der wohl schon einiges erlebt hatte, und so ließ er Davide mit dem halb eingeseiften Gesicht auf seinem Stuhl schlafen und zündete sich eine Zigarette an.

Er selbst ließ sich nun auch noch die Haare schneiden, von dem Gehilfen, einem jungen Mann aus Como, der noch nicht viel erlebt hatte und trotz der unzähligen Ereignisse, die das Leben bereit hält, niemals in Erwägung gezogen hatte, dass ein Mann beim Barbier einschlafen könnte. Aber einmal, erzählte er leise, war er in Como in einem Café eingenickt, und das war für ihn so ungewöhnlich gewesen, dass er es sein Leben lang nicht vergessen würde.

Frisch rasiert und mit geschnittenen Haaren begann er, mit dem alten Barbier zu plaudern, wobei er immer wieder auf die Uhr und dann zu Davide hinübersah: Jede Minute, die verstrich, war eine gewonnene Minute, eine Minute mehr ohne Alkohol und auf dem Weg der Entwöhnung. Vielleicht hätte er bis Mittag geschlafen, wenn nicht um Viertel nach zehn ein alter Kunde in den Laden gestürmt wäre, einer dieser lauten Mailänder, die im

Fernsehen so gut ankommen, mager, knochig, leicht abstoßend in seiner Gewöhnlichkeit und mit dieser weinroten Gesichtsfarbe, der schrie: »Hier bin ich, mein Sohn! Auf in den Kampf und Sieg!«

Davide wachte also auf, und als ihm klar wurde, dass er geschlafen hatte, kroch ihm die Schamröte die uneingeseifte Wange hinauf, doch der alte Barbier war in seiner aufmerksamen taktvollen Art bereits zur Stelle und vollendete die Rasur; dann gingen sie.

»Es tut mir Leid, dass ich Sie in diesen Laden geschleppt habe. Bei Ihrem Barbier geht es sicher viel vornehmer zu.« Er bekam keine Antwort. Vor der Bar in der Via Plinio ließ er ihn aussteigen. »Dies ist das beste Lokal der Gegend. Bestellen Sie, was Sie wollen.«

Er schaute Davide nicht dabei zu, wie er seinen doppelten Whisky trank, sondern bemerkte bloß: »Lassen Sie sich ruhig Zeit, ich habe keine Eile.«

Der Schlaf und der Whisky hatten Davide etwas aus seiner Erstarrung befreit. Im Auto sagte er: «Ich muss eine ganz schöne Last für Sie sein.«

»Ziemlich«, antwortete er, während er schaltete, »aber Sie sind mir auch sympathisch.« Er erreichte die Piazza Cavour, bog in die Via Fatebenefratelli ein und parkte dann in der Via dei Giardini. »Sie warten hier auf mich, ich muss kurz ins Kommissariat. Die Autoschlüssel lasse ich Ihnen hier, aber denken Sie daran, was ich Ihnen heute Morgen gesagt habe: Machen Sie keine Dummheiten, solange ich für Sie verantwortlich bin! Sollte ich wiederkommen und Sie nicht hier vorfinden, werde ich so lange suchen, bis ich Sie finde, und man kann Ihnen eigentlich nur wünschen, dass Sie dann bereits tot sind. Und gehen Sie nichts trinken!«

Davide nickte heftig mit dem Kopf, ohne zu lächeln. Er würde hier bleiben, denn er war ein ehrlicher Mensch.

Als er in das Kommissariat trat, wurde ihm bei der Erinnerung an den Vater ganz schwarz vor Augen, als hätte ihn ein Faustschlag getroffen. Wie oft war er als Junge mit ihm durch dieses Tor gegangen! Wie oft hatte er den Hof überquert, war die Treppe hinaufgestiegen und den Flur entlanggelaufen bis zu dem kleinen Kabuff, das der Vater »Büro« nannte. Mit einer mühsamen Bewegung des linken Arms – er konnte ihn kaum noch gebrauchen seit jenem Messerstich, den er in Sizilien abbekommen hatte –, hatte der Vater auf diesen Stuhl gedeutet, der eigentlich eher ein Schemel war, mit einer einfachen Latte als Rückenstütze, und gebrummt: »Setz dich und lern«, und so hatte er sich das auf Anweisung des Vaters mitgebrachte Buch auf die Knie gelegt und begonnen zu lesen und das Gelesene zu wiederholen. Wenn er schreiben musste, überließ der Vater ihm sogar eine Ecke seines eigenen Tisches, der allem Augenschein zum Trotz stets als »Schreibtisch« bezeichnet wurde. Viel hatte er in jener Ecke gelernt – Infinitesimalrechnung, Chemie, darstellende Geometrie.

An diesem Morgen jedoch ging er in einen anderen, stilleren Flur, der fast verlassen dalag, nur vor Carruas Tür stand ein Polizeibeamter. Er musste neu sein, denn bevor er ihn einließ, löcherte er ihn mit Fragen; viel hätte nicht gefehlt und er hätte ihn sogar durchsucht, doch da erschien Carrua brüllend im Türrahmen.

»Alles mögliche Gesindel, das ich nicht sehen will, lässt du durch, aber wenn mal ein Freund von mir vorbeikommt, hältst du ihn auf.« Carrua sprach eigentlich nie mit normaler Stimme, entweder er brüllte, oder er schwieg. »Was ist aus der Sache mit Auseri geworden?«, schrie er, als sie in seinem Büro waren.

Er berichtete kurz und bedankte sich dafür, dass er ihm diese

Arbeit verschafft hatte. »Es ist zwar eine etwas eigenartige Arbeit, aber sie gefällt mir, auch wenn es da ein paar Unklarheiten gibt.«

»Was für Unklarheiten?«

»Ich kann nicht glauben, dass es hier einfach nur um einen jungen Alkoholiker geht. Da muss noch etwas anderes dahinter stecken.«

»Was denn?«

»Ich weiß nicht. Etwas, das die Polizei angehen könnte.«

Schweigen. Luigi Carrua musterte ihn. Er war ein alter Freund von Papa gewesen. Als er ihn zum ersten Mal so angesehen hatte wie jetzt, konnte er nicht älter als fünf oder sechs Jahre gewesen sein. Seitdem hatten sie sich unzählige Male getroffen, und unzählige Male hatte er ihn mit diesem Blick angeschaut, der ihn noch immer erstaunte: Man fühlte sich nackt, wenn Carrua einen ansah. Carrua war klein, nicht wirklich dick, aber in den dreißig Jahren bei der Polizei doch etwas schwerfällig geworden, seine Haare waren grau, lang und sorgfältig nach hinten gekämmt und ohne die geringste Andeutung von Geheimratsecken. Eigentlich wirkte er gar nicht wie ein Polizist, sondern eher wie ein leitender Bankangestellter. Außer wenn er einen fixierte. In einem ungewöhnlich leisen Ton antwortete er schließlich: »Wenn du deinem Vater nachschlägst, ist da vielleicht tatsächlich noch etwas anderes. Dein Vater hat sich nie geirrt.« Dann wurde er wieder lauter: »Aber du bist Arzt, nicht Polizist. Und die Auseris werden nie etwas mit der Polizei zu tun haben.« Das Telefon klingelte, er hob ab und hörte einen Moment zu, dann brüllte er in den Hörer: »Dann muss die Autopsie eben noch mal gemacht werden, *ich* nehme jedenfalls keine Leichen auseinander.« Er wandte sich wieder an ihn: »Wir sind mal wieder bei ›Doktor Carrùa‹. Der hier am Telefon ist auch so einer. Wenn die nicht mindestens zehn Jahre lang mit mir zu tun haben und Tag für Tag zu hören bekommen: ›Càrrua, bitte, mit Akzent auf dem ersten a, nicht Carrùa mit Akzent auf dem u!‹, dann ist nichts zu machen. Carrùa haben sie sich in den Kopf gesetzt, und bei Carrùa bleiben sie.«

Er lächelte. Dieser Mann hatte nur eine einzige Schwäche: Er nahm sich die falsche Aussprache seines Namens zu sehr zu Herzen. Es war ein heimliches Leiden ohne jegliche Hoffnung auf Besserung, denn alle Leute betonten seinen Namen instinktiv auf der vorletzten Silbe, und niemandem kam es in den Sinn, dass es überhaupt eine andere Möglichkeit gab. Doch gleich darauf wurde er wieder ernst, und gereizt war er auch. Nein, diese Arbeit gefiel ihm nicht. »Was ist, wenn bei der Behandlung des Jungen irgendeine faule Sache ans Licht kommt? Was soll ich dann machen? Ingenieur Auseri ist schließlich dein Freund.«

Diesmal brüllte er noch lauter: »Du wirst nichts entdecken, weil es bei Auseri nichts zu entdecken gibt. Wir haben zusammen die Schulbank gedrückt, wir waren zusammen beim Militär, wir werden in dieser dreckigen Welt zusammen alt, und er hat das Pech, einen Sohn zu haben, der ein bisschen blöde ist. Trotzdem käme er nie auf die Idee, die Straße zu überqueren, wenn die Ampel nicht grün ist. Auseris Sohn säuft, weil er ein Idiot ist, das ist alles. Und weil du intelligent bist, wirst du ihm beibringen, lieber Zitronenlimonade zu trinken.«

Da wurde er noch deutlicher, denn selbst wenn man der Sohn eines Polizisten ist oder der Liebling eines hohen Beamten des Kommissariats – sind die Weichen erst einmal falsch gestellt, dann kommt man unter die Räder und wird zerquetscht, so wie es ihm mit Signora Maldrigati ergangen war. Und er wollte nicht noch einmal zerquetscht werden. »Hör mir bitte mal einen Moment zu. Wenn ich auf nichts Besonderes stoße, umso besser. Aber wenn ich auch nur die kleinste Unregelmäßigkeit entdecke, komme ich sofort her und serviere sie dir auf dem Silbertablett, und dann breche ich die ganze Sache umgehend ab. Ich will nichts mit Dingen oder Leuten zu tun haben, die irgendwie gegen das Gesetz verstoßen. Das ist doch wohl nicht zu viel verlangt, oder?«

Er hatte eigentlich erwartet, angebrüllt zu werden, nicht diese Stille. Sie währte lange, bis Carrua unvermittelt aufsprang und schrie: »Du wirst ja wohl einen Grund haben, wenn du denkst, dass da etwas faul ist.«

»Ich wollte es dir nicht sagen, weil es vielleicht gar kein richtiger Grund ist«, erwiderte er kurz und hart, »aber heute Nacht hat der Sohn deines Freundes versucht, sich umzubringen. Er hat sich die Pulsadern aufgeschnitten. Ich habe ihn zum Glück gleich zu Beginn seines Selbstmordversuchs erwischt, und jetzt ist er unten, heil und lebendig, und wartet auf mich. Aber ein Junge in seinem Alter versucht nicht, sich umzubringen, wenn er nicht einen triftigen Grund dafür hat.«

»Und er hat dir nicht gesagt, warum er es getan hat?«

»Nein, genauso wenig, wie er seinem Vater sagt, warum er seit einem Jahr so hemmungslos trinkt, ohne dass ein Freund oder Bekannter ihn dazu verleitet hätte. Und je mehr ich danach fragen würde, desto weniger würde er es mir sagen.«

»Viele Leute bringen sich ohne Grund um.«

»Davide Auseri ist kein verführtes Schulmädchen. Er ist ein Mann, wenn auch ein sehr junger. Und er ist lange nicht so blöd, wie du denkst, und wie auch sein Vater denkt. Wenn er sterben will, dann gibt es einen schwer wiegenden Grund dafür, und schwer wiegende Gründe haben für einen Mann immer etwas mit dem Gesetz zu tun. Ich persönlich habe allerdings genug mit dem Gesetz zu tun gehabt. Deshalb bin ich gekommen, um eins klarzustellen: Sobald ich merke, dass da etwas faul ist, steige ich aus.«

Diesmal brüllte Carrua nicht. Er setzte sich wieder. »Du hast Recht.« Er war bedrückt. Er hatte alles getan, was in seiner Macht stand, um ihm zu helfen, um ihm den Prozess zu ersparen, das Gefängnis, die Verurteilung. Doch es war nichts zu machen gewesen: Die Weichen waren einfach falsch gestellt. »Ich glaube nicht, dass du etwas finden wirst. Sollte dies aber doch der Fall sein, dann kommst du sofort her und gibst mir Bescheid und suchst dir eine andere Arbeit.« Bevor er die Tür öffnete, umarmte er ihn. »Du musst jetzt durchhalten. Noch ein, zwei Jahre, dann bekommst du deine Zulassung wieder, und alles wird wie früher, du bist ja noch jung.«

Er versuchte den Eindruck zu erwecken, als glaube er Carruas Worten. Auch die Hoffnung war eine Art heimliche Sucht, die man nie ganz loswurde. »Danke für alles, was du für Lorenza getan hast«, bemerkte er und drückte ihn fest an sich.

Als er in die Via Fatebenefratelli heraustrat, in die feuchtschwüle Luft, die sich auf seine Haut legte wie ein Tuch bei einem Luxusbarbier, malte er sich aus, wie begeistert er wohl sein würde, wenn er Davide und die Giulietta jetzt nicht mehr in der Via dei Giardini vorfände. Und doch hatte er es riskieren müssen, sonst hätte er nie gewusst, wie weit er dem Jungen trauen konnte und auf welche Weise er reagierte.

Aber Davide war dort. Er schlenderte neben der Giulietta auf und ab, in dem lächerlich dürftigen Schatten, den die Bäume um diese Tageszeit spendeten. Er betrachtete ihn von hinten, groß und massig, und hatte Mitleid mit ihm. Was auch immer geschehen war – er musste sehr unglücklich sein. »Danke«, sagte er und setzte sich hinter das Steuer. »Jetzt fahren wir noch kurz zur Bank, und dann muss ich Sie leider an einen etwas tristen Ort mitnehmen. Ich möchte nämlich das Grab meines Vaters besuchen.«

In der Bank, der Bank seines Vaters, ließ er sich den Scheck auszahlen, den Ingenieur Auseri ihm gegeben hatte. Es war ein stattlicher Betrag. Man machte ihm keinerlei Schwierigkeiten, obwohl man hier wusste, dass er im Gefängnis gesessen hatte und der Vater sicher kein Kunde gewesen war, der den Profit dieses Kreditinstituts mit seinem Sparbuch besonders gesteigert hatte.

»Nach dem Friedhofsbesuch in Musocco halten wir irgendwo an, um etwas zu trinken«, ermunterte er Davide. In der ersten Woche durfte er die Alkoholmenge, an die der Junge gewöhnt war, nur um etwa ein Drittel reduzieren, auch aus psychologischen Gründen. Er wollte schließlich, dass er ein normaler Mensch blieb, und nicht, dass er sich allmählich auf einen einzigen Gedanken reduzierte: Whisky.

Es heißt immer, kleine Friedhöfe auf dem Land, die mitten im Grünen liegen und von hohen Zypressen umgeben sind, seien nicht deprimierend. Ein großer Friedhof in einer großen Stadt ist etwas Grauenvolles. Er war aber noch gar nicht am Grab seines Vaters gewesen, nicht einmal an der Beerdigung hatte er teilgenommen. Deswegen zog er jetzt Lorenzas Zettel aus der Tasche, auf dem die Nummern des Sektors und des Grabes standen, und wagte sich mit Davide in die endlose traurige Ödnis hinaus, die im grellen Sonnenlicht noch unheimlicher wirkte. Natürlich lag das Grab am äußersten Ende des Friedhofs, und sie mussten lange laufen, im Arm die Nelken, die er am Eingangstor gekauft hatte.

Hier war der Sektor, den sie suchten, noch ein paar Schritte, und sie standen vor dem Grab; es sah eigentlich genauso aus wie alle anderen Gräber dieser Reihe; in einem dunklen Glas eine

Kerze, die nicht brannte, ein kleines Beet mit Blumen, die in der Hitze vertrockneten, eine spartanische Inschrift, Pietro Lamberti, Geburts- und Sterbejahr, und Schluss. Er band den Strauß auf und legte die Nelken auf das Grab, ohne den Versuch zu unternehmen, sie irgendwie kunstvoll zu arrangieren. Von der Fotografie, die an dem Grabstein angebracht war, starrte sein Vater unbeweglich in die Welt, wo er selbst jetzt stand und auf die Fotografie starrte.

»Das ist mein Vater«, sagte er, als würde er ihn Davide vorstellen, »Polizist aus der Romagna, wie ich übrigens auch. Er war allerdings anders als die meisten seiner Landsleute, er mochte weder die Revolution noch die Revolutionäre, liebte dafür aber das Gesetz, die Vorschriften. Polizist war er aus kalter Leidenschaft, unerbittlich gegen alle, die das Gesetz brachen oder die Vorschriften übertraten. Er war eine Art Javert. Es gelang ihm, sich nach Sizilien versetzen zu lassen, denn er war fest davon überzeugt, irgendetwas gegen die Mafia unternehmen zu müssen. Eine Zeit lang kümmerte sich die Mafia nicht besonders um ihn, mit normalen Polizisten verschwendet sie keine Zeit, doch mein Vater trieb es zu weit. Irgendwie schaffte er es, drei oder vier Bauern zum Reden zu bringen, diese Männer, die alles gesehen haben und alles wissen, aber immer behaupten, sie hätten von nichts eine Ahnung. Ich weiß nicht, wie er das angestellt hat, vielleicht musste er dabei sogar ein wenig gegen die Vorschriften verstoßen. Jedenfalls gelang es ihm, in seinem kleinen Wirkungskreis die Mauer des Schweigens und der *omertà* zu durchbrechen. Daraufhin beschloss die Polizei, ihn zu befördern, und die Mafia, ihm einen jungen Kamikaze auf den Hals zu hetzen, denn mein Vater war ein exzellenter Schütze. Deshalb gelang der Überfall auch nicht wie geplant, mein Vater konnte dem Killer sein ganzes

Magazin ins Fell jagen, bekam aber eine lange Stichwunde an der linken Schulter ab. Seitdem war sein Arm gelähmt. Dann wurde er nach Mailand versetzt, ins Büro.« Er schaute Davide nicht an, es war ihm egal, ob er zuhörte oder nicht, er sprach vor sich hin, als würde er beten – das Leben eines Menschen zu erzählen, ist das nicht wie beten? –, merkte aber, dass Davide es doch tat, mehr noch, dass er ihm noch nie so aufmerksam zugehört hatte wie gerade jetzt.

»Vielleicht hatte er Angst, dass auch ich verwundet werden könnte, und wollte deshalb nicht, dass ich Polizist würde wie er. Was er wollte, war, dass ich Medizin studierte, und er setzte es durch. Es ist mir ein Rätsel, wie er das geschafft hat mit seinem Gehalt als Schreiber im Kommissariat, und dazu noch als Witwer, denn meine Mutter starb, als ich ein Kind war. An dem Tag, als ich mein Examen machte, lag er krank im Bett; er hatte ein schwaches Herz, und bei meinen Prüfungen bekam er regelmäßig Herzanfälle. Dann musste ich zum Militär, und als ich wiederkam, hatte er, obwohl er ja immer nur in seinem kleinen Büro in der Via Fatebenefratelli saß, bereits eine Stelle für mich gefunden, in der Klinik von Professor Arquate. Vielleicht hätte ich Karriere machen können, und er hätte glücklich weitergelebt und wäre neunzig Jahre oder älter geworden, wenn ich nicht Signora Maldrigati getroffen hätte. Das ist die alte Frau, die ich mit einer Spritze getötet habe. Mein Vater hatte noch nie etwas von Euthanasie gehört, er kannte nicht einmal das Wort, für ihn war es schlimmer, als wenn ich verrückt geworden wäre. Oder er dachte, ich sei tatsächlich verrückt geworden, und hat mir deshalb verziehen. Auf jeden Fall war ihm klar, was für Konsequenzen meine Tat haben würde: Nie mehr würde ich als Arzt arbeiten können, mein Strafregisterauszug würde für immer ein hässlicher Fleck bleiben. Das hat ihn umgebracht.« Sein Vater starrte weiter unverwandt von dem Foto herab, auch als er nun verstummte, und selbst wenn er seine Worte gehört hätte, verstünde er wohl noch immer nicht, warum sein Sohn einen Menschen getötet hatte, niemals würde er es verstehen, in Ewigkeit nicht, sein Blick auf dem Foto ließ nicht den geringsten Zweifel zu.

Ganz plötzlich drang Davides Stimme durch die Hitze und Trauer zu ihm durch, er war überhaupt nicht darauf vorbereitet gewesen, ihn ungefragt sprechen zu hören: »Ich möchte auch ein Grab sehen.«

Statt einer Antwort nickte er nur und schaute weiter auf seinen Vater.

»Ich weiß bloß nicht, wo es ist, aber es muss hier auf diesem Friedhof sein.«

»Hier gibt es irgendwo eine Friedhofsverwaltung«, erwiderte er. Er blickte ihn an, sein schweißnasses Gesicht verriet keine Bewegung. »Sie brauchen nur den Namen anzugeben und erfahren dann den Sektor und die Nummer des Grabes.«

Davides Stimme klang genau wie vorher: »Es ist die Frau, die ich letztes Jahr umgebracht habe. Sie heißt Alberta Radelli.«

5

In dem Abschnitt der Allee, die vom Arco del Sempione zum Castello Sforzesco führt, kann man bereits morgens um kurz nach zehn aufreizende weibliche Gestalten am Straßenrand sehen, die im Sommer knapp und hauteng bekleidet sind und wissen, dass es in einer Metropole anders zugeht als in der Provinz, wo gewisse Tätigkeiten nur zu bestimmten Tageszeiten ausgeübt werden dürfen und konformistisch unterschieden wird zwischen Tag und Nacht, während die Städter rund um die Uhr die Möglichkeit haben, ihr Auto anzuhalten, um ihre Gesellschaft zu erbitten.

An jenem Morgen tauchte rechts vom Arco eine dunkelblaue Giulietta auf und verlangsamte allmählich ihre Fahrt. Eine Vierzigjährige, die wie ein minderjähriger Beatles-Fan aufgemacht war, lief auf die Straße, als wolle sie das Auto an der Weiterfahrt hindern, doch die Giulietta wich aus und wurde wieder schneller, nicht etwa, weil Davide Auseri das freundliche Geschöpf betrachtet hatte und zu dem Schluss gekommen war, dass es nicht seinem Geschmack entsprach, sondern einfach, weil ihn immer, wenn er dabei war, seinen Plan in die Tat umzusetzen, eine unbekannte innere Kraft in die Flucht trieb. Ein paar Meter weiter kam ein Mädchen, das vielleicht tatsächlich noch minderjährig oder doch höchstens zwanzig war, hinter einem Baum hervor und winkte ihm zu, als wären sie verabredet, um die letzten Formalitäten für ihre Hochzeit zu erledigen. Sie war blond und sah aus wie eine Gangsterbraut aus einem Hollywoodfilm oder vielleicht eher noch wie diese kleinen Mädchen, die im Karneval als adlige Damen aus dem 18. Jahrhundert verkleidet werden, um angemalt und gepudert auf den Kinderball in ihrem Viertel zu gehen, dabei jedoch nicht die leiseste Ahnung von jener Welt haben, auf die ihr Kostüm anspielt, sondern nur an die vielen Süßigkeiten und Spiele denken, die dieser Tag ihnen bescheren wird. Auch um diese Blondine machte Davide Auseri einen großen Bogen, irgendwie war er eingeschüchtert, obwohl er sich eigentlich nichts sehnlicher wünschte als anzuhalten. Am Anfang hatte er eigentlich immer Angst, sie verflog erst wieder, wenn das Mädchen in seinem Auto saß.

An diesem Morgen gelang es jedoch keiner der bereitwilligen Damen, die am Rand der Allee aufgereiht waren, die Giulietta anzuhalten, die Angst gewann die Oberhand, und Davide steuerte in Richtung Zentrum. Traurig fuhr er umher, Foro Bonaparte, Via Dante, Via Orefici, Piazza del Duomo, Corso Vittorio, San Babila, Corso di Porta Venezia. Er hatte keinerlei Programm außer dem Vorhaben, das soeben fehlgeschlagen war. Er bog in die Via Palestro ein, kam zur Piazza Cavour und beschloss, im Alemagna in der Via Manzoni etwas zu essen. Offensichtlich machte sich sein oraler Trieb nun, da der andere nicht befriedigt worden war, besonders stark bemerkbar.

Als er in die Via dei Giardini kam, fand er gleich einen Parkplatz, denn in diesen glühend heißen Augusttagen hielten viele Mailänder ihre Stadt für unbewohnbar, während Nebel, Schnee und Smog, aus welchem Grund auch immer, keinerlei Problem für sie darzustellen schienen.

Im Alemagna hatte er nicht nur die Getränketheke, die sich über dutzende von Metern hinzog, fast ganz für sich allein, sondern auch die zehn Meter lange Theke mit den Ei-, Lachs- und Kaviarbrötchen und die Vitrinen mit Kuchen, Gebäck und Eis, die in ihrer verschwenderischen Fülle an Versailles oder die Tuilerien erinnerten. Außer ihm hielten sich nur noch zwei weitere Kunden in der klimatisierten, dünnen Höhenluft des Lokals auf.

Er aß drei reichlich belegte Brötchen und trank dazu ein Glas Bier. Er wagte dabei nicht, die fünf Damen der Bedienung und die zwei Kassiererinnen genauer in Augenschein zu nehmen, überhaupt sah er nie jemanden genauer an, nur unbelebte Dinge konnte er in Ruhe betrachten, es sei denn, es handelte sich um Puppen oder Stoffhunde, deren Augen ihm immer eine gewisse Scheu einflößten, genau wie die Augen der Menschen. Eine Weile begutachtete er verstohlen die Dame, die an der Theke mit den Konditoreiwaren bediente und große Erfahrung mit Pralinen und aufgebauschten Frisuren hatte, auch wenn Letztere inzwischen schon etwas aus der Mode waren. An jenem Tag trug sie ihre Haare allerdings nicht so stark toupiert wie in der Woche zuvor, als ihre Frisur noch viel höher aufgetürmt gewesen war. Diese Haarpracht weckte in ihm den starken Drang, in den Park zurückzukehren und diesmal anzuhalten, doch es war nur eine kurze Anwandlung, die strengen Kontrollmechanismen, die irgendwo in seinem Inneren verborgen waren, blockierten unverzüglich das Wiederaufflammen seines sehnlichsten Wunsches und legten ihm eine keuschere Beschäftigung nahe: eine Fahrt nach Florenz und zurück über die Autostrada del Sole mit dem Versuch, seine Rekordzeit vom Vormonat zu brechen, die bereits äußerst kurz war. Er würde in Florenz essen und zum Aperitif zurück in Mailand sein. Diese Idee überzeugte ihn, und er trat umgehend auf die Straße hinaus.

Seine Giulietta war erstaunlicherweise das einzige Auto auf dem etwa zwanzig Meter langen Straßenabschnitt vor der Bushaltestelle. Er steckte die Parkgebühr dem Mann mit der Schirmmütze zu, der sich sogleich wieder in den Schutz des Schattens zurückzog, und wollte sich schon in die Giulietta zwängen, als er eine Stimme hörte.

»Entschuldigen Sie bitte.«

Er drehte sich um. Ein Mädchen in hellblauem Kleid und mit einer großen, schwarzen Sonnenbrille mit runden Gläsern lächelte ihn an, wobei jedoch ein leicht besorgter Zug um ihren Mund lag. Neben der kleinen Nase war er das Einzige, was man von ihrem Gesicht sehen konnte, denn es war fast vollkommen verdeckt von der riesigen Brille und den kastanienbraunen Haaren, die ihr wie zwei halb geschlossene Vorhänge über die Wangen fielen.

»Entschuldigen Sie, *Signore,* ich warte schon eine halbe Stunde lang auf den Bus. Ich habe einen wichtigen Termin und bin schon spät dran, könnten Sie mich vielleicht zur Porta Romana mitnehmen?«

Davide Auseri nickte ihr stumm zu und öffnete den Schlag; sie stieg ein, setzte sich brav hin und legte sich ihr kleines, hellbraunes Ledertäschchen, das eher aussah wie eine große Herrenbrieftasche, auf die Knie. Er fuhr an.

»Wo wollen Sie denn genau hin?«, erkundigte er sich.

»Oh, dort hinunter. Wenn Sie so freundlich wären, mich hinzufahren ...«

»Natürlich, ich muss auch in diese Gegend.«

»Da bin ich ja beruhigt, dann raube ich Ihnen nicht allzu viel Zeit.«

Viel war von den Knien seines Fahrgastes zwar nicht zu sehen, aber zu sehen waren sie immerhin, und er konnte sie in Ruhe betrachten, auch während er fuhr.

»Ich bin wohl ziemlich unverschämt gewesen, aber wenn man ein Taxi braucht, ist nie eins da.«

Vielleicht war es ihre Stimme, die ihn auf den richtigen Weg brachte. Doch es war nicht nur das. Er war ein Einzelgänger, und Einzelgänger denken nach. Erstens meinte er zu wissen – auch wenn er in dieser Beziehung nicht viel Erfahrung hatte –, dass der Bus, der durch die Via dei Giardini kam, nicht zur Porta Romana fuhr. Und zweitens war in der Nähe der Bushaltestelle ein Taxistand, an dem eine lange Schlange Taxis gestanden hatte. Es war ihm inzwischen gelungen, sich aus dem Ampellabyrinth des Zentrums zu befreien, und sie befanden sich auf der Piazza Missori.

Die Nähe des Mädchens, der Anblick ihrer Knie und die Hitze mussten all seine Kontrollmechanismen außer Kraft gesetzt haben.

»Fahren Sie gerne schnell?«, fragte er.

»Sehr, wenn der Fahrer gut ist.« Ihre Stimme änderte sich ständig, jetzt war sie weich und einladend.

»Ich fahre nach Florenz, über die Autobahn. Heute Abend um sechs, spätestens sieben wären wir wieder hier.«

»Florenz ist ein bisschen weit.« Die Stimme hatte etwas von ihrer Weichheit verloren, aber ihren dringenden Termin hatte sie nicht mehr erwähnt.

»Zum Abendessen sind wir wieder zurück«, wiederholte er. Inzwischen war die Kontrolle endgültig ausgeschaltet, und der wahre Davide Auseri tauchte aus der Tiefe seines Unterbewusstseins auf.

Ihre Stimme wurde etwas härter. »Ich möchte aber nicht mitten auf der Straße rausgesetzt werden.«

»So etwas mache ich nicht.« Auch seine Stimme wurde hart, sie erinnerte jetzt sogar entfernt an die Stimme seines Vaters.

Das Mädchen nahm die Sonnenbrille ab und warf die Haare nach hinten, ihre Augen waren müde, als wäre sie ein wenig verängstigt, aber ihr Gesicht hatte einen lieben, fast naiven Ausdruck, und mit Naivität stellte sie auch fest: »Eigentlich wollte ich schon immer mal nach Florenz, aber so macht es mir etwas Angst.«

Ein Mädchen, das so tut, als warte es auf den Bus, und dabei den Parkplatz im Auge behält und geduldig darauf wartet, dass ein junger oder auch älterer Autobesitzer auftaucht, allein und ohne Eile, dürfte eigentlich nicht besonders viel Angst haben. Und doch machte das Mädchen einen ehrlichen Eindruck.

»Das ist das erste Mal, dass mir jemand sagt, er hätte Angst vor mir.« Sie waren fast am Ende vom Corso Lodi angekommen, jetzt musste eine Entscheidung getroffen werden. Er hielt das Auto sanft an, und mit ein paar beiläufigen Handbewegungen und ohne sein Portemonnaie oder das Geld sehen zu lassen, gelang es ihm, einige Scheine in dieses kleine Täschchen zu stecken, das auf ihren Knien lag. Er hielt seine Hand dabei so, dass die Transaktion so diskret wie möglich vonstatten gehen konnte. In vielen Fällen ist Geld ein exzellentes Beruhigungsmittel mit sofortiger Wirkung gegen Unruhe, Angst und Depressionen. Der aus seinem Unterbewusstsein aufgetauchte, von Instinkten getriebene Davide wusste das.

»Na gut«, entschied sie, doch ihre Stimme blieb hart und war jetzt fast ein wenig bitter, »es gibt viele verschiedene Möglichkeiten, nach Florenz zu kommen. Für mich war wohl diese hier vorgesehen.«

Bis zur Schranke der Autobahnauffahrt fuhr er langsam, und auch die ersten zehn Kilometer, nachdem er das Gebührenticket gezogen hatte, behielt er seinen gemächlichen Rhythmus bei. Doch es war nur ein Anlaufnehmen. Sie hatte die Sonnenbrille wieder aufgesetzt und den Vorhang aus Haaren zugezogen und lehnte sich – ein Zeichen von Intelligenz – auch nicht gegen seine Schulter. »Fahr ruhig schnell, ich mag das.«

Er erfüllte ihr den Wunsch und reizte das Potential der Giulietta bis zum Äußersten aus. Die Autobahn war ziemlich voll, aber sie merkte, dass er nicht den geringsten Fehler machte. Nie tat er etwas Unvorsichtiges, sodass sie trotz der atemberaubenden Geschwindigkeit keinen Moment das Gefühl hatte, einem Risiko ausgesetzt zu sein.

Sie redete nicht. Sie musste sich mit Männern auskennen, denn sie sagte ihm nicht, wie sehr sie es genoss, so schnell zu fahren; sie erzählte nichts von sich und wollte auch von ihm nichts wissen. Sie versuchte nicht, eine Unterhaltung zu beginnen, da sie begriffen hatte, dass er zu der Sorte Männer zählte – und vielleicht war das sogar die beste –, die sich immer nur einer einzigen Beschäftigung widmete. Jetzt fuhr er Auto und nichts anderes. Diese Zirkushunde, die mit einem an den Schwanz gebundenen Schlegel die Trommel rühren, mit den Vorderpfoten das Becken schlagen und dabei den mit Schellen behängten Kopf bewegen, mochte sie nicht.

Die lange, gelöste Stille tat Davide gut. Er entspannte sich vollkommen, seine Instinkte dehnten sich jetzt wie eine Katze, die einen halben Tag lang eingezwängt in einem Korb gelegen hatte: warm, aggressiv und unmissverständlich. Sein Rekord Mailand–Florenz und zurück, den sein Überich ihm in den Kopf gesetzt hatte, war ihm inzwischen egal, und so hielt er das Auto an der Raststätte Somaglia vor einer mit unzähligen Fähnchen geschmückten Bude an.

»Lass uns etwas trinken«, schlug er vor.

Still und gehorsam folgte sie ihm, sie waren durstig und genehmigten sich ein starkes, eiskaltes Pfefferminzgetränk.

»Nicht weit von hier gibt es einen hübschen Weg an einem Fluss entlang.«

Er war einmal dort gewesen, allein, und es war ihm aufgefallen, dass die Stelle gut für bestimmte Dinge geeignet war, aber damals hatte er gedacht, dass es ihm niemals gelingen würde, ein Mädchen mit dorthin zu nehmen. Und nun war er hier, mit einem Mädchen.

Sie ließen das Auto vor der elegant aufgemachten Bude stehen und entfernten sich langsam von dem Rastplatz. Eine Straße führte zum Fluss hinunter, dann kam ein Weg, der am Fluss entlang verlief, und schließlich gab es einige Pfade, die zwischen hohen Büschen in einem Intimität verheißenden Dickicht verschwanden. Während sie am Fluss entlangschlenderten, nahm sie die Sonnenbrille ab und wischte sich mit einem Papiertaschentuch den Lippenstift vom Mund, dann knüllte sie das kleine Quadrat zusammen und warf es ins Wasser. Sie blickte ihm eine Weile nach, wie es in der Strömung tanzte, bis er sie schließlich am Arm nahm und in die Büsche führte.

Sie war es, die den Platz aussuchte, vielleicht weil sie darin mehr Erfahrung hatte als er. Wo sie am besten vor indiskreten Blicken geschützt waren, hockte sie sich hin. Er blieb neben ihr stehen, rauchte eine Zigarette und sah zu, wie sie sich die hellblaue Jacke auszog, unter der sie einen Büstenhalter trug, den sie nun aufhakte, und so legte auch er seine Jacke ab, was er außer Haus nur tat, um Liebe zu machen.

Auf dem Rückweg entdeckte sie im Fluss ihr Papiertaschentuch wieder, das an einem Damm aus Gräsern hängengeblieben war. Sie hielt an, um sich die Lippen zu schminken. »Du bist nett«, bemerkte sie, »als ich dich in der Via dei Giardini gesehen habe, war ich mir nicht sicher, ob ich dich ansprechen sollte, denn du siehst aus, als wärst du für normale Frauen eine Nummer zu groß. Aber ich brauchte dringend fünfzigtausend Lire.« Sie steckte Lippenstift und Spiegel in ihre Handtasche zurück und ging weiter. »Wir könnten hier essen«, fügte sie hinzu.

Davide wusste, dass er unfähig war zu handeln, nahm den Rest der geforderten Summe aus seiner Brieftasche und steckte ihn diskret in ihr Täschchen, wobei er auch diesmal sorgfältig darauf achtete, ihnen den Anblick der Zehntausendlirescheine zu ersparen.

»Es ist zu viel, ich weiß«, gab sie zu, »betrachte es als wohltätige Gabe.«

Er sprach nicht gern über Geld, deshalb fragte er: »Woher bist du?«

»Aus Neapel.«

»Das hört man überhaupt nicht.«

«Ich habe drei Jahre lang Diktion studiert, ich wollte zum Theater gehen – Theater mit einem ganz großen T. Wenn du willst, kann ich ein bisschen Shakespeare für dich deklamieren.«

Sie saßen in der bunt geschmückten Baracke an der Autobahn und tauschten dabei ein paar allgemeine, oberflächliche Informationen über sich aus. Sie erwähnte, sie sei vor einem knappen Jahr nach Mailand gekommen, um Arbeit zu suchen, hätte aber nicht viel gefunden, und er sagte, er sei bei einer großen Firma angestellt, was ja auch stimmte, schließlich arbeitete er bei Montecatini.

»Dann muss das aber eine Luxusstelle sein, wenn du solche Summen ausgeben kannst.« Er antwortete nicht, und so fragte sie: »Willst du immer noch nach Florenz fahren?«

Nach dem Essen waren die wilden Tiere, denen es gelungen war, seine innere Kontrolle außer Kraft zu setzen, noch unbändiger geworden. »Ich würde lieber zum Fluss zurückgehen«, sagte er einfach.

»Ich auch«, antwortete sie.

Sie gingen zum Fluss und kamen hinterher erneut in das Häuschen, um sich zu stärken. Sie war es, die mit dem Whisky anfing, er trank damals lieber Bier. Nach dem zweiten Whisky fragte er: »Ist das Zeug nicht zu stark für dich?«

»Theoretisch schon. Aber da ich mich morgen sowieso umbringen werde, könnte ich auch Schwefelsäure trinken, das käme aufs Gleiche heraus.«

Davide redete sich bequemerweise ein, dass das Mädchen wohl

Witze machte und dies vielleicht daran lag, dass sie getrunken hatte, doch gleichzeitig wusste er, dass er sich selbst belog, denn er spürte, dass sie weder Witze machte noch betrunken war. Sie war ein irgendwie sachliches Mädchen, sowohl körperlich als auch in ihrem Wesen und in ihren Worten, nie sagte sie etwas Überflüssiges. Wenn sie nicht wirklich vorhatte, sich umzubringen, hätte sie keine Zeit darauf verschwendet, etwas Derartiges zu äußern.

»Manchmal hat man solche Gedanken«, sagte er.

»Manchmal ist es nicht nur ein Gedanke«, entgegnete sie. »Vor ein paar Monaten habe ich im Schaufenster eines Ladens ein Buch gesehen. Zufällig fiel mein Blick auf die Banderole. Ich erinnere mich nicht mehr exakt an den Wortlaut, aber da stand in etwa: *›Sobald ich mit diesem Buch fertig bin, bringe ich mich um‹, hatte die Autorin geschrieben, und kaum war dieser Roman fertig, hat sie es getan.* Für diese Frau war es nicht nur ein Gedanke.« Sie saßen am Fenster, ab und zu blickte sie auf die Autobahn jenseits der Jalousie, wo die Fahrzeuge in der Sonne aufleuchteten wie Blitzlichter. »Und für mich auch nicht.«

Er hörte ihr jetzt gern zu, ihm gefiel auch das Thema, das sich ganz unerwartet ergeben hatte, denn Eros und Thanatos sind Vettern. Auch er hatte zwei, drei Gedanken über Leben und Tod beizutragen, die er nie hatte äußern können, da er ja überhaupt keine Kontakte besaß, und so sprach er jetzt einen davon aus: »Leben ist schwer, Sterben hingegen ganz einfach.«

»Ja«, bestätigte sie, obwohl die Bemerkung sie nicht sonderlich zu interessieren schien. »Ich habe allerdings überhaupt keine Lust zu sterben, nicht jetzt und auch früher nicht. Wenn ich dich nicht langweile, würde ich gern noch fünf Minuten über meine Angelegenheit reden, und dann bin ich still.«

»Ich langweile mich kein bisschen.« Das stimmte.

»Im Leben kann alles Mögliche passieren. Heute habe ich dich getroffen, vielleicht hat dich das Schicksal geschickt.« Ihr großer, breiter Mund, der seitlich unter dem Vorhang ihrer Haare verschwand, lächelte nicht. »Wenn du mich fortbringst, für mindestens drei Monate, weit fort von hier, und mich nicht eine Sekunde allein lässt, dann brauche ich mich morgen nicht umzubringen. Ich weiß, dass das absurd klingt, aber so ist es eben. Wenn ich dir gefalle, wird es bestimmt keine Qual für dich sein. Ich mache einen seriösen Eindruck, und du kannst mich überallhin mitnehmen, ich werde dir keine Schande bereiten. Ich kann sogar Schnecken mit der Schneckenzange essen, ohne sie in die Finger zu nehmen und auszuschlürfen, wie eine Freundin von mir das immer macht. Du behauptest zwar, dass du ein Angestellter bist, aber du scheinst nicht auf Geld achten zu müssen. Wenn du allerdings doch nicht so viel ausgeben willst, kann ich auch von Toast und Cola leben und in einfachen Rasthäusern übernachten. Nur bring mich für drei Monate aus Mailand fort, wenigstens für drei Monate. Eigentlich wäre mehr Zeit nötig, ein Jahr oder zwei, aber drei Monate reichen mir schon, und dann sehe ich weiter.«

Bei dem Gedanken, mit diesem Mädchen drei Monate zusammen zu sein, mit einem Mädchen ganz für ihn allein – gefangen gehalten in seinem dichten Netz von Komplexen, hatte er noch nie eine ähnliche Möglichkeit gehabt –, schienen sich ihm die Fenster zum Leben zu öffnen, und durch diese Fenster sah er die drei Monate wie eine üppige, grüne Landschaft, über der weich ihr nackter Körper schwebte, während das Auto über eine unsichtbare Landkarte fuhr und sie – ihn und sie – nach Cannes, Paris, Biarritz, Lissabon und Sevilla brachte.

Sie spürte, was in ihm vorging. »Du brauchst keine Angst zu haben. Ich bin nicht, was du denkst, du schleppst keine Dirne mit dir herum. Ich bin vielleicht etwas verrückt, aber das ist was anderes. Manchmal brauche ich Geld, oder ich habe das Bedürfnis, etwas Verwerfliches zu tun, dann gehe ich auf die Straße und stelle mich an eine Bushaltestelle oder an einen Zeitungsstand und spreche jemanden an, wie ich es heute getan habe. Und manchmal folgt mir auch jemand spontan. Aber mein Beruf ist das nicht. Normalerweise mache ich das zwei-, dreimal im Monat, letztens allerdings etwas öfter, weil ich meine alte Arbeit aufgeben musste, und mit den Nachhilfestunden in Geometrie und Arithmetik, die meine Schwester mir beschafft hat, komme ich nicht aus – davon, dass die Mütter dieser kleinen Esel nie zahlen, mal ganz abgesehen. Mit mir selbst gehe ich vielleicht leichtsinnig um, doch du kannst mich ruhig überallhin mitnehmen. Mein Vater ist Professor in Neapel, eigentlich wollte ich es dir nicht sagen, aber irgendeine Empfehlung muss ich ja wohl vorweisen. Du halst dir also keine Hure auf, ich bin kein Mädchen von der Straße. Meine Schwester arbeitet bei Stipel und hatte auch mir eine Stelle dort beschafft, aber ich halte es in diesen Hühnerställen einfach nicht aus. Und dann ist passiert, was passiert ist, und jetzt habe ich keine Wahl mehr: Entweder du nimmst mich mit, oder ich muss morgen Schluss machen.«

»Was ist denn passiert?« Ihre Worte nagelten ihn fest.

»Hör zu, mein Lieber: Das kann ich dir nicht sagen. Du bist ein Gentleman, das sieht man nicht nur an deiner Kleidung. Ich habe mich mit dieser Bitte an dich gewandt, weil ich gemerkt habe, dass du ein Gentleman bist. Den Flegeln, die sonst so da draußen herumlaufen, würde ich nicht einmal sagen, ob ich meinen Tee mit Milch oder Zitrone trinke.« Sie schwieg und ließ ihn nachdenken.

Und er dachte nach. Trotz seiner Sensibilität übte das, was man gemeinhin als verrückt bezeichnet, keinerlei Reiz auf ihn aus. Mit einem Mädchen, das er vor wenigen Stunden kennen gelernt hatte, für drei Monate wegzufahren, war für ihn verrückt, und in seiner Welt zeugten Verrücktheiten von schlechtem Geschmack. Entmutigt sagte er: »Ich kann nicht.«

»Warum nicht? Sag bloß nicht, dass es eine Frage des Geldes ist.«

Nein, vielleicht war es nicht so sehr eine Frage des Geldes, obwohl der Gedanke, sein ganzes Geld so unvermittelt auszugeben und sich hinterher an seinen Vater wenden zu müssen, ihm nicht behagte. »Es geht nicht nur ums Geld.«

Irgendwie schien sie seine Gedanken zu erraten. »Ja, ich verstehe. Du kannst nicht einfach urplötzlich für drei Monate verschwinden, du hast eine Familie, vielleicht eine Freundin, du müsstest deinem Vater Bescheid sagen, erklären, Geschichten erfinden. Niemand ist frei, nie. Gut, das verstehe ich, aber ich wiederhole meine Bitte trotzdem noch einmal. Ich will dich nicht moralisch unter Druck setzen, denn du bist der netteste, höflichste und sensibelste Mann, der mir je begegnet ist. Aber du bist der Einzige, der mich retten kann, andernfalls bleibt mir nichts anderes übrig, als mir die Pulsadern aufzuschneiden.«

»Wieso nur ich?« Ihr letzter Satz ließ ihn erstarren, es klang wie eine Drohung.

»Weil ich niemand anderen habe, es gibt keine andere Lösung, kein anderes Mittel. Entweder du lässt mich jetzt in dein Auto steigen und fährst mit mir mindestens tausend Kilometer weit weg, oder es passiert, was ich gesagt habe.« Ihre Stimme blieb normal, undramatisch, ohne Nachdruck. Sie erklärte ihm einfach, wie die Dinge lagen, als würde sie mit einem ihrer Nachhilfeschüler sprechen.

Genau das machte ihn betroffen und begann ihn zu ängstigen. »Ich müsste zumindest meinem Vater vorher Bescheid sagen, ich kann doch nicht einfach so für drei Monate verschwinden, auch wegen meiner Arbeit… Wir können uns in ein paar Tagen wieder treffen, vielleicht kann ich ja…«

»Lieber, ich kann nicht warten. Und auch wenn ich es könnte, würdest du dich nicht mehr blicken lassen. Entweder wir fahren jetzt sofort los, und du behältst mich bei dir, solange es geht, oder es hat alles keinen Sinn.« Monoton wiederholte sie immer dasselbe, triste Dilemma. Dann schwieg sie wieder, damit er noch einmal nachdenken konnte.

Doch nun dachte er nicht mehr viel nach. Seine Beklemmung hatte ihn nervös gemacht, und Nervosität macht verschlossen und gefühllos und lässt kalte Gedanken aufkommen. Ob es wohl Hysterie war? Eine glasklare Hysterie? Eine normale Frau beschließt doch nicht, sich an einem bestimmten Tag umzubringen, und bittet dann den Erstbesten, sie mitzunehmen und zu retten, da sie nicht sterben will. Nein, dieses Verhalten war nicht normal, und der Verdacht, es mit jemandem zu tun zu haben, der nicht normal war, ließ ihn erstarren. Nun brachte er gar nichts mehr heraus.

Sie wartete, rauchte, schaute in ihr Täschchen, betrachtete die Autofahrer, die in das Häuschen kamen und wieder gingen, machte ihre Tasche nochmals auf, sah erneut hinein und sagte dann: »Lass uns gehen, bitte.«

Sie stiegen ins Auto. Davide schwieg und fuhr nicht sehr schnell. Bei der nächsten Ausfahrt verließ er die Autobahn, machte eine lange Schleife über verschiedene Landstraßen und kam dann zur Autobahn zurück, wo er in die Auffahrt Richtung Mailand einbog.

»Nein, nein«, begann sie zu jammern, sobald ihr klar wurde, was er vorhatte, »lass uns nicht nach Mailand fahren, bring mich fort, bring mich fort.« Das kindische Gejammer aus dem Mund dieser Frau überraschte ihn, es verstärkte seinen Verdacht, dass sie hysterisch war.

»Heute Abend spreche ich mit meinem Vater, vielleicht kann ich ihn überzeugen, dann fahren wir morgen los.« Er log wie ein Arzt, der eine Todkranke belügt.

»Nein, wenn du mich allein lässt, werden wir uns nie wieder sehen, bring mich fort, jetzt gleich.« Als er auf der Autobahn nach Mailand war, nahm ihr Jammern noch zu.

»Beruhige dich, bitte. Es geht jetzt nicht, hör auf.«

»Nein, bring mich fort, jetzt gleich, sonst muss ich mich umbringen.« Sie saß stocksteif auf ihrem Sitz, von ihm abgerückt und hinter ihren Haaren versteckt, und doch flehte sie ihn an.

»Beruhige dich, ich bitte dich. Wenn wir in Mailand sind, reden wir noch mal darüber.« Inzwischen hatte er richtig Angst vor ihr, eine Frau mit einer Nervenkrise ängstigt jeden Mann. Er wollte sie jetzt nur noch loswerden, ohne dass es zu einer Szene kam. Er wollte, dass sie ruhig blieb, aber sie konnte ja jeden Moment anfangen zu schreien und um sich zu schlagen. Er würde gezwungen sein, mitten auf der Autobahn anzuhalten, die Polizei würde kommen, verdammt noch mal, die paar Minuten, die er mit dieser Frau verbracht hatte, würde er teuer bezahlen müssen, vollkommen kaputt würde er sein, als hätte man ihn aus dem obersten Stockwerk des Pirelli-Hochhauses geworfen. Diese Frau hatte einen so normalen Eindruck gemacht – und nun das!

»Kehr um, Lieber, bring mich fort von hier.« Es war das zwanghafte, nervtötende Gejammer eines kleinen Mädchens, das ein Eis will, Mama ein Eis, Mama ein Eis, Mama ein Eis, Mama ein Eis.

Er reagierte nicht mehr darauf.

»Bring mich fort, ich flehe dich an, sonst bringe ich mich um.«

»Fahr ab, fahr hier ab, bei dieser Ausfahrt, fahr zurück, bring mich fort, ich flehe dich an.«

»Bring mich fort, Lieber, wenn du wüsstest, was los ist, wenn du es nur wüsstest, würdest du sofort mit mir wegfahren.«

Davide bemühte sich, ihr nicht mehr zuzuhören, denn wenn er es tat, würde er nachgeben, nur damit sie endlich den Mund hielte. Er versuchte sich abzulenken, aber die Landschaft bot wenig Gelegenheit dazu, wenn man sich nicht gerade für Hochspannungsleitungen begeisterte. Im Rückspiegel entdeckte er wieder den schönen Mercedes 230 in dieser weichen Farbe zwischen Bronze und Cappuccino. Vielleicht irrte er sich ja, aber es schien ihm, als habe er das Auto auch auf der Hinfahrt schon hinter sich gesehen. Seine Giulietta gefiel ihm wirklich sehr, aber so einen Mercedes-Sportwagen hätte er noch lieber gehabt.

»Nein, nein, nein, ich will nicht nach Mailand zurück.«

Er konnte mal Dr. Brambilla fragen, den Vermögensverwalter der Familie, ob er ihm irgendwie so einen Mercedes 230 beschaffen konnte, ohne dass sein Vater wegen der Kosten einen Anfall bekam. Sie waren nun fast am Ende der Autobahn angelangt.

»Nein, nein, nein, nein, nein, ich werde verrückt, kehr um.« Genau in dem Moment, als sie vor der Mautstelle der Ausfahrt anhielten, zog sie das Taschentuch aus ihrem Täschchen. Der Mann in dem Häuschen schaute zu ihnen hinein und sah, wie sie sich die Augen trocknete. Lächerlich sah sie aus mit dieser großen, schwarzen, in die Haare geschobenen Sonnenbrille. Er hörte ein Klacken, irgendetwas musste aus ihrem Täschchen gefallen sein; das Lächerliche dieser Szene und der unbeirrte, spöttische Blick des Mannes in dem Häuschen – »Der hat mit der Kleinen Spaß haben wollen und jetzt, auf dem Rückweg, macht sie ihm Schwierigkeiten« – machten ihn wütend.

»Nein, nein, nein, kehr um, nein, nein, nein, bring mich fort.«

Brüsk hielt er an, indem er scharf nach rechts einschlug und auf die Wiese zuhielt. An dem roten Abendhimmel zeichneten sich schwarz die Hochhäuser von Metanopoli ab. Dieses Nein-Nein-Nein-Nein raubte ihm den letzten Nerv, und zum zweiten Mal in seinem Leben – das erste Mal war beim Militär gewesen, als er seinen Bettnachbarn verprügelt hatte – erhob er die Stimme und schrie wütend: »Steigen Sie aus, Schluss jetzt, ich kann nicht mehr.« Jetzt siezte er sie sogar wieder.

Das Gejammer hörte schlagartig auf, als hätte jemand den Stecker eines Radios herausgezogen. Wegen der großen, schwarzen Sonnenbrille konnte er ihren Blick nicht sehen, aber der halb geöffnete Mund verriet ihren Schrecken. Einen Moment blieb sie unbeweglich sitzen, auch der Mund war wie festgefroren. Dann öffnete sie die Autotür und stieg aus, von einer lächerlichen Panik ergriffen, als fürchte sie, dass er sie schlagen würde, wenn sie nicht ausstiege, und kaum war sie draußen, zog Davide auch schon den Schlag zu und fuhr los. Wütend überholte er den Mercedes 230, der jetzt nur vierzig Stundenkilometer fuhr, Autos waren immer noch das Beste, besser als jede Frau, ein Auto kann man zehn Wochen lang fahren, Frauen sind schon nach zehn Minuten unerträglich.

Sicher fühlte er sich erst, als er zur Tiefgarage in der Nähe seiner Wohnung kam. Er fuhr hinunter in den Keller, den man in ein futuristisches Grandhotel für Autos verwandelt hatte. In ihren aerodynamischen Anzügen und mit den Kappen im Armylook sahen die Jungs dort aus, als kämen sie direkt aus Cape Kennedy, doch rückten Sprüche wie »Schnapp dir mal die Pumpe, du

Schlappschwanz, aber ein bisschen dalli« diesen Eindruck bald zurecht und stellten wieder eine familiäre, heimatliche Atmosphäre her.

Er war ein ordentlicher Junge, und immer bevor er das Auto dem Personal übergab, schaute er sich im Innern noch einmal kurz um. So sah er gleich das Taschentuch und diesen winzigen, unbekannten Gegenstand, den er hatte herunterfallen hören, als sie sich die Tränen wegwischte. Er steckte die Sachen verlegen in die Tasche, denn einer der Männer mit den Armykappen stand schon vor dem Auto und wartete.

»Buonasera, Signor Auseri.«

»Buonasera.«

Er überquerte die Piazza Cavour, die schon ganz in den ruhigen Schatten des Abendlichts getaucht war. Vom Zoo wehte ein leichter Geruch von warmen Löwenleibern herüber. Er ging in die Bar Milanese, auch dort war er der einzige Gast inmitten von Bonbons, Pralinen, Kuchen und Flaschen. Ein eisgekühltes Bier löschte seine heiße Wut und löste seine Anspannung, doch dann fuhr ihm wie ein Blitz der Gedanke durch den Kopf: »Jetzt bringt sie sich um.«

Er verließ die Bar, überquerte erneut die Piazza Cavour, bog in die Via Annunciata ein und ging in die Wohnung hinauf. »Nein, sie bringt sich nicht um, das wird schon vorbeigehen.«

Außer der Hausangestellten war niemand da, sein Vater hielt sich in Rom auf, eigentlich lebte er mehr in Rom als in Mailand.

Er duschte und versuchte sich zu beruhigen, indem er sich unter den scharfen Wasserstrahl stellte, doch plötzlich musste er nach Luft schnappen. »Die spinnt doch, am Ende bringt sie sich tatsächlich noch um.«

Er zog sich wieder an und ging ins Esszimmer, das gleichzeitig

Bibliothek und Durchgangszimmer zum so genannten Großen Salon war. »Und wenn sie sich umbringt – was habe ich damit zu tun?«

Er aß vor dem Fernseher, die Lage in Vietnam war heikel, ein amerikanischer Soldat schoss ihn vom Bildschirm aus fast zusammen. »Ich hätte sie wenigstens ins Zentrum bringen können, auf diesem verlassenen Gelände in Metanopoli muss ihre Verzweiflung noch größer geworden sein.« Ein Herr auf dem Bildschirm hielt ihm einen langen Vortrag über die Luftverschmutzung im Winter, die auf Fabrikanlagen und Heizungen zurückzuführen war, doch mitten im Sommer bei sechsunddreißig Grad Hitze interessierte ihn dieses Thema nur mäßig. Was ihn einen Moment lang viel mehr beschäftigte, war der trichterförmige Kopf der neuen Hausangestellten, einer älteren Frau, die ihn mit einem vagen Lächeln um die Erlaubnis gebeten hatte, sich aufs Sofa setzen und fernsehen zu dürfen. Und da saß sie jetzt in der bedrückenden Einsamkeit dieser Wohnung, die keinem Fernsehprogramm je weichen würde, und verdeckte mit diesem trichterförmigen Kopf ein Drittel des Bildschirms. »Wenn sie sich umbringt und jemand uns zusammen gesehen hat, werden sie mich auf die Wache bestellen.«

Er fühlte sich elend. Auch an anderen Abenden, wenn er mit der Hausangestellten fernsah, war ihm ähnlich zu Mute, weil er am nächsten Morgen zu Montecatini musste, aber an diesem Abend fühlte er sich noch elender als sonst. Und wenn er nach Metanopoli zurückfuhr? Er warf einen Blick auf die Uhr. Wie konnte er nur so dumm sein: Die stand bestimmt noch immer da und wartete auf ihn, das war doch klar, und dann hätte sie ja wieder angefangen zu jammern: »Bring mich fort, bring mich fort.« Inzwischen ging es ihm richtig schlecht.

Die ganze Nacht und auch den nächsten Tag im Büro fühlte er sich krank. Er las den *Corriere* von vorn bis hinten, Überschrift um Überschrift, doch von dem Selbstmord eines Mädchens kein Wort. Auch zwei andere Zeitungen, *Notte* und *Lombardo*, überflog er – nichts. Am Abend hatte die vornehme Hausdame mit dem trichterförmigen Kopf frei, und so ging er in die Bar Milanese, um ein paar belegte Brote zu essen. Nach dem ersten Brötchen überquerte er kurz die Straße, die letzte Ausgabe der *Notte* musste eigentlich schon erhältlich sein. Es waren schlechte Zeiten für die Abendzeitungen, man konnte ja die Leser nicht immer mit der unglaublichen Hitzewelle oder der chinesischen Atombombe auf der Titelseite bei der Stange halten. Journalisten mit oder ohne Magengeschwür versuchten, ihre Nachrichten so spektakulär wie möglich aufzumachen: der Mann, der seine Frau mit einem Bügeleisen verprügelt und es anschließend aus dem Fenster geworfen hatte, das Pärchen, das bei unsittlichem Verhalten in der Öffentlichkeit überrascht worden war (am Idroscalo, falls dort überhaupt ein anderes Benehmen denkbar war), und so sah Davide zu seinem grenzenlosen Schrecken auf der ersten Seite einer dieser Zeitungen die fünf Spalten breite Überschrift. SCHNEIDET SICH DIE PULSADERN IN METANOPOLI AUF, eine Überschrift, die der Nachricht einen Hauch von dramatischer Topografie verlieh, als habe die Tatsache, dass sich jemand die Pulsadern in Metanopoli aufschneidet, eine zukunftweisende Bedeutung in Hinblick auf den Wandel der Sitten, als wäre es ein Zeichen der Zeit: Heutzutage schneidet man sich die Pulsadern nicht mehr einfach zu Hause auf oder in Dörfern oder Städten mit ehrwürdiger Tradition und altmodischen Namen, Pavia, Livorno, Udine – nein, heutzutage schneidet man sich die Pulsadern in einem dieser modernen Zentren auf, wo sich alles ums Öl oder um die Schwerindustrie dreht, dem unaufhaltsamen Marsch in die Zukunft selbst in diesem letzten Willens- oder Verzweiflungsakt sklavisch unterworfen.

Mit der Zeitung in der Hand überquerte Davide erneut die Straße und verzehrte dann in der netten, mit Leckereien vollgestopften Bar Milanese das zweite Brötchen, inmitten von einem halben dutzend Leuten, die noch etwas tranken, bevor sie ins Cavour gingen, wo es einen Film gab, dessen Hauptdarstellerin – jedenfalls den Fotos nach zu schließen – ein interessanter Fall von Brustelefantiasis zu sein schien.

Der Journalist hatte die Geschichte äußerst reißerisch aufgemacht und sogar erklärt, warum das Gras der Wiese, auf der das verblutete Mädchen gefunden worden war, blau erschien; für ihn hatten sich das Grün des Grases und das Rot des Blutes zu Blau vermischt. Der Radfahrer Antonio Marangoni, der allerdings kein Rennsportfahrer war, sondern schlicht und einfach ein siebenundsechzig Jahre alter Mann, der früh morgens von seinem Bauernhof nach Metanopoli radelte, hatte die Leiche des Mädchens entdeckt und Alarm geschlagen. Neben dem Mädchen war ein flaches Täschchen gefunden worden, das fast so aussah wie eine große Herrenbrieftasche, mit einem Brief an die Schwester. Über dessen Inhalt wurde nichts Genaueres berichtet, aber der Verfasser des Artikels hatte auf der Wache herausfinden können, dass es einer dieser Briefe war, in denen der Selbstmörder die Überlebenden um Verzeihung bittet. In Klammern folgte die Aufforderung, die Fortsetzung auf Seite zwei zu lesen.

Davide trank einen Whisky und las die Fortsetzung auf Seite zwei zu Hause. Er las sie mehrmals, und immer stand er hinterher auf und goss sich einen Whisky ein. Die Flasche holte er aus einem Schränkchen, das vor hundert Jahren wohl einmal ein Schuhschrank gewesen war.

Sie hatte gesagt, dass sie sich umbringen würde, und sie hatte es getan. Sie hatte nicht einmal den nächsten Tag abgewartet, sondern sich die Pulsadern aufgeschnitten, gleich nachdem er sie abgesetzt hatte. In einem Busch hatte sie sich versteckt, in der Nähe des Hofs von Antonio Maragoni, wie ein sterbendes Tier, und dann hatte sie ihren Tod herbeigeführt, weil es eine beschlossene Sache gewesen war. Der Brief, mit dem sie die Schwester um Verzeihung bat, war schon geschrieben gewesen, als sie sich mit ihm am Fluss aufhielt. Er musste bereits in dem Täschchen gesteckt haben, in das er später sein Geld hineinschob.

Und doch – sie wollte nicht sterben. Sie musste sterben, aber sie wollte es nicht, auf der ganzen Rückfahrt hatte sie gejammert, nein, nein, nein, sie wollte nicht, und wenn er sie fortgebracht hätte, wenn sie weggefahren wären, weit weg, wie sie immer wieder betont hatte, hätte sie sich nicht umgebracht, sondern wäre noch am Leben. Tag und Nacht musste er nun an ihre große, dunkle Sonnenbrille denken, an ihre flehende Stimme, an ihr Jammern und Weinen. *Er* hatte sie umgebracht. Während er in seinem Büro bei Montecatini saß und all die sauberen Akten in ihren sauberen Ordnern durcharbeitete, ging ihm dieser Gedanke nicht mehr aus dem Sinn. Doch allmählich merkte er, dass er nur eine gewisse Menge Whisky zu trinken brauchte, egal, welche Marke, und dieses Gefühl, das Wissen um einen Mord mit sich herumzutragen, so wie ein hübsch aufgemachtes Präsent eine Praline mit Arsen enthalten konnte, lastete weniger schwer auf ihm. Und ab einer bestimmten Menge Whisky verschwand es ganz.

6

Als er begriff, dass Davide Auseri überhaupt niemanden umgebracht hatte, bekam er eine solche Lust, ihn zu verprügeln, dass er die Zähne fest zusammenbeißen musste, wie bei einem unerträglichen Juckreiz. Verdammte Psychopathen, Astheniker, Schizophrene! Doch das vor Angst aufgelöste Gesicht des Jungen, das plötzlich wie misslungene Majonäse in seine Bestandteile zu zerfallen schien, weckte sein Mitleid.

»Wir fahren jetzt zu meiner Schwester zurück.« Fast eine Stunde lang hatten sie im Auto vor dem Friedhof Musocco gesessen, und diese Kulisse samt der blödsinnigen Geschichte, die Davide gerade erzählt hatte, ließ in ihm den Wunsch nach einem Szenenwechsel aufkommen. Es gab allerdings nicht viele Orte, wo er mit diesem Anwärter fürs Irrenhaus hinkonnte. Davides Wohnung in der Via Annunciata kam nicht in Frage, da der große Ingenieur Auseri dort jeden Moment auftauchen konnte. Auch in die Brianzer Villa wollte er nicht. Vielleicht konnten sie sich ein Zimmer in einem Hotel nehmen, aber darum würde er sich später kümmern, jetzt wollte er Davide lieber zu seiner Schwester bringen. Er rief sie von einer Bar aus an, denn unangemeldeter Besuch ist nie willkommen, während Davide an der Theke saß und ohne Auflagen trank. Sollte er doch trinken.

»Ich komme noch mal mit meinem Freund von heute Morgen. Es tut mir Leid, aber du musst mir jetzt helfen. Richtest du mein Zimmer für ihn her?«

»Ist was passiert?«

»Nein, nur ein akuter Fall von Schwachsinn.«

Auf dem Weg hielt er kurz bei einer Apotheke und ließ sich

ein Röhrchen Schlaftabletten geben. Kaum war er in Lorenzas Wohnung, wies er Davide an, sich aufs Bett zu legen, und gab ihm eine Tablette. Dann setzte er sich neben ihn, als wäre er sein Babysitter, und blieb dort, bis er eingeschlafen war. Lange musste er nicht warten, denn der neurotische Riese war nach seiner Beichte so erschöpft, dass er wie ohnmächtig in den Schlaf sank.

Anschließend wiegte er auch Sara in den Schlaf. Auf dem Arm ihres Onkels widersetzte sich das kleine Biest nicht lange, und als sie allein in der zwar dunklen, aber keineswegs kühlen Küche saßen, sagte er zu Lorenza, er hätte fast Lust zu heulen.

»Wäre es nur darum gegangen, ihm den Alkohol auszutreiben, hätte ich nicht allzu viel Arbeit mit ihm gehabt. Der Junge hat aber leider den Schuldkomplex eines Mörders. Ein Jahr lang hat er ihn am Köcheln gehalten und immer wieder mit Whisky begossen, ohne jemandem ein Sterbenswörtchen davon zu sagen. Die Überzeugung, dass er am Tod dieses Mädchens schuld ist, hat wie eine Fäule nach und nach von ihm Besitz ergriffen, selbst Freud bräuchte Jahre, um ihm diese Idee wieder auszutreiben. Sobald man ihn allein lässt, wird er versuchen, sich die Pulsadern aufzuschneiden, genau wie es dieses Mädchen getan hat, und am Ende wird es ihm gelingen.«

»Du könntest dem Vater erklären, wie die Sache steht, damit er ihn in eine Klinik schickt und du dir eine weniger komplizierte Arbeit suchen kannst.«

»Ja, natürlich, das könnte ich. Er käme in eine Klinik, einen Monat oder zwei oder sechs, egal, und wenn er wieder heraus wäre, würde er sich die Pulsadern aufschneiden.« Er aß das letzte Stück des fetten Kochschinkens, den Lorenza ihm als Mittagessen hingestellt hatte. »Und dann würde ich von dem Gedanken besessen sein, dass ich ihn hätte retten können, wenn ich nur an seiner

Seite geblieben wäre. Wir sind einfach zu sensibel. Es ist geradezu lächerlich, wie eindeutig die Menschen sich in zwei Gruppen einteilen lassen: die Harten und die Empfindsamen. Der eine zerstückelt seine ganze Familie – Frau, Kinder und die eigene Mutter – mit einer Axt, und wenn er dann im Gefängnis sitzt, stellt er einen Abo-Antrag für das *Rätselheft der Woche.* Und der andere muss in die Neuropsychiatrie eingewiesen werden, nur weil er das Fenster offen gelassen hat, sodass seine Katze bei ihrem üblichen Sprung aufs Fensterbrett aus dem fünften Stock gefallen ist: Er ist überzeugt, die Katze ermordet zu haben, und wird verrückt.«

Gegen sieben Uhr abends wachte Davide Auseri auf, sein Bett war schweißnass. Der Junge schwitzte wie eine alte Jungfer mit Überfunktion der Schilddrüse. Er ließ ihn kalt baden und blieb bei ihm, da er Davide nicht wirklich traute. Lorenza bügelte Davides Hemd und Anzug, während er selbst ihn zwang, ein halbes Hähnchen zu essen, das er in einem Geschäft um die Ecke besorgt hatte. Er füllte ihm das Glas zweimal mit Rotwein und bat ihn dann, ihm in seine Praxis zu folgen. Sie hatten nicht mehr miteinander gesprochen. Davide hatte das schwere Bronzetor wieder zugeschlagen und ließ niemanden mehr herein. Doch er würde darauf bestehen, empfangen zu werden.

»Setzen Sie sich«, wies er ihn an. Die Praxis hatte Papa ihm eingerichtet – der Glasschrank mit den Ärztemustern von vor drei Jahren, die mit Kunstleder bezogene Liege, die spanische Wand und, in einer Ecke vor dem Fenster, das auf den Piazzale Leonardo da Vinci hinausging, der gläserne Tisch mit dem Schreibset sowie der längliche Kasten mit bestimmt über hundert Karten: die Kartei. Sein Vater hatte sich wohl ausgemalt, dass diese Karten schon nach kurzer Zeit die Namen all der Männer, Frauen und Kinder tragen würden, die zu ihm kämen, um sich behandeln zu lassen.

Was man sich nicht alles vorstellt! Er richtete das Licht der verstellbaren Schreibtischlampe ein wenig weiter nach unten und zündete sich eine Zigarette an.

»Ich weiß nicht, ob Sie bemerkt haben, dass ich nicht einmal den Versuch unternommen habe, Ihnen zu erklären, dass Sie niemanden umgebracht haben und keinerlei Verantwortung für den Tod dieses Mädchens tragen.« Er stand auf und suchte nach etwas, das ihm als Aschenbecher dienen konnte, und setzte sich dann wieder. »Und auch jetzt werde ich es nicht versuchen. Wenn Sie sich unbedingt für einen Mörder halten wollen, dann tun Sie das. Es gibt Leute, die halten sich für Hitler, und Sie leiden an genau dem gleichen Syndrom. Ich habe gedacht, ich sage es Ihnen lieber gleich, bevor ich Sie zu Ihrem Vater zurückbringe, denn ich bin zwar in der Lage, einem Jungen zu helfen, der trinkt, aber für einen Geistesgestörten kann ich nichts tun.«

Wider Erwarten öffnete sich das Bronzetor schon bei diesem ersten Schlag. »Ich bin nicht geistesgestört. Aber wenn ich sie mitgenommen hätte, hätte sie sich nicht umgebracht. Und es wäre mir nicht einmal schwer gefallen, im Gegenteil, ich hätte es schön gefunden. Ich hätte einfach mit ihr wegfahren können, nicht einmal meinem Vater hätte ich verständigen müssen, es hätte genügt, Dr. Brambilla anzurufen, der hätte ihm Bescheid sagen können, dass ich eine Weile Ferien machen würde. Meinem Vater war es sowieso nicht besonders wichtig, dass ich bei Montecatini arbeitete, er wollte nur, dass ich mich irgendwie beschäftigte. Es hätte schon genügt, sie ein paar Tage bei mir zu behalten, bis ihre Krise vorüber gewesen wäre.« Er keuchte, aber nicht wegen der Hitze. Der Gedanke, für geistesgestört gehalten zu werden, und zwar von einem Arzt, hatte ihn ernsthaft erschüttert.

Er unterbrach ihn. »Nein, Signor Auseri, Sie brauchen gar nicht erst zu versuchen, mich in eine Diskussion dieser Art zu verwickeln«, höhnte er. »In den Standardwerken der Psychiatrie finden sich genügend berühmte Beispiele absurder Dialektik. Ich habe absolut keine Lust, mir von Ihnen beweisen zu lassen, dass Sie dieses Mädchen umgebracht haben. Dann wäre ja das städtische Gaswerk verantwortlich für den Tod aller Menschen, die sich umbringen, indem sie den Gashahn öffnen, und wenn Sie der Geschäftsführer wären, würden Sie sich dem Whisky verschreiben und sterben wollen. Hören Sie bloß auf. Je mehr Sie versuchen, mich von Ihrer fixen Idee zu überzeugen, desto deutlicher wird, wie schlimm es um Sie steht.« Dieser Schlag schien gesessen zu haben, denn er sah, wie Davide die Faust hob, als wolle er sie auf den Tisch hauen – doch er tat es nicht, die Faust blieb in der Luft schweben.

»Aber wenn ich sie mitgenommen hätte...«, wiederholte er, den Tränen nahe.

»Basta.« Jetzt schlug er selbst die Faust auf den Tisch. »Ein normaler Mensch denkt nicht ständig wenn, wenn, wenn. Aber Sie sind eben nicht normal. Dafür gibt es noch einen weiteren Beweis: Warum haben Sie denn Ihrem Vater gegenüber ein ganzes Jahr lang geschwiegen, obwohl er alles Mögliche mit Ihnen angestellt hat, um zu erfahren, weshalb Sie so maßlos trinken und sich so seltsam verhalten? Es hätte nicht viel gefehlt und er hätte Ihnen mit dem Schürhaken den Unterkiefer zertrümmert! Warum haben Sie ihm nicht die Wahrheit gesagt? Wovor hatten Sie denn Angst?«

Die Antwort kam unerwartet direkt. »Er hätte es nicht verstanden.«

Davide hatte Recht, Ingenieur Auseri hätte es nicht verstanden; Tiefenpsychologie war noch nie die Stärke der herrschenden

Cäsaren gewesen. Aber natürlich sagte er ihm nicht, dass er Recht hatte. »Na gut. Und warum haben Sie mir die Wahrheit gesagt, obwohl wir uns noch keine vierundzwanzig Stunden kennen? Dabei hatte ich Sie nicht einmal danach gefragt!« Er kannte den Grund bereits, wollte aber herausfinden, ob Davide es ihm erklären konnte.

»Ich war seit jenem Morgen nicht mehr in der Via dei Giardini gewesen«, erwiderte er leise und starrte dabei auf den Fußboden. »Heute Morgen haben Sie mich dorthin gebracht, haben das Auto an fast derselben Stelle geparkt, wo ich vor einem Jahr stand, und haben mich dort warten lassen, während Sie im Kommissariat waren … Und dann haben Sie mich auf den Friedhof mitgenommen und von Ihrem Vater erzählt, und ich habe all diese Gräber gesehen …«

Genau: Heute Morgen hatte er den jungen Auseri, ohne es zu ahnen, einer Situation ausgesetzt, die seinen Komplex angeknackst hatte. Und jetzt hatte er ihm Angst eingejagt, er könne verrückt sein, und dadurch war es ihm gelungen, seinen äußerst gefährlichen Schuldkomplex endgültig aufzubrechen. Und Michelangelos armer David versuchte nun verzweifelt, ihn davon zu überzeugen, dass er normal sei, denn das Gefühl, verrückt zu sein, ist noch schlimmer als das, sich für einen Mörder zu halten. Es war wirklich eine schmutzige Arbeit. Als Pharmavertreter hätte er weniger verdient, aber auch weniger Scherereien gehabt.

Davide begann noch einmal: »Eigentlich wollte ich ihr Taschentuch und das kleine Ding, das sie im Auto verloren hatte, gar nicht mehr sehen, der Anblick dieser Sachen machte mich richtig krank. Aber am Ende habe ich es dann doch nicht ausgehalten und sie immer wieder hervorgeholt, und dabei musste ich daran denken, wie sie sich die Tränen mit dem Taschentuch abgetrocknet und dass ich sie aus dem Auto geworfen hatte, statt sie mitzunehmen …«

Es war ein trauriges Schauspiel: solch eine krankhafte Sensibilität in so einem athletischen Körper. Aber wenigstens war er nicht mehr so hart und verschlossen wie ein Betonblock.

»Gut, jetzt möchte ich diese Sachen auch mal sehen. Wo sind sie?« Er hoffte, dass Davide auf diese Weise Spannung abbauen, dass er sich wenigstens zum Teil von seiner Last befreien konnte. Er musste noch ein wenig drängen, denn Davide wollte zunächst nicht so recht mit der Sprache herausrücken.

Die beiden Gegenstände befanden sich in dem schönen, weichen Koffer, in einer mit Reißverschluss versehenen Innentasche.

»Eigentlich wollte ich sie fortwerfen, denn ihr Anblick quälte mich so sehr, aber selbst die Überlegung, wohin, war schon zu viel für mich.«

Ah, natürlich, die morbide Psychologie der Erinnerungen! Auf der Glasplatte des Tischchens lag jetzt das Taschentuch. Für den Jungen war es das Taschentuch der Frau, die er ermordet hatte. Und da lag auch der kleine Gegenstand, der aussah wie ein winziger Puppentelefonhörer: zwei an einer Seite durch eine Metallzunge verbundene, flache Zylinder, insgesamt höchstens drei Zentimeter lang. Das Taschentuch beachtete er kaum, doch den Gegenstand nahm er in die Hand und betrachtete ihn eingehend. Mit einer Stimme, aus welcher der bitterböse Ton ganz verschwunden war, fragte er Davide: »Ist dies der Gegenstand, den das Mädchen an jenem Tag verloren hat?«

»Ja.«

»Wissen Sie, was das ist?«

»Nein. Ich habe gedacht, vielleicht eine Kosmetikprobe oder so was Ähnliches.«

»Haben Sie versucht, es aufzumachen?«

»Ich bin gar nicht auf die Idee gekommen, es aufzumachen.«

»Aber Sie haben doch gesagt, Sie glaubten, es wäre eine Probe. Und Proben öffnet man.«

»Ja, das stimmt. Aber wenn ich diese Sachen ansehe, fühle ich mich schlecht und denke nie besonders viel nach.«

Er verstand ihn. »Dann sage ich Ihnen jetzt, was das ist: die Filmkassette einer Minox.« Er stellte fest, dass Davide nicht wusste, was das war, und so erklärte er es ihm: »In dieser Kapsel befindet sich ein etwa fünfzig Zentimeter langer und knapp einen Zentimeter breiter Filmstreifen, mit dem man mehr als fünfzig Fotografien aufnehmen kann, und zwar mit einer winzigen Kamera, die Minox heißt.« Als er mit seiner kurzen Erklärung fertig war, vergaß er Davide, als säße er nicht mehr vor ihm, als gäbe es ihn gar nicht mehr, als wäre er ganz allein in dieser süßlich-warmen Luft und dem weichen, altmodischen Licht der Schreibtischlampe, die nach den Worten des Verkäufers geradezu ideal in eine Arztpraxis passte, sodass sein Vater sie schließlich gekauft hatte. Davide war nicht mehr existent, jetzt gab es nur noch ihn und den Film.

Eine Minoxkamera ist kein Spielzeug. Nicht viel größer als ein Feuerzeug, wurde sie im Krieg – wie in jedem Spionageroman nachzulesen – zum Fotografieren von geheimen Dokumenten benutzt. Dank einer elektronischen Vorrichtung, die einfach zu montieren ist, sind Aufnahmen selbst bei Nebel oder Explosionsrauch möglich, weshalb die Minox oft von Zeitungskorrespondenten in Kriegsgebieten eingesetzt wird. Um mit dem winzigen Apparat gute Fotos zu machen, ist allerdings eine gewisse Erfahrung vonnöten, sonst sind die Bilder leicht verwackelt oder der Ausschnitt ist schlecht gewählt. Für Hobbyfotografen ist es außerdem fast unmöglich, auf einem einzigen Film fünfzig Bilder unterzubringen, während ein Profi diese Zahl spielend erreicht. Da der Film extrem klein ist, kann er außerdem problemlos mit der Post verschickt und leicht versteckt werden. In einem Roman hatte er einmal von einem Spion gelesen, der den Minoxfilm im Mund über die Grenze schmuggelte und dabei sogar noch reden konnte. Doch war das womöglich eine Übertreibung des Autors – oder besagter Spion hatte eine Mundhöhle von außergewöhnlicher Größe.

Er fühlte sich nervös und angespannt. Er war bestimmt kein Anhänger von unsinnigen, kindischen Phantastereien, aber diese Spule hatte sich in der Handtasche des Mädchens befunden, und Frauen, die so leidenschaftlich fotografieren, dass sie mit einer Minox arbeiten, sind äußerst selten. Hinzu kam, dass das Mädchen nicht gerade ein normaler, häuslicher Typ gewesen war: Hin und wieder war sie gegen Bezahlung mit Männern mitgegangen. Doktor Carrua hätte sie als Dirne bezeichnet, was zwar kein besonders vornehmer Ausdruck war, die Lage aber ziemlich treffend beschrieb. Außerdem hatte sich das Mädchen aus Gründen, die es nicht nennen mochte, gezwungen gefühlt, sich umzubringen. Er wollte sich auf keine konkrete Hypothese festlegen, aber er hätte nur zu gern gewusst, ob dieser Film vollständig oder nur teilweise belichtet war – denn dass er in eine Kamera eingespannt gewesen war, stand fest, da sich bei unbenutzten Kassetten ein Filmstreifen zwischen den beiden Zylindern befindet, und das war hier nicht der Fall – und ob die Negative nach einem Jahr noch immer brauchbar waren. Vor allem aber interessierte ihn natürlich brennend, was auf den Fotos wohl zu sehen war. Denn eins stand fest: Es war bestimmt kein Film mit netten Familienfotos – die Tante am Strand unter dem Sonnenschirm, die Freunde, die miteinander Ball spielten.

Das alles wollte er sofort wissen. Er würde weder schlafen noch essen, noch an etwas anderes denken können, bis er es wusste.

Er wickelte den Film in das Taschentuch und steckte beides in die Tasche. »Einen Moment, ich bin gleich wieder da.« Das Telefon stand im Flur. Durch die angelehnte Küchentür sah er Lorenza, die an einem Winterpullover für Sara strickte und Radio hörte. Er lächelte ihr zu und bedeutete ihr, sitzen zu bleiben. Er sah auf die Uhr: Es war neun.

»Doktor Carrua, bitte.«

»Wer spricht dort?«

»Duca Lamberti.«

Er musste lange warten, mehrmals klickte es in der Leitung, dann hörte er Carruas etwas verzerrte Stimme: »Entschuldigung, aber ich musste gerade gähnen.«

»Nein, *ich* habe mich zu entschuldigen, aber ich musste dich einfach sprechen, und zwar sofort.«

»Du hättest einfach vorbeikommen können, ich empfange immer!«

»Ich wollte wissen, ob das Fotolabor noch auf ist.«

»Das Lab … Natürlich ist es zu. Vor dem Wochenende machen die immer schon vorzeitig Feierabend.«

»Wie dumm, eigentlich wollte ich nicht bis morgen früh warten.« Es ging einfach nicht, lieber hätte er irgendeinen privaten Fotografen aus dem Bett geholt.

»Wenn es dringend ist, kann ich es wieder öffnen lassen und die Techniker zusammentrommeln.«

»Für mich ist es dringend. Sobald ich bei dir bin, erkläre ich dir, warum.«

»Gut, ich warte auf dich.«

»Ich bringe Auseris Sohn mit.«

Zehn Minuten später war er mit Davide in der Via Fatebenefratelli, und um dreiundzwanzig Uhr vierzig war Carruas großer Schreibtisch übersät mit den auf achtzehn mal vierundzwanzig Zentimeter vergrößerten Abzügen des winzigen Minoxfilms. Auch zwei große Flaschen Coca-Cola standen dort. Davide war der Einzige, der sein Jackett nicht ausgezogen hatte, er saß hinten im Raum, an dem Tischchen mit der Schreibmaschine, während sie die Fotografien betrachteten.

»Woran denkst du, Duca?«

»Ich sortiere die Fotos.«

Ein Puritaner hätte diese Bilder obszön gefunden. Sie waren gestochen scharf, trotz der Vergrößerung, und technisch einwandfrei. Vor einem etwas verschwommenen Hintergrund aus gemalten Wolken, der aus einem veralteten Fotostudio zu stammen schien, war eine nackte Frau zu sehen.

»Da gibt es nicht viel zu sortieren: Auf der einen Hälfte des Films ist die Dunkelhaarige, auf der anderen die Blonde.«

Es stimmte, ungefähr fünfundzwanzig Bilder zeigten dasselbe braunhaarige Mädchen und fünf- oder sechsundzwanzig die Blonde. Mit etwas Spitzfindigkeit hätte man behaupten können, die Fotos seien zwar etwas gewagt, aber doch eine Form von Kunst, denn die Posen der Mädchen hatten einen gewissen Anspruch in diese Richtung, auch wenn das ihren wahren Zweck nur dürftig verschleiern konnte. In den Haltungen der beiden Mädchen lag eine eindeutige Aufforderung, die nicht nur in ihrer Nacktheit begründet, sondern auch den Gesten der Arme und der Stellung der Beine zu entnehmen war. Auf den meisten Fotos waren die Gesichter der Mädchen abgewandt, aber nicht auf allen. Sie konnten nicht älter als zwei- oder dreiundzwanzig sein.

»Wo hast du die Akte Radelli?«, fragte er Carrua.

»Ach ja, hier, ich habe sie in die Schublade zurückgelegt.« Carrua reichte ihm einen großen, gelben, ziemlich verknitterten Umschlag – das Dossier Alberta Radelli, Selbstmord. Der Umschlag enthielt ein Foto von ihr, den vom Gerichtsarzt ausgestellten Totenschein, die Fotokopie des Briefs, mit dem das Mädchen seine Schwester um Verzeihung für ihren Selbstmord bat, den Bericht eines Polizisten, einen weiteren Bericht der zuständigen Polizeibehörde und drei oder vier Zettel mit Stichpunkten: das Verhör der Schwester der Toten, das Verhör des weltberühmten Radfahrers Antonio Marangoni und das des Portiers des Hauses, in dem die Verstorbene und ihre Schwester gewohnt hatten. Und alles reichlich versehen mit Stempeln, Unterschriften, roten Unterstreichungen und großen blauen Kürzeln. Er zog das Bild des Mädchens, das von ihrem Führerschein abgetrennt worden war, aus dem Umschlag und zeigte es Carrua, wobei er einen der Abzüge des Minoxfilms daneben hielt.

»Könnte sein«, brummte Carrua.

»Wir werden es gleich wissen. Davide, kommen Sie mal einen Moment her.« Endlich bewegte Davide Auseri sich wieder, und als er neben ihnen stand, zeigte er ihm die mit der Minox aufgenommenen Fotos der Braunhaarigen und der Blonden, nicht aber die Aufnahme aus ihrem Ausweis. »Ist hier jemand dabei, den Sie kennen?«

Carruas Büro war schön, ruhig, geräumig und still, nachts konnte man dort hervorragend arbeiten. Irgendwo in der Stadt besaß Carrua auch eine Wohnung, aber vielleicht wusste er selbst nicht genau, wo, er ging nur dorthin, wenn ihm zufällig die Adresse in den Sinn kam oder er ein Bad nehmen wollte, ansonsten zog er es vor, in dem Kämmerchen neben seinem Büro zu schlafen, auf dem Bettsofa, zwischen Stapeln von Zeitungen und

Durchschlägen und in Gesellschaft des Telefons. Sein eigentliches Zuhause, das Haus, in dem er geboren war, lag auf Sardinien, aber dort konnte er nur einmal im Jahr für ein paar Tage hinfahren. Sein anderes Zuhause war hier, in seinem Büro, das immer voll gestopft war mit Menschen und Dingen. Gerade jetzt war dieser Junge da, der auf die Fotografien starrte. Carrua war nicht besonders sensibel, und doch tat ihm dieser Junge Leid, auf dessen Gesicht sich entsetzliche Pein spiegelte, als er die Bilder der Dunkelhaarigen betrachtete.

»Sie ist es«, sagte Davide.

»Heißt das, dass dies das Mädchen ist, das vor einem Jahr in Metanopoli gefunden wurde?«, fragte Duca.

»Ja.«

»Und die Blonde, kennen Sie die auch?«

»Nein.«

Duca wandte sich an Carrua. »Kannst du eine Flasche Whisky organisieren?« Dann fügte er hinzu: »Auf meine Kosten.« Er nahm Davide am Arm und führte ihn zum Fenster. »Bleiben Sie einen Moment hier, der Whisky kommt gleich.« Er holte ihm einen Stuhl, als wäre er ein alter Mann. »Wenn Sie sich im Stehen nicht wohl fühlen, setzen Sie sich hin.«

»Welche Marke?«, erkundigte sich Carrua.

»Die teuerste«, antwortete Duca.

Nach einem halben Glas Whisky war der Ausdruck auf Davides Gesicht weniger gequält. »Beruhigen Sie sich. Dieses innere Zittern wird gleich vorübergehen. Nehmen Sie noch einen Schluck.«

Auch er trank, und zwar eine ordentliche Menge. Am Ende entwöhnte er womöglich den Jungen, wurde aber selbst zum Alkoholiker. »Und jetzt analysieren wir diese Fotos.« Er setzte sich neben Carrua. Im Gefängnis verliert man seine Persönlichkeit, darüber war er sich im Klaren, auch seine Wärme verliert man, man wird kalt, und deswegen musste er jetzt trinken. »Punkt eins: Die Bilder wurden in einem Studio aufgenommen, von einem Profi. Technisch sind sie einwandfrei, ästhetisch nicht unbedingt. Der Fotograf hat, was sein Motiv angeht, offenbar keine besonderen Ansprüche, ihn interessieren nur Blende, Belichtungszeit und Beleuchtung. Punkt zwei: Es ist äußerst merkwürdig, dass solche Studiobilder, und noch dazu mit diesen Motiven, mit einer Minox aufgenommen wurden. Eine Rollei oder Contax wäre viel besser dafür geeignet gewesen, oder eine dieser Großformatkameras, die normalerweise in Fotostudios benutzt werden. Um diese Bilder hier machen zu können, musste die Minox auf ein schweres Stativ montiert werden, und dazu ist ein Zwischenstück mit besonderen Schrauben und Gelenken nötig. So ein Teil ist aber sicher nicht leicht aufzutreiben, da es nur äußerst selten vorkommt, dass jemand einen Fotoapparat, der gerade einmal fünfzig Gramm wiegt, auf ein fünfzehn Kilo schweres Stativ montiert.«

»Wann hast du denn Fotografie studiert?«, fragte Carrua trocken.

»Ich habe nie Fotografie studiert. Ich war bloß einmal mit einem Fotografen befreundet.« Er warf einen Blick zu Davide hinüber, der sich hingesetzt hatte und aus dem Fenster starrte, wobei er ihnen den Rücken zuwandte. »Punkt drei: Die Mädchen auf den Fotos sind keine professionellen Prostituierten, die mit dieser Art von Arbeit vertraut wären. Schau dir mal ihre Posen an: Sie sollen aufreizend sein, aber viel Erfahrung scheint nicht dahinter zu stecken, vor allem bei der Blonden. Die Dunkle ist ein wenig besser, die hat mehr Klasse, trotzdem wirkt sie etwas naiv, die Blonde hingegen sieht eher ordinär oder plump aus.«

Carrua blätterte ein dutzend Fotos durch, während er zuhörte. »Ziemlich treffend beschrieben.«

»Den letzten Punkt musst du dir vornehmen. Die Frage lautet: Wozu braucht man mehr als fünfzig Fotos dieser Art? Das fällt in dein Ressort. Aber da gibt es noch etwas, und das ist viel gravierender – oder jedenfalls scheint es mir so.« Er griff erneut nach dem gelben Umschlag und zog die wenigen Blätter heraus. »Wenn ein Mädchen auf eine Wiese geht, um sich die Pulsadern aufzuschneiden, braucht es dazu etwas Scharfes. Nachdem sie sich den Schnitt beigebracht hat, bleiben ihr zwei Möglichkeiten: Entweder sie verfügt über eine große Selbstkontrolle und ist sehr ordentlich, dann steckt sie den scharfen Gegenstand in ihre Tasche zurück. Oder sie ist bereits in einem schockähnlichen Zustand, dann vergisst sie ihn, lässt ihn neben sich fallen oder behält ihn sogar in der Hand. In diesem Polizeibericht steht aber absolut nichts von einem scharfen Gegenstand, der in der Nähe der Toten gefunden worden wäre. Und auch auf der Liste der Dinge, die sich in der Tasche des Mädchens befanden, ist nichts dergleichen aufgeführt. Es ist äußerst unwahrscheinlich, dass sich ein Mädchen in so einer Situation die Pulsadern mit dem erstbesten Gegenstand aufschneidet, den es zufällig auf der Wiese findet, zum Beispiel mit dem Deckel einer Konservendose, einem Dorn oder einer Glasscherbe. Selbst eine solche These wäre jedoch nach dem Bericht des Gerichtsmediziners nicht zu halten: Der Schnitt durch die Adern ist ›sauber und gerade‹. Mit einem Dosendeckel oder einer Scherbe kann man aber unmöglich sauber und gerade schneiden.«

Carrua las die Blätter des Dossiers. »Hier im Bericht steht: ›... vollständige Liste der Gegenstände, die am Fundort der Leiche der oben genannten Alberta Radelli sichergestellt wurden...‹ Man hat also mit Sicherheit gesucht, aber nichts Scharfes gefunden. Eine Rasierklinge kann einem auf so einer Wiese allerdings schon mal entgehen.«

Sie schauten sich an. Sie kannten sich zu gut, um sich etwas vorzumachen. Er erwiderte: »Du solltest die Polizisten des Kommissariats von Metanopoli nicht schlecht machen. Wenn es im Umkreis von dreißig Metern irgendetwas Scharfes gegeben hätte, hätten sie es gefunden und hier aufgelistet. Du bringst den einfachen Polizisten nicht genügend Achtung entgegen.«

»Das hat mir dein Vater auch immer vorgeworfen.«

Sie lächelten bitter. Dann bemerkte Carrua: »Es sieht so aus, als hättest du noch etwas anzumerken.«

»Ja, der Inhalt ihrer Tasche«, antwortete er. Er schaute zum Fenster hinüber. Davide wandte ihnen den Rücken zu. »Davide, sagen Sie mir bitte ohne aufzustehen, wie viel Geld Sie dem Mädchen an jenem Tag zugesteckt haben und in welcher Stückelung.«

Davide drehte sich um. Der Whisky hatte seine barmherzige Wirkung entfaltet und die Vipern eingeschläfert, die sein Inneres vergifteten. »Also … ja, es waren Zehntausendlirescheine.«

»Wie viele?«

»Also … zwei, ja, zwei habe ich ihr im Corso Lodi gegeben, weil sie nicht mitkommen wollte, sie hatte Angst … Und dann, am Fluss, sagte sie, sie bräuchte fünfzigtausend Lire, und so habe ich ihr noch mal drei Zehntausendlirescheine gegeben … in meiner Brieftasche habe ich immer nur …« Er hielt unerwartet inne und wandte sich dann langsam wieder dem Fenster zu, um hinauszustarren.

»Also«, sagte er zu Carrua, »als Davide das Mädchen verließ, hatte es fünfzigtausend Lire in seiner Handtasche, mindestens fünfzigtausend. Jetzt lese ich dir einmal vor, wie viel bei ihr gefunden wurde, als die Polizei sie entdeckte: ›Ein Zehntausendlireschein (10 000), ein Tausendlireschein (1000), drei Hundertliremünzen (100), zwei Zwanzigliremünzen (20), vier Fünfliremünzen (5).‹ Wenn wir davon ausgehen, dass das Mädchen nur Kleingeld besaß, bevor sie Davide traf, also insgesamt tausenddreihundertsechzig Lire, und dass es sich bei den zehntausend Lire um einen von den fünf Scheinen handelt, die Davide ihr gegeben hatte, fehlen vierzigtausend Lire.«

Daran gab es nichts zu rütteln, trotzdem kontrollierte Carrua auf dem abgenutzten Blatt nach. »Gib mir mal die Erklärung des Gerichtsmediziners.« Er las sie sorgfältig durch und bemerkte dann: »Hier steht, dass sie sich die Pulsadern nicht vor acht Uhr aufgeschnitten haben kann, wahrscheinlicher ist nach halb neun.«

Duca sah zum Fenster, sein Gesicht hatte einen fast schmerzlichen Ausdruck. »Davide, bleiben Sie sitzen. Um wie viel Uhr haben Sie das Mädchen an jenem Abend verlassen?« Er sah sofort, dass Davide ihn nicht verstanden hatte, er war wie betäubt, was aber nicht nur am Whisky lag. »Als Sie dem Mädchen in Metanopoli sagten, es solle aussteigen, wie spät war es da ungefähr?«

Davide begann diesmal nicht mit »Also …«, sondern sagte in bestimmtem Tonfall: »Die Sonne war untergegangen.«

»Konnte man noch gut sehen?«

»Ja.« Er wiederholte: »Die Sonne war gerade untergegangen.«

»Wenn man die Jahreszeit berücksichtigt, muss es gegen neunzehn Uhr oder etwas später gewesen sein«, sagte er zu Carrua. »Das Mädchen war also mehr als eine Stunde unterwegs, bevor es sich umbrachte, und in dieser Zeit müsste es vierzigtausend Lire ausgegeben haben. Ich kann mir allerdings nicht vorstellen, wo und wie, denn Metanopoli ist nicht die Via Montenapoleone; viele Geschäfte gibt es dort nicht.«

»Sie könnte das Geld jemandem gegeben haben«, meinte Car-

rua, »oder jemand könnte es ihr weggenommen haben, das willst du doch sagen, oder?«

Carrua verstand ihn nicht. Manchmal verstehen einen nicht einmal die besten Freunde. »Ich will überhaupt nichts sagen. Außer dass ich mich um diesen Jungen nicht mehr kümmern kann. Komplizierte Sachen mag ich nicht mehr, und diese Sache ist kompliziert. Wirf mir jetzt bitte nicht vor, dass du mir eine gute Arbeit besorgt hast und ich sie nicht machen will, sondern versuch zu verstehen, dass ich mich auf solche Sachen nicht mehr einlassen möchte, denn sonst bin ich ruiniert. Nach dem Mord mit Strafmilderung wegen uneigennütziger Motive fehlt mir jetzt nur noch eine Verbindung zur Rotlichtszene, und ich bin geliefert.«

»Du hast Recht«, antwortete Carrua mild.

»Ich wollte dir nur zeigen, dass es mir nicht an gutem Willen gemangelt hat«, fuhr er fort. »Aber jetzt musst du dich um diese Geschichte kümmern.«

»Wird umgehend erledigt.« Carrua griff nach dem Telefonhörer und sprach hinein: »Sieh mal zu, ob du Mascaranti auftreiben kannst.«

»Ich such mir eine andere Arbeit. Und du nimmst freundlicherweise Kontakt zu Auseri auf, erfindest irgendeine Ausrede und bringst ihm seinen Sohn zurück. Und sag ihm, dass er nicht allein gelassen werden darf.« Er blickte zum Fenster. »Es tut mir wirklich Leid, Davide.«

Davide stand langsam und mit sichtlicher Mühe auf, es schien, als würde selbst der schwächste Lufthauch, der durch das offene Fenster wehte, ihn gleich umwerfen. Dicht vor den beiden Männern blieb er stehen. »Signor Lamberti«, sagte er.

Sie warteten ab, was geschehen würde. Fast eine Minute lang mussten sie ausharren.

»Bitte lassen Sie mich nicht im Stich.«

Er machte noch einen kleinen Schritt. »Signor Lamberti.« Er war ein intelligenter und aufmerksamer Junge, nie musste man ihm etwas zweimal sagen, er hatte verstanden, dass er nicht »Doktor« genannt werden wollte.

Sie konnten nichts tun als warten, dass er weitersprach, und so warteten sie. Beide wussten, was er sagen würde. Und er sagte es dann auch wirklich.

»Bitte lassen Sie mich nicht im Stich.«

Ohne sich dessen bewusst zu sein, wiederholte er exakt die Szene, die das Mädchen ihm an jenem Tag im Auto gemacht hatte: »Nein,nein, nein, nimm mich mit, bring mich fort.« Er hatte ebenfalls versucht, sich die Pulsadern aufzuschneiden, genau wie sie, und er würde es erneut tun, wenn er allein gelassen würde. Unbewusst identifizierte er sich mit ihr, um seine Schuld zu sühnen.

Er stand auf, nahm ihn am Arm, um ihn zu stützen, auch wenn Davide nicht betrunken war, führte ihn zum Fenster zurück und drückte ihn sanft auf den Stuhl. »Beruhigen Sie sich, Davide, und bleiben Sie hier sitzen.«

»Lassen Sie mich nicht im Stich.«

»Na, was ist nun mit Mascaranti?«, brüllte Carrua in den Hörer, »gewährt man mir die Ehre, oder ist das zu viel verlangt?«

»Beruhigen Sie sich, ich lasse Sie nicht im Stich.«

»Wenn Sie mich im Stich lassen, ist es aus, ich weiß, was ich dann mache.«

Auch er wusste, was Davide dann tun würde. Es war genau wie damals, als Signora Maldrigati ihm sagte, so könne sie einfach nicht mehr weiterleben.

»Nein, ich lasse Sie nicht im Stich.«

»Was? Er kommt hoch?«, brüllte Carrua ins Telefon. »Und seit wann ist er unterwegs, bitte schön? Mein Büro muss wohl oben auf dem K 2 sein, denn bisher ist er noch nicht aufgetaucht.«

»Beruhigen Sie sich, bleiben Sie sitzen.« Er konnte ihn einfach nicht im Stich lassen. Schließlich war er Spezialist für selbstlose, edle Handlungen: Euthanasie, Rettung und Erlösung junger Geisteskranker. Er trat an Carruas Schreibtisch, als Mascaranti eintrat.

»Entschuldigen Sie«, sagte Mascaranti, »mein Dienst war zu Ende, und da bin ich ein Bier trinken gegangen.«

Auch wenn er dunkel und klein war und mit einem leichten sizilianischen Akzent sprach, hatte er nichts von einem Polizisten. Mit seinem athletischen Brustkorb, den riesigen, behaarten Händen und der Hose, die zwar nicht eng war, aber trotzdem fast wie eine Strumpfhose an seinen Beinen klebte, wirkte er eher wie ein Sportler, ein Boxer oder Radrennfahrer.

»Wir sind hier nicht beim FBI«, brüllte Carrua, »wir sind hier in einem Mailänder Kommissariat! Auch wenn dein Dienst zu Ende ist, bleibst du gefälligst hier!« Er hielt ihm den gelben Umschlag hin. »Sieh mal, ob du dich an diese Geschichte erinnerst, jedenfalls ist dein Kürzel auf den Berichten.«

In Mascarantis Händen sahen die Blätter aus wie Schmetterlinge in den Krallen eines Drachen. Er studierte sie eine Weile, ohne etwas zu sagen.

»Er hat das Lesen verlernt«, stellte Carrua trocken fest.

»Ja, ich erinnere mich. Es geht um dieses Mädchen, das sich in Metanopoli die Pulsadern aufgeschnitten hat«, sagte Mascaranti schließlich. »Ich habe die Berichte der Polizei von Metanopoli gegengelesen und dann von Ihnen abzeichnen lassen. Stimmt etwas nicht damit?«

»Genau, da stimmt etwas nicht, auch wenn ich selbst sie abgezeichnet habe und außerdem noch du und der Generalsekretär der UNO.« Manchmal senkte Carrua die Stimme, auch wenn das nie lange währte. »Es ist unklar, womit das Mädchen sich die Adern aufgeschnitten hat. Außerdem war sie im Besitz von mehr als fünfzigtausend Lire, aber nur etwa zehntausend wurden in ihrer Tasche gefunden.«

Duca versuchte, Mascaranti zu verteidigen. »Das konnte allerdings niemand wissen außer Davide, der ihr das Geld gegeben hatte.«

»Und dann haben wir noch diese Fotos, die jetzt, nach einem Jahr, aufgetaucht sind«, murrte Carrua. »Die Dunkle ist das verstorbene Mädchen. Bei der Art von Aufnahmen kann man sich natürlich seinen Teil denken.«

»Und noch etwas«, fügte Duca hinzu, wobei er Davide nicht aus den Augen ließ. »Wer sich die Pulsadern aufschneidet, macht das normalerweise zu Hause oder in einem Hotelzimmer, im Bad oder im Schlafzimmer. Es ist ziemlich außergewöhnlich, sich dafür eine Wiese zu suchen, vor allem, wenn man ein Zuhause hat.«

»Hast du an all diese Dinge nicht gedacht, als du den Bericht abgezeichnet hast?«, schrie Carrua.

Mascaranti machte Carruas Gebrüll schon seit Jahren nichts mehr aus. Ruhig antwortete er: »Doch, ich habe schon daran gedacht, ich habe sogar den Gerichtsmediziner gefragt, ob es nicht besser wäre, eine Autopsie vorzunehmen. Er sagte, wenn ich unbedingt wolle, könne ich das ja anleiern, aber sein Bericht wäre eindeutig.« Er las »... verblutet ... am ganzen Körper ... keine weiteren Wunden, Prellungen oder sonstige Verletzungen ...«

»Ja, das habe ich auch gelesen«, schnauzte Carrua, »aber jetzt fangen wir noch mal von vorn an. Du nimmst dir diese Akte mit, und morgen früh fängst du an, alles noch einmal aufzurollen. Du fährst nach Metanopoli, nimmst dir von neuem alle Leute vor, die schon letztes Jahr verhört wurden, und vor allem findest du heraus, was es mit diesen Pornofotos auf sich hat. Morgen früh erkläre ich dir die Einzelheiten.«

»Wo kommen die Aufnahmen denn her?«, erkundigte sich Mascaranti.

Carrua explodierte: »Das erkläre ich dir morgen.« Er wollte jetzt nicht über Davide sprechen. »Für dich ist damit alles geklärt«, wandte er sich an Duca. »Bring unseren Freund hier nach Hause. Morgen früh treibe ich Auseri auf, der holt sich seinen Sohn ab, und du bist frei.«

Er antwortete nicht, sondern betrachtete das verschlossene Gesicht von Mascaranti, der sich den gelben Umschlag an die Brust drückte.

»Ich rede mit dir«, sagte Carrua.

»Ja, entschuldige bitte.« Er fixierte Carrua. »Ich habe es mir anders überlegt.« Dieser Meinungsumschwung war keine schöne Sache, sie war ein Fehler, wieder ein Fehler.

Carrua stellte die beiden Coca-Cola-Flaschen auf die Erde. »Du kannst gehen, wir sehen uns morgen früh um zehn«, sagte er zu Mascaranti. Er hatte bereits begriffen.

»Ich werde Davide weiter Gesellschaft leisten«, sagte Duca zu Carrua, sobald Mascaranti den Raum verlassen hatte.

»Wenn du meinst, das geht«, schnaubte Carrua nervös, denn wenn seine sensible Seite angesprochen wurde, machte ihn das unruhig.

»Ich meine, es geht. Und dann möchte ich, dass du mir einen Gefallen tust.«

»Jawohl, mein Herr.«

»Ich möchte Mascaranti bei seinen Ermittlungen begleiten.«

Carrua betrachtete die Whiskyflasche. »Lass mich mal ein Schlückchen von diesem Zeug probieren.« Er befeuchtete sich kaum die Lippen und starrte ins Glas. »Sei ehrlich, Duca, *du* willst die Ermittlungen übernehmen, und Mascaranti soll dich dabei begleiten.«

»So etwas in der Art. Mein Name soll aber nirgendwo auftauchen. Ich werde einfach nur Mascaranti begleiten.«

»Erst wolltest du alles hinwerfen, und jetzt willst du sogar Polizist spielen.«

»Ich habe meine Meinung eben geändert.«

»Und warum?«

Er antwortete nicht, und Carrua bestand nicht weiter auf seiner Frage, er wusste ja, warum. Davide saß noch immer am Fenster, gerade, unbeweglich wie eine Statue, am Boden zerstört.

»Na gut. Morgen früh schicke ich dir Mascaranti.« Carrua deckte die beiden Fotostapel ab, indem er das jeweils oberste Bild umdrehte. Nackte Tote sind etwas Unheimliches. »Wo kann ich dich denn erreichen?«

»Ich dachte, es wäre am besten, wir mieten uns im Hotel Cavour ein, dann sind wir auch ganz in der Nähe.«

»Ja, das ist praktisch.« Carrua schaute auf die Uhr. »Ich weiß nicht, ob du zum Polizisten taugst, aber ich kann es ja mal versuchen. Wo würdest du denn anfangen?«

Auch diesmal blieb er ihm eine Antwort schuldig, aber Carrua wusste nur zu gut, wo man beginnen musste: bei Davide Auseri. Es kommt immer mal wieder vor, dass jemand einen Selbstmord vortäuscht, um einen Mord zu vertuschen, nur dass das am Ende fast nie gelingt. Aber selbst wenn das Mädchen wirklich Selbstmord begangen hatte, war er, Davide Auseri, der Letzte gewesen, der sie gesehen hatte, und was er erzählte, war eben nur, was er erzählte, und das musste nicht unbedingt die Wahrheit sein – oder jedenfalls nicht die vollständige Wahrheit. Im Moment fühlte sich allerdings keiner der beiden im Stande, Davide in die Zange zu nehmen, und außerdem hatten sie Angst vor dem, was herauskommen konnte, wenn sie es taten. Vielleicht war es aber auch nicht wirklich Angst, sondern eher Mitleid oder Sorge, bei ihm und Carrua. Eines Tages – und zwar ziemlich bald – würden sie Davide fragen müssen, wo er sich am Abend des besagten Tages von sieben bis zehn Uhr aufgehalten hatte und ob er jemanden nennen konnte, der in der Lage war, für diese Zeit ein Alibi zu geben. Und wenn er nichts wirklich Glaubhaftes sagte und der Verdacht wuchs, dass die oben genannte Selbstmörderin Alberta Radelli gar nicht Selbstmord begangen hatte, sondern ermordet worden war, dann würde er, Davide, so gut wie möglich dazu beitragen müssen zu klären, was die Fotos damit zu tun hatten und warum hinter ihnen nichts, aber auch gar nichts Gutes steckte.

»Ich weiß, was du denkst«, sagte Carrua. »1959 hatte schon mal jemand die gleiche Idee gehabt. Ein Ehemann. Die Frau nahm abends immer Schlaftabletten, er hat ihr eine mehr hineingeschmuggelt, ihr dann die Pulsadern aufgeschnitten und ist dann morgens zu uns gekommen und hat uns erzählt, er habe sie tot aufgefunden.«

»Und wie ist er überführt worden?«

»Ohrfeigen. Mascaranti hat ihn verhört. Wer sich solche Geschichten ausdenkt, denkt nie an Ohrfeigen. Man braucht gar keine besonderen Foltermethoden, es reichen fünf oder sechs Ohrfeigen von Mascaranti, dann muss man sich entscheiden, bevor das Hirn zu Brei wird.«

»Ich habe nicht behauptet, dass sie ermordet worden ist.« Duca stand auf. Er hoffte, dass das nicht der Fall war, er hoffte es von ganzem Herzen, mit dem letzten Fünkchen Hoffnung, das er noch in seine Artgenossen setzte, und mit all seiner aufgestauten Wut. So infam konnte die Welt nicht sein. Er ging zu Davide. »Kommen Sie, wir schlagen unsere Zelte im Cavour auf.« Er legte ihm eine Hand auf die Schulter und drückte ihn brüderlich.

ZWEITER TEIL

Immer wenn man auf einen Schmarotzer stößt, muss man ihn zertreten. Ach Kind, zertreten hilft nicht viel. Je mehr du zertrittst, desto mehr wird es geben. Na ja, zertreten muss man sie vielleicht trotzdem.

1

Nein, die Welt schien doch nicht durch und durch infam zu sein.

Davide blieb im Auto hinter dem Steuer sitzen. Mascaranti und er stiegen in den dritten Stock hinauf. In Häusern dieser Art war der Aufzug eigentlich immer kaputt, und in jedem Stockwerk hörte man aus mindestens einem Fernseher Milvas Stimme, oft aber auch aus mehreren. Auch im dritten Stock sang Milva, aber der Fernseher wurde leiser gestellt, nachdem sie geklingelt hatten; fast schien es, als wäre er jetzt ausgeschaltet. Dann ging die Tür auf, und die Schwester der Selbstmörderin oder der Ermordeten, je nachdem, jedenfalls die Schwester von Alberta Radelli lächelte Mascaranti schüchtern an.

»Polizei. Wir müssen Sie sprechen.«

Sie machte ein Gesicht, wie es alle ehrlichen Bürger tun, wenn sie vor einem Polizisten stehen, und auf diesem Gesicht spiegelte sich eine ganze Reihe von Gedanken, die von Sekunde zu Sekunde quälender wurden. Sie musste irgendetwas angestellt haben, sie erinnerte sich zwar nicht, was, aber die Polizei hatte es bereits entdeckt. Schon einmal war die Polizei da gewesen, vor einem Jahr, wegen der armen Alberta. Was wollten die denn jetzt schon wieder? Wäre sie eine Amerikanerin gewesen, hätte sie freundlich, aber leicht verärgert gefragt: »Womit kann ich Ihnen dienen?« Sie war aber eine Süditalienerin, die im Vorjahr fast ihre Arbeit bei Stipel verloren hätte, weil ihre Schwester Selbstmord begangen hatte und »in der Zeitung gelandet« war, und so sagte sie kein Wort, nicht einmal »Ja«, sondern ließ sie einfach ein und lief etwas unbeholfen durch das Wohnzimmer, um Milva und den Fernseher abzuschalten. Dann drehte sie sich um und musterte sie, der eine ziemlich groß, ziemlich mager und mit einem ziemlich grimmigen Gesicht – das war er, Duca –, der andere klein, untersetzt und mit einem noch grimmigeren Gesicht. Sie bat sie nicht einmal, Platz zu nehmen, und hielt ihnen auch nicht vor, dass die Polizei nicht das Recht habe, nach Sonnenuntergang Privatwohnungen zu betreten. Sie konnte etwas Derartiges gar nicht sagen, da sie die Gesetze nicht kannte, falls überhaupt jemand die Gesetze kennt. Und selbst wenn sie sie gekannt hätte, hätte sie es nicht gesagt.

»Ist das Ihre Schwester?« Aus einer Ledermappe hatte Duca ein Foto im Format achtzehn mal vierundzwanzig gezogen und hielt es ihr unter die Nase. Das kleine Wohnzimmer war jetzt nur noch von einer Stehlampe neben dem Fernseher erleuchtet, die sie in einem Kaufhaus, bei Upim oder Standa, erworben haben musste.

Sein Vater hatte ihm hin und wieder von seiner Arbeit erzählt, und manchmal, wenn er von der Mafia und von seiner Zeit auf Sizilien sprach, hatte er gesagt, nach all den Dienstjahren sei er zu dem Schluss gekommen, dass es für die Polizei nur eine einzige wirksame Methode gebe, mit Menschen umzugehen, egal, ob es Verbrecher waren oder ehrliche Menschen, Gute oder Böse: einen Schlag ins Gesicht. *Dieses ganze tiefgründige Zeug macht alles kaputt. Die Spurensicherung ist ja noch in Ordnung, da ist Methodik drin. Aber wenn die Polizei dann versucht, mit netten Worten weiterzukommen, mit Überredungskünsten und psychologischen Spielchen, dann kommen nur neue Verbrecher dabei heraus. Als Erstes musst du ihnen die Faust ins Gesicht schlagen, und dann fragst du, was du wissen willst. Du wirst sehen: Wer einen Kinnhaken abgekriegt hat, antwortet dir gleich im richtigen Ton, denn er hat kapiert, dass du bei Bedarf seine Sprache sprichst. Und hast du wirklich mal einen ehrlichen Menschen erwischt und ihm einen unverdienten Kinnhaken verpasst, dann schadet das auch nichts, denn auch ehrliche Menschen kommen manchmal unters Rad.*

Er hatte diese Theorie nie gemocht, und außerdem war er überzeugt, dass sie falsch war. Trotzdem wandte er sie jetzt an. Er hatte ein Foto ausgesucht, das die vor einem Jahr verstorbene Schwester in einer besonders unanständigen Pose zeigte. Das Foto war wie ein Schlag ins Gesicht.

Alessandra Radelli starrte auf das Bild, sonst nichts, sie wurde weder rot noch blass, sie begann nicht zu weinen, sie sagte keinen Ton. Nichts. Ihr Gesicht schien lediglich ein wenig kleiner zu werden.

»Ist das Ihre Schwester?«, fragte er lauter.

Sie bestätigte es.

»Setzen Sie sich, *Signorina.*« Er wusste bereits alles von ihr, er war bei Stipel gewesen und beim Hausverwalter; von ihm hatte er zum Beispiel erfahren, dass sie regelmäßig ihre Miete zahlte, und vom Portier, dass sie keine Männerbesuche empfing und auch früher keine empfangen hatte, als sie noch mit ihrer Schwester zusammenlebte.

»Sie wissen nichts von diesen Fotografien?«

Sie schüttelte den Kopf und begann schwer zu atmen, wahrscheinlich lag das an der Hitze, der Raum war klein, und durch das offene Fenster, das auf den Hof hinausging, kam eher noch schwülere Luft herein. Mascaranti hatte den Lichtschalter gefunden und knipste das scheußliche Ding an, das von der Wohnzimmerdecke herabhing und sich als die klägliche Imitation einer Lampe aus Kristalltropfen herausstellte.

»Wovon lebte Ihre Schwester? Arbeitete sie?«

Sie hatte verstanden, worauf sie anspielten, und so begann sie zu sprechen. Sie wirkte sogar ruhig, doch unerklärlicherweise blieb ihr Gesicht weiterhin kleiner als vorher.

Ja, ja, sie hatte sogleich Arbeit gefunden, als sie aus Neapel gekommen war, sie hatte als Verkäuferin gearbeitet.

»Wo?«

Sie nannte ein Geschäft in der Via Croce Rossa, dessen Bezeichnung allerdings etwas unanständig klang, vielleicht sollte man besser von einer Männerboutique sprechen: Ein junger Mann tritt ein, geht eine mit weichem Teppichboden ausgelegte Treppe hinauf und lässt sich in einem in jeder Hinsicht weichen Zimmer von zwei jungen Verkäuferinnen die Maße für ein Hemd nehmen, oder er braucht neue Handschuhe zum Autofahren, einen französischen Schlips von Carven, echte amerikanische Slips oder sonst etwas, und die beiden Verkäuferinnen, von einer Dame geleitet, lesen ihm jeden Wunsch von den Lippen ab, und eine dieser beiden war Alberta Radelli gewesen.

»Wie lange hat sie dort gearbeitet?«

»Zwei, drei Monate«, sie erinnerte sich nicht genau.

Mascaranti notierte alles.

»Und dann?«

»Dann ist sie gegangen.«

»Warum?«

Auch daran erinnerte sie sich nicht genau, vielleicht hatte sie mit ihrer Chefin gestritten.

»Und dann?«

Nach und nach zählte sie alle Orte auf, an denen ihre Schwester, soweit sie sich erinnerte, gearbeitet hatte, einschließlich Stipel. Mascaranti schrieb, und am Ende rechneten sie alles aus: In den anderthalb Jahren in Mailand hatte Alberta Radelli immerhin fast elf Monate gearbeitet, meistens als Verkäuferin. Damit hatten sie nicht gerechnet. Es blieben sieben Monate Arbeitslosigkeit, wenn auch nicht am Stück.

»Na ja, sie hatte ja auch noch die Nachhilfe. Ich habe ihr eine Menge Stunden vermittelt.« Ach ja, die berühmten Nachhilfestunden: Mathematik, Geschichte, Geografie.

»Wie viel nahm sie pro Stunde?«

»Sechshundert Lire.«

So viel wie eine Putzfrau. Von der sozialen Ungerechtigkeit und dem kulturellen Affront einmal abgesehen, konnte Alberta Radelli mit diesen Stunden nur äußerst notdürftig über die Runden gekommen sein. Er war jetzt so grausam, das Foto, das er eine Weile mit der Rückseite nach oben gehalten hatte, umzudrehen und es ihr noch einmal unter die Nase zu halten. »Ihnen ist ja wohl klar, dass Ihre Schwester Dinge tat, die sich nicht gehörten«, siehe Foto, schien er sagen zu wollen, »es kann doch gar nicht sein, dass Sie überhaupt nichts davon wussten, Sie haben schließlich zusammengelebt.«

Sie nickte, als wolle sie sagen, ja, sie wisse etwas, und Mascaranti schickte sich schon an, Notizen zu machen, doch sie sagte nur, dass sie manchmal so ihre Zweifel gehabt habe, denn hin und wieder gab ihre Schwester ihr zwanzig- oder dreißigtausend Lire, um bis zum Monatsende hinzukommen, und zwar auch dann, wenn sie nicht arbeitete.

»Und womit begründete sie die Herkunft dieses Geldes?«

»Einmal sagte sie mir, sie sei dabei, ein Buch aus dem Französischen zu übersetzen, und habe dafür eine Anzahlung bekommen.«

»Und Sie haben ihr geglaubt?«

Kläglich schüttelte sie den Kopf. Nein.

»Haben Sie ihr gesagt, dass Sie ihr nicht glaubten?«

Nein, sie hatte es ihr nicht direkt gesagt, aber schon herauszufinden versucht, ob ihre Schwester vielleicht einen Freund hatte, denn das war es, was sie dachte, dass ihre Schwester einen Gönner haben musste, einen großzügigen, vielleicht nicht mehr ganz jungen Mann, doch weiter war sie wirklich nicht gegangen, sonst hätte sie das Geld auch nicht angenommen. Sie war geradezu lächerlich ehrlich.

»Sie wussten also nicht«, er wurde immer gemeiner, »dass sie sich ihr Geld damit verdiente, hin und wieder mit Männern auszugehen, und zwar immer mit anderen?«

Nein, sie wusste es nicht. Endlich begann sie ein wenig zu zittern, aber sie weinte nicht. Ihr ganzes Gesicht zitterte, doch sie weinte nicht. »Was ist denn jetzt noch passiert? Sie ist vor einem Jahr gestorben, wir haben schon genug gelitten, mein Vater und ich, wonach suchen Sie denn?«

Es war nicht leicht, ihr zu erklären, wonach sie suchten, und deshalb tat er es auch nicht. So ganz genau wusste er ja selbst nicht, wonach er suchte, vielleicht nach der Wahrheit, bloß dass er bei dem Gedanken an die Wahrheit jedes Mal eine Grimasse ziehen musste. Was ist denn schon die Wahrheit? Gibt es sie überhaupt?

»Na gut, Sie wissen also nichts darüber.« Er steckte das Foto in die Ledermappe zurück. »Aber vielleicht können Sie uns trotzdem ein wenig weiterhelfen. Ihre Schwester muss Freunde und

Bekannte gehabt haben. Kannten Sie vielleicht irgendwelche Freundinnen Ihrer Schwester? Oder hat sie von jemandem erzählt?«

Das Zittern hörte allmählich auf, sie schien zu resignieren, Zittern und Weinen nützt schließlich herzlich wenig. »Sie sagte immer, sie würde zu dieser oder jener Freundin gehen, aber an die Namen erinnere ich mich nicht mehr so genau, und außerdem nannte sie immer nur die Vornamen.«

Er ließ sich sagen, was sie wusste, und Mascaranti notierte. Die Freundin, an die sie sich am besten erinnerte, war »das Fräulein Lehrerin«. »Sie war noch gar nicht mit der Uni fertig, und trotzdem nannte meine Schwester sie immer ›das Fräulein Lehrerin‹. Einmal kam sie her, um meine Schwester abzuholen.«

Diesmal war er derjenige, der die Fragen stellte. In seinem Prozess war er viele Male vom Untersuchungsrichter verhört worden und hatte antworten müssen, auch später im Gefängnis, jetzt hingegen konnte er fragen. Eine interessante Erfahrung. »An ihren Namen können Sie sich nicht erinnern? Sie wissen nur, dass sie sie immer ›das Fräulein Lehrerin‹ nannte?«

Doch, sie erinnerte sich an den Namen, Livia Ussaro, er musste eigentlich auch in ihrem gemeinsamen Adressbuch stehen.

»Danke«, sagte er. »Können Sie mir dieses Adressbuch einmal zeigen?«

Sie ging in den Flur, nahm das Büchlein von einem Haken neben dem Telefon und brachte es ihm. Ohne auch nur einen Blick darauf zu werfen, steckte er es in die Mappe zu der Fotografie. »In ein paar Tagen bringe ich es Ihnen zurück.« Livia Ussaro – dieser Name überzeugte ihn nicht. Ob es ein Pseudonym war? Wer nach einem Menschen mit dem Namen »Livia, die Husarin« sucht, kann doch gar nicht fündig werden. Außerdem ärgerte er sich über Mascaranti und sein Notizbuch, das in diesen riesigen Händen fast völlig verschwand, und über seinen winzigen Kugelschreiber. Warum musste Mascaranti alles aufschreiben?

»An andere Freundinnen können Sie sich nicht erinnern?«

»Sie hatte so viele Kontakte. Sie sagte einfach ›Ich gehe jetzt zu Maurilia‹, oder jemand rief an und sagte ›Ich bin Luisa, ist Alberta da?‹«

Sie schien ihn an der Nase herumzuführen. Oder sollte das tatsächlich Unschuld sein, eine kristallklare Unschuld, wie es sie eigentlich nur unter Laborbedingungen gab?

»Ich dachte auch an befreundete Männer«, sagte er geduldig, obwohl er äußerst gereizt war.

»Nein, Männer nie.«

Mascaranti fuhr sich mit dem Kugelschreiber durch die Haare, er wollte hoffentlich nicht auch noch seine Kopfhaut bekritzeln! Aber das Mädchen hatte dieses »Männer nie« tatsächlich ganz im Ernst gesagt, es war spontan und von Herzen gekommen. Nein, sie wollte sie nicht an der Nase herumführen.

»Ich habe Ihnen ein Foto gezeigt, aus dem zweifelsfrei hervorgeht, dass Ihre Schwester verschiedene Männerbekanntschaften gehabt haben muss. Was auch immer sie getan hat – Ihre Schwester ist tot, und es nützt niemandem etwas, wenn Sie versuchen, Dinge zu verheimlichen, die wir früher oder später doch herausbekommen würden. Von all den Männern, die Ihre Schwester angerufen haben, wird doch mal einer seinen Namen genannt haben. Kommen Sie schon, sagen Sie uns die Wahrheit.«

Sie antwortete sofort und schien dabei fast enttäuscht, ihm seinen Wunsch nicht erfüllen zu können. »Hier hat nie ein Mann angerufen.«

Sie log nicht. Mascaranti warf ein: »Vielleicht stimmt es ja, und sie ließ sich hier nicht anrufen, um ihre Schwester vor jedem Verdacht zu bewahren.«

Da sie schon einmal dabei waren, verletzten sie ihre Bürgerrechte gleich noch einmal und durchsuchten kurz die Wohnung.

»Ihre Schwester wird einige persönliche Gegenstände hier gelassen haben. Wir würden uns gern einmal umsehen.«

Offensichtlich wusste sie nicht, dass ihr Recht, sich dieser Forderung zu widersetzen, sogar in der Verfassung verankert war, und so brachte sie sie in das einzige Schlafzimmer der Wohnung, in dem zwei Betten standen, die aussahen, als gehörten sie zwei kleinen Mädchen, die mit dem Teddy im Arm einschliefen: Auf die Kopfseiten der Betten aus hellem Holz waren Bärchen, Hunde, Schmetterlinge und Schnecken mit langen Fühlern gemalt. »Sie hat hier geschlafen, zusammen mit mir, ihre Kleider habe ich im Schrank hängen lassen, und in dem Koffer auf dem Schrank ist alles, was sie sonst noch besaß.«

Mascaranti holte den Koffer herunter, öffnete ihn und wollte gerade beginnen, den Inhalt Stück für Stück aufzulisten, als er ihm Einhalt gebot. »Lassen Sie ruhig, da ist nichts.« Der Koffer enthielt Unmengen von Büstenhaltern und Unterhöschen, Strumpfhaltern und Haarspangen, einen Föhn, einen Roman von Moravia, einen Füller und eine angebrochene Schachtel Zigaretten der Marke Alfa, eine ziemlich starke Sorte für eine junge Dame.

»Gut, wir sind fertig.« Nein, die Welt war nicht durch und durch infam. Albertas unglückliche Schwester mag vielleicht schwach und langweilig sein, aber sie hatte von nichts gewusst und bei keiner schmutzigen Sache mitgemacht. Trotzdem fragte er sie noch einmal im Flur, bevor sie die Wohnung verließen: »Haben Sie sich denn nie gefragt, warum Ihre Schwester sich umgebracht hat?«

Ihr Gesichtsausdruck sprach Bände, und nun wurden ihre Augen doch noch feucht. »Ich weiß es nicht. Es war furchtbar, als man mich ins Leichenschauhaus kommen ließ. Ich hoffte inständig, sie wäre es nicht, denn am Abend zuvor hatte sie noch davon gesprochen, dass wir zusammen Ferien machen sollten. Sie sagte, sie wolle weit weg, ins Ausland, und war richtig ausgelassen. Ich bremste sie allerdings und hielt ihr vor, an eine Auslandsreise sei gar nicht zu denken, denn der Vermieter hatte die laufende Ratenzahlung für unsere Nebenkosten angemahnt, fünfzigtausend Lire, und da wollte sie Ferien machen! Und zwar so weit weg wie möglich, wie sie meinte.«

Aha, deshalb also hatte sie Davide an jenem Tag an dem idyllischen Flussufer gesagt, sie benötige fünfzigtausend Lire, und er hatte sie ihr gegeben. Sie brauchte das Geld für die anfallenden Kosten ihrer Wohnung: den Portier, den Aufzug, der nicht funktionierte, die Heizung. Aber warum sie sich umgebracht hatte, wenn sie es denn getan hatte, wusste niemand, die Schwester am allerwenigsten. Er war froh darüber, es gab also doch noch Dinge auf der Welt, die nicht infam waren. Er versuchte, sie für seine Grausamkeit um Verzeihung zu bitten, falls das überhaupt möglich war. »Entschuldigen Sie, dass wir Sie zu dieser späten Stunde noch gestört haben, aber tagsüber arbeiten Sie ja, und so hatten wir keine andere Wahl.« Diese plötzliche Freundlichkeit der Polizei hatte eine erschreckende Wirkung. Alessandra Radelli begann zu schluchzen, und auch als sie schon auf dem Weg nach unten waren, konnten sie ihr Weinen noch hören, bis die Tür zuging.

Unten angekommen, stiegen sie in die Giulietta, Davide wie immer am Steuer, inoffizieller Fahrer eines inoffiziellen Polizeikommandos, und nachdem sie die Stadt durchquert hatten, landeten sie wie jeden Abend im Hotel Cavour, ihrem Hauptquartier.

»Eine große Flasche trockenen, nicht zu kalten Frascati«, bestellte er telefonisch, sobald sie die beiden miteinander verbundenen Zimmer betreten hatten. Sie zogen ihre Jacketts aus, bis auf Davide, und lösten ihre Krawatten, auch Davide. Sie waren bei der zweiten Phase der Therapie angelangt: Übergang zu einem leichteren Gift. Davide konnte so viel Wein trinken, wie er wollte, einen Wein, der, wenn auch nur sehr entfernt, an den Geschmack von Whisky erinnerte, aber keinen Whisky mehr, nie mehr, nicht einen Schluck, und auch keinen anderen Schnaps. Seit zwei Tagen hielt Davide das ganz gut durch, nur zog er sich immer tiefer in seine Schweigsamkeit zurück.

Mascaranti war ein Bürokrat, er brauchte es, die Arbeit des Tages noch einmal durchzugehen und ein Programm für den nächsten Tag aufzustellen.

»Die Schwester ist eine Sackgasse, da kommen wir nicht weiter«, stellte er fest. »Alles, was von ihr zu erfahren war, wissen wir bereits.«

»Nun gut«, erwiderte er. Der Frascati schmeckte ihm, vielleicht trank er selbst ihn sogar lieber als Davide. »Heute Nacht studieren Sie dieses Adressbuch.« Er nahm es aus der Tasche und reichte es ihm. »Rufen Sie alle Nummern an, und sobald Sie auf jemanden stoßen, der etwas mit Alberta Radelli zu tun gehabt hat oder sie kennt, notieren Sie es sich, und wir gehen hin. Mit Ausnahme dieser Frau hier.« Er nahm ihm das Büchlein aus der Hand, öffnete es unter dem Buchstaben U und schrieb sich die Adresse und Telefonnummer von Livia Ussaro auf. Ein schönes Pseudonym, vielleicht trug sie ja sogar eine litzengeschmückte Jacke. »Sie können jetzt nach Hause gehen, wir machen morgen früh weiter.« Er gab ihm das Adressbuch zurück. »Und denken Sie daran, es seiner Besitzerin so bald wie möglich wieder auszuhändigen.«

Es war noch nicht einmal zweiundzwanzig Uhr, in den beiden Zimmern herrschte tiefe Stille, das vorletzte Geräusch war Mascaranti gewesen, der die Tür hinter sich zugezogen hatte, das letzte der Frascati, der in Davides Glas gluckerte, als er sich eingoss. Nun war nichts mehr zu hören. Davide würde sicher kein einziges Wort sagen. Er mochte diese Stille nicht. Er ging zum Fenster, um es zu öffnen: So kam zwar die heiße Luft von draußen herein, aber auch ein paar Verkehrsgeräusche von der Piazza Cavour.

»Spielen Sie gern Polizist?« Nicht nur die Stille im Raum belastete ihn, auf die Dauer bedrückte ihn vor allem Davides Schweigen, am Ende kam ein verrückter Zweifel in ihm auf: Ob Davide nur scheinbar lebte? Vielleicht bewegte er sich zwar, aß und trank, aber nur auf Grund einer gewissen Trägheit der Masse? Vielleicht war er schon längst tot?

Davide lächelte nicht und brauchte etwas Zeit für seine Antwort: »Aber ich tue doch gar nichts.«

»Sie fahren Auto, begleiten uns bei den Ermittlungen, erledigen das eine oder andere für uns. Der Fahrer hat bei der Polizei eine wichtige Funktion.« Nichts zu machen, er reagierte einfach nicht; er akzeptierte weder eine Unterhaltung, noch ging er auf seine Sticheleien ein: Frascati ist eben beim besten Willen kein Ersatz für Whisky. Er fuhr fort, als redete er mit sich selbst: »Ich spiele gern Polizist. Mein Vater wollte nie, dass ich in seine Fußstapfen trete, aber das war ein Fehler.« Natürlich konnte er auch jetzt kein richtiger Polizist sein, gerade jetzt nicht. Und besonders bei einer solchen Geschichte. Carrua hatte es mit ganz einfachen Worten ausgedrückt: »Wenn du auf irgendetwas stößt, was dir nicht geheuer ist, scheue dich nicht nachzuhaken. Aber bitte mit Diskretion, und zwar aus zwei Gründen: erstens, weil du nicht offiziell auftreten darfst, sonst bekommen wir alle Ärger, und zweitens, weil die Presse sofort einen zweiten Fall Montesi* wittern wird, wenn herauskommt, dass wir uns für diese Geschichte interessieren. Die Elemente dazu sind alle vorhanden, zumindest in der wilden Phantasie einiger Journalisten. Und wenn dies wirklich ein zweiter Fall Montesi werden sollte, die Namen von ganz großen Fischen bekannt werden und sich herausstellt, dass sie Dreck am Stecken haben, dann lass dich davon nicht einschüchtern; das kann ich nur noch einmal wiederholen, aber bevor wir Krach schlagen, müssen wir Beweise haben, sonst nehmen uns die Zeitungen die Geschichte aus der Hand, und dann ist es aus. Diskretion – das ist das A und O.«

Diskretion – das war, wie etwas im Dunkeln suchen zu müssen. Der Schwester von Alberta Radelli hatte er ganz offiziell gegenübertreten können – aufmachen, hier ist die Polizei. Aber mit den anderen musste er vorsichtiger sein. Unter welchem Vorwand konnte die Polizei beispielsweise jetzt, ein Jahr nach Alberta Radellis Tod, diese Livia Ussaro verhören, ohne indiskret zu sein und zu riskieren, dass bei ihr gleich alle Alarmglocken schrillten? Er suchte nach einem Vorwand, fand aber keinen, der hinreichend intelligent gewesen wäre. Und plumpe Vorwände mochte er nicht.

Und doch wuchs in ihm der Wunsch, Livia Ussaro kennen zu lernen, und dieser Wunsch wurde von Minute zu Minute dringender, verstärkt auch durch die vornehme Einsamkeit dieser Hotelzimmer, wo zwar mit aller Raffinesse für Komfort und Bequemlichkeit gesorgt war, dafür aber dieses gewisse Etwas fehlte, das auch das einfachste Zuhause ausmacht. Vielleicht ist es gar

* Todesfall einer jungen Frau in Ostia, in dessen Umfeld die Verwicklung von wichtigen Politikern in einen Drogen- und Sexskandal herauskam (Anm. d. Ü.).

nichts Konkretes, und doch spürt man es. In Hotelzimmern bewegt man sich anders als zu Hause, man sieht die Dinge anders, und wahrscheinlich denkt man auch anders. Und so kam er zu einem Entschluss: Diese Abende im Hotel mit Davide, der zwar physisch anwesend war, wegen des reduzierten Alkoholspiegels in seinem Blut aber praktisch nicht existierte, waren anstrengend. »Darum gönne ich mir jetzt wenigstens ein nettes Telefongespräch«, sagte er zu sich. Ahnte er vielleicht etwas, hatte er eine vage Fähigkeit, in die Zukunft zu blicken?

Er ging zu seinem Bett und setzte sich in die Nähe des Nachttisches, auf dem das Telefon stand. Er gab der Telefonistin Livia Ussaros Nummer durch, legte den Hörer wieder auf und wartete. Er betrachtete Davides Profil, das so traurig und bedrückt wirkte, und die Flasche Frascati, die elegant in eine kostbare Serviette gehüllt auf einem großen Silbertablett stand. Eigentlich war es zu spät, um jemanden anzurufen, den man nicht kannte, und außerdem konnte Livia Ussaro nach einem Jahr längst umgezogen oder gestorben oder nach Australien ausgewandert sein, wo sich doch heutzutage alles so schnell veränderte.

»Hallo? Ich möchte gern mit Livia sprechen«, sagte er, als er die Stimme einer älteren Frau vernahm.

»Wer spricht dort?«

»Duca«, antwortete er einfach. So redet man, wenn man Freunde anruft.

»Duca?«, fragte die Frau.

»Ja, Duca.« Schweigen. Die Frau hatte sich vom Telefon entfernt, etwas skeptisch ob dieses merkwürdigen Namens. Wie kann man nur »Duca«, also »Herzog« heißen? Sie war nicht die Erste, die sich über seinen Namen wunderte, in der Schule hatte er sich so manches Mal mit irgendwelchen Witzbolden deswegen geprügelt: »Und dein großer Bruder? Ist der Großherzog oder Erzherzog?« Die Antwort war: »Da hast du, was er ist«, ein Tritt gegen die Kniescheibe oder das Schienbein. Das hatte sein Vater ihm beigebracht.

»Livia?« Das musste sie sein, ihr »Hallo« war leise, aber mit jugendlicher Stimme durch den Hörer gedrungen.

»Ja, das bin ich, aber entschuldigen Sie, ich kann mich nicht erinnern …«

Sie war es, es gab sie noch, es gab sie wirklich. Seine Lust auf Livia Ussaro würde vielleicht gleich befriedigt werden. »Nein, *ich* muss mich entschuldigen. Sie können sich gar nicht an mich erinnern, weil wir uns nämlich noch nie gesehen haben.«

»Könnten Sie Ihren Namen noch einmal wiederholen?«

Wie zurückhaltend sie war, wie wach und gespannt.

»Natürlich, aber er wird Ihnen nicht viel sagen. Ich würde gern mit Ihnen über jemanden sprechen, den wir beide gut kennen.«

»Ihren Namen, bitte, oder ich lege auf.«

Immer diese obsessiven Bürokraten, erst Mascaranti, der alles aufschreiben musste, und nun diese hier, die darauf bestand, fünf oder sechs x-beliebige Silben zu erfahren, die man konventionell als Vor- und Nachnamen bezeichnet. Im Grunde konnte er ihr erzählen, er hieße Orazio Coclite, an der Situation würde das nicht das Geringste ändern. »Ich heiße Duca Lamberti, Sie kennen mich nicht. Wir haben aber beide jemanden gekannt …«

Auch diesmal ließ sie ihn nicht ausreden. »Warten Sie, diesen Namen habe ich schon mal gehört … Ja, genau, Sie sind eins meiner Idole. Ich war damals sehr naiv, ich hatte zahlreiche Idole. Viele sind mir nicht geblieben, aber Sie … Warten Sie mal, mein Gedächtnis …«

Er schaute auf seine Schuhspitzen – Schuhe mit Füßen drin

sind etwas Reelles – und versuchte, sich darüber klar zu werden, dass er tatsächlich mit einer Frau sprach, die behauptete, er wäre ein Idol von ihr. Inwiefern? Wieso?

»… Vor drei Jahren habe ich laut ›Nein, nein, nein, nein!‹ in den Gerichtssaal gerufen, als der Richter das Urteil verkündete; man hat mich rausgebracht und zwei Stunden lang in einem Raum festgehalten und mich gefragt, wer ich sei und so weiter, und ich habe immer nur geantwortet: ›Es ist eine Schande, eine Schande, eine Schande, sie hätten ihn nicht verurteilen dürfen!‹ Und sie haben gesagt: ›*Signorina,* seien Sie still, sonst lochen wir Sie ein wegen Amtsbeleidigung‹, und dann bin ich weinend nach Hause gegangen. Ich hatte an allen Verhandlungen Ihres Prozesses teilgenommen und allen erzählt, Sie müssten freigesprochen werden, Sie hätten sich nichts zu Schulden kommen lassen, Sie hätten sogar einen Orden verdient. Ich stritt mich deswegen mit allen möglichen Leuten im Gang vor dem Gerichtssaal.«

Natürlich redete sie viel zu viel, aber der tiefe, warme Ton ihrer Stimme war keineswegs so irritierend wie das schrille Organ so mancher Frauen. Außerdem sagte sie Worte, auf die er vollkommen unvorbereitet war, deren Existenz er nie in Betracht gezogen hatte, schließlich hatten ja weder sein Vater noch seine Schwester je etwas Ähnliches gesagt. Er war ein Idol. Er hatte einen Fan, wenn auch nur einen einzigen.

»Und jetzt habe ich mich nicht einmal mehr an Ihren Namen erinnert, ich schäme mich wirklich zutiefst. Sie können sich gar nicht vorstellen, wie oft ich über Euthanasie diskutiert habe, alle waren dagegen, denn sie haben ihre Prinzipien: das Prinzip, dass man Respekt vor dem Leben haben muss, genau wie das Prinzip, dass man einen Smoking oder Frack anzieht, wenn man in die Scala geht.«

»Danke, Livia.«

»Oh, entschuldigen Sie, normalerweise rede ich sehr wenig, außer wenn ich es mit intelligenten Menschen zu tun habe. Ich bin so froh, mit Ihnen sprechen zu können. Aber sicher haben Sie mich aus einem ganz bestimmten Grund angerufen.«

»Ja, ich wollte mich mit Ihnen über jemanden unterhalten, den Sie kennen: Alberta Radelli.« Am anderen Ende der Leitung trat plötzlich Stille ein. »Nicht jetzt sofort, natürlich. Irgendwann in diesen Tagen, wenn es Ihnen passt.« Die Stille hielt an, aber Livia war noch am Apparat, das spürte er, auch wenn er sie nicht einmal atmen hören konnte. »Es ist sehr wichtig für mich, Sie könnten mir vielleicht eine große Hilfe sein.«

Und endlich war da wieder ihre Stimme, so tief, so warm und doch – nicht eigentlich bürokratisch, aber so ähnlich, schulmeisterlich, ja, das war der richtige Begriff. »Es gibt viele Themen, die ich nicht mag, und Alberta ist das Thema, das ich am allerwenigsten mag. Und alles, was ich nicht mag, mache ich am liebsten gleich.«

»Jetzt?«

»Sofort.«

»Wo können wir uns sehen?«

»Hier in der Via Plinio ist eine Bar, direkt vor unserem Haus. Ich werde Sie bestimmt gleich wieder erkennen. Während des Prozesses habe ich Sie ja stundenlang beobachtet. Wann können Sie da sein?«

»In zehn Minuten.«

Das Leben ist wirklich wie eine Wundertüte, aus der alles Mögliche zum Vorschein kommt, Lumpen und Brillanten, ein Messerstich am Hals und Livia Ussaro. Er legte den Hörer auf und fühlte sich ein wenig benommen, als hätte er zu viel Frascati getrunken. Apropos – er schenkte sich noch ein halbes Glas ein und schaute zu Davide hinüber, den Mann, der nicht lebte, obwohl er so tat. Ein Moment der Schwäche überkam ihn.

»Ich muss jetzt gehen, komme aber bald wieder. Ich weiß, dass es Ihnen bei dem Wein nicht so gut geht, deswegen lasse ich Ihnen jetzt eine Flasche Whisky aufs Zimmer bringen; dann halten Sie die Einsamkeit und die Nacht besser aus.« Er tat ihm furchtbar Leid. »Benehmen Sie sich wie ein Mann, Davide: Je weniger sie davon trinken, desto besser.« Sein Entgegenkommen war unter medizinischen wie unter psychologischen Gesichtspunkten ein Fehler. Doch auch dieses Mal musste er das Risiko eingehen, und vor allem wollte er nicht, dass Davide während seiner Abwesenheit heimlich trank. Wenn er trinken wollte, sollte er frei sein, es zu tun. Er hatte seine Erlaubnis.

Er ging. Gleich würde er wissen, wie Livia Ussaro aussah. Er konnte es sich nicht vorstellen. Nur dass sie ziemlich groß sein musste, glaubte er zu wissen.

2

Sie war tatsächlich groß. Sie stand in der Tür der Bar und wartete auf ihn, und es erstaunte ihn, dass sie schon auf ihn zukam, als er noch dabei war, aus der Giulietta zu steigen. In ihrem Gang und in ihrem Blick lag eine Wärme, als würde sie einen alten Freund begrüßen. Und dabei hatte er vor zehn Minuten noch nicht einmal geahnt, dass er auf dieser Welt, und noch dazu so nahe, eine Freundin wie sie besaß.

»Hier können wir in Ruhe reden. Es ist die einzige Bar der Gegend ohne Fernseher und Jukebox, deshalb ist hier abends nie etwas los.«

Ihre Haare waren dunkel, sogar richtig schwarz, von einem kräftigen, natürlichen Schwarz. Sie trug sie kurz geschnitten, etwas kürzer als Männer, die ihre Haare lang tragen, wenn das denn Männer sind, aber etwas weniger kurz als Männer mit einem normalen Schnitt, die alle zwei Wochen zum Friseur gehen. Kurze Frauenhaare. Er mochte eigentlich lieber lange Haare, musste aber zugeben, dass ihr dieser Schnitt gut stand.

»Was Sie mir vorhin gesagt haben, war sehr, sehr…« Er unterbrach sich, denn es hätte sich zu dumm angehört, einfach das Wort »nett« zu benutzen, aber was hätte er denn sonst sagen sollen?

»Ich habe nur ein Hundertstel von dem ausgesprochen, was ich Ihnen seit Jahren zu sagen hätte. Aber Sie wollten über Alberta reden, also tun wir das.«

Sie trug ein dunkelgrünes Kleid, das ihm gut gefiel: gerade geschnitten und hochgeschlossen, aber ganz ohne Ärmel. Ihre Haut hatte eine angenehm braune Farbe, weder so übertrieben dunkel wie eine Eingeborene aus Neuguinea noch so bleich wie die Mailänder Mädchen, die gar nicht mehr in die Sonne gingen. Das Grün, Braun und Schwarz passten wunderbar in dieses Lokal, dessen Wände ganz mit goldglitzerndem Plastik verkleidet waren. Auch der Tresen und die runden Tischchen glänzten gedämpft wie altes Gold.

»Zwei Bier, bitte.« Sie waren die einzigen Gäste, und auch der Barmann verschwand, nachdem er sie bedient hatte. Eine Klimaanlage gab es nicht, aber dafür sorgte ein riesiger Ventilator mit breiten Holzflügeln für einen leichten, kühlen Lufthauch und verlieh der Bar eine exotische, koloniale Atmosphäre.

»Alberta hat sich vor einem Jahr umgebracht. Warum wollen Sie etwas über eine Tote wissen?« Sie steuerte ohne Umschweife auf ihr Ziel zu, und da er ihr nicht sofort antwortete, fuhr sie fort: »Ich kann mir gut vorstellen, wie Sie sie kennen gelernt haben. Eines Abends sind Sie allein ins Kino gegangen, weil Sie nicht wussten, wie Sie den Abend verbringen sollten. Sie sind zur letzten Vorstellung erschienen, haben das Auto geparkt und sich umgeschaut, etwas unentschlossen, ob Sie nun hineingehen sollten oder nicht, und da haben Sie sie gesehen, wie sie etwas steif neben dem Eingang stand. Sie musste wohl von ihrem Freund versetzt worden sein, einem dieser netten Knaben, die sich erst verabreden und dann nicht erscheinen, oder sie wartete auf eine Freundin, der etwas dazwischengekommen war. Männer gehen nicht gern allein ins Kino. Sie haben sie also angelächelt und, o Wunder, sie hat ein wenig zurückgelächelt. Sie sind auf sie zugegangen, haben etwas Nettes, Respektvolles und Witziges gesagt, na ja, und der Rest ist klar.«

»Ich habe Alberta Radelli nie kennen gelernt.« Diese Frau konnte man nicht an der Nase herumführen.

Sie wurde deutlich kühler. »Am Telefon haben Sie mir aber gesagt, Sie hätten sie gekannt.«

»Indirekt. Ich habe viel von Alberta Radelli gehört.« Ja, sehr viel.

»Zweideutigkeiten mag ich nicht. Und außerdem kann ich nicht glauben, dass Sie ein zweideutiger Mensch sind. Enttäuschen Sie mich bitte nicht. Ein Arzt, der sich entscheidet, aktive Sterbehilfe zu leisten, kann einfach nicht zweideutig sein. Also, warum interessieren Sie sich für Alberta? Entweder Sie sagen mir die Wahrheit, oder ich muss mich umgehend von Ihnen verabschieden.«

In ihren Worten lag etwas zu viel Kant, man konnte den kategorischen Imperativ regelrecht spüren, und auch die Vorreden zu allen zukünftigen metaphysischen Ansätzen mit wissenschaftlichem Anspruch. Er gab sich geschlagen, er musste ihr die Wahrheit sagen. Er ging sogar noch einen Schritt weiter: Er hatte die Ledermappe mitgebracht und schob ihr nun die Fotos von Alberta hin, mit äußerster Diskretion, denn es waren weiß Gott keine Bilder, die für die Öffentlichkeit bestimmt waren.

Livia Ussaro betrachtete sie. »Ich hatte ihr geraten, es nicht zu tun.«

Er hielt sich eigentlich für intelligent, und doch begriff er nicht, was sie meinte. Er wartete.

»Sie hatte mir erzählt, dass sie einem Mann begegnet war, der ihr für ein paar solcher Fotografien dreißigtausend Lire geben wollte, und ich sagte ihr, sie solle es nicht tun. Wir haben uns damals fast gestritten. Sie sagte, es wäre sauberer, solche Fotos machen zu lassen, als mit dem ersten Besten mitzugehen. Ich erklärte ihr, dass das nicht stimmte. Sie hat anscheinend nicht auf mich gehört und sich trotzdem auf diese Drecksarbeit eingelassen.«

Langsam kam etwas Licht in die Geschichte. »Und dieses andere Mädchen, kennen Sie das auch?« Er zog ein Foto der Blonden aus dem Umschlag.

»Ich weiß nur, wie sie heißt, Maurilia, ich glaube, sie arbeitete damals im Kaufhaus Rinascente.«

Noch ein wenig mehr Licht. Eine Maurilia würde Mascaranti leicht ausfindig machen, bei Rinascente oder sonst wo in Italien, es konnte nicht allzu viele Maurilias geben. »Und wie haben Sie Alberta kennen gelernt?«

Livia Ussaro lachte leise in sich hinein, die Stille in der goldenen Bar wurde durch keinen Laut gestört, und doch waren ihre etwas männlichen Züge ganz weich geworden. Sie strahlte. »Die Umstände, unter denen ich sie kennen gelernt habe, sind eigentlich ziemlich banal. Die Vorgeschichte ist wichtig.«

»Dann erzählen Sie mir die Vorgeschichte.«

»Gern, nichts wünsche ich mir mehr. Wir alle wünschen uns ja im Grunde nichts anderes, als unsere Seele ganz und gar zu öffnen.« Sie lachte weiter auf diese merkwürdige Art, aber nicht mehr ganz so strahlend wie vorher. »Ich weiß nicht, ob ich Sie nun enttäusche. Die Vorgeschichte ist jedenfalls folgende.«

Er bestellte noch zwei Gläser Bier. Irgendwie fühlte er sich glücklich.

»Seit ich sechzehn war, war es mein Wunsch, ein Experiment im Bereich der Prostitution zu machen«, begann sie. Sie hatte aufgehört zu lachen und war wieder in diesen nicht eigentlich bürokratischen, aber doch schulmeisterlichen Ton verfallen. Sie legte eine Theorie dar, das war klar, eine Theorie wie viele andere. »Dieser Wunsch entsprang jedoch nicht etwa einer morbiden Neugier. Vielleicht haben Sie ja schon gemerkt, auch durch mein Aussehen, dass ich frigide bin, wenn auch nicht vollkommen: Der Gynäkologe und der Neurologe haben festgestellt, dass ich unter besonders günstigen psychophysischen Bedingungen wie eine ganz normale Frau fühlen kann. Leider ergeben sich diese Bedingungen jedoch so gut wie nie, und deswegen ist es praktisch so, als sei ich frigide. Manche Leute mit einem Mangel an Phantasie halten mich dagegen für lesbisch. Dieser Verdacht belustigt mich.«

Er trank sein zweites Bier aus und hatte noch immer Durst. Oder war es vielleicht gar kein Durst? Er fühlte sich ziemlich glücklich; Livia Ussaro gab es wirklich, und die Geschichten, die sie erzählte, waren außergewöhnlich und interessant, auch wenn er sie nicht ganz begriff.

»Nein, ich wollte mein Experiment aus soziologischem Interesse anstellen. Ich bin mit einer krankhaften Vorliebe zur Welt gekommen: der Soziologie. Während die anderen Mädchen nichts anderes im Kopf hatten, als sich Perlonstrümpfe anzuziehen, las ich Pareto, und was schlimm daran war: Ich verstand, was ich las. Leider beschäftigt sich Pareto nicht besonders viel mit der Situation der Frau, und auch die anderen Soziologen nicht. Ich als Frau denke hingegen an die Soziologie der Frau, und eins der wichtigsten Probleme auf diesem Gebiet ist die Prostitution. Schon bald wurde mir jedoch klar, dass man die Prostitution nicht verstehen, nicht wirklich begreifen kann, wenn man nie in die Rolle einer Prostituierten geschlüpft ist, also wenn man sich nicht mindestens einmal prostituiert hat.«

Er hatte fast das Gefühl, als sei er auf einem Seminar und lausche einem engagierten Vortrag. Er bestellte noch zwei Gläser Bier. Nie zuvor hatte er sich mit Bier betrunken. Vermutlich würde er diese Erfahrung heute Abend zum ersten Mal machen.

»Logisch gesehen ist diese Theorie nicht unanfechtbar, im Gegenteil, wenn man sie wirklich zu analysieren beginnt, ist sie absolut unhaltbar«, fuhr sie fort, distanziert, schulmeisterlich und doch so weiblich, »aber sie hat ihren Reiz. Das Experiment, das ich machen wollte, bestand darin, auf die Straße zu gehen, mich von jemandem ansprechen zu lassen und gegen Geld mit ihm mitzugehen. Auf diese Weise wollte ich persönlich eine einschlägige Erfahrung machen. Ich wollte eine Situation erleben, die es mir erlaubte, den Sachverhalt auf Grund empirischer, aber doch aussagekräftiger Daten zu untersuchen. Bloß dass ich, als es dann soweit war, von zwei- bis dreitausend Jahre alten Tabus gebremst wurde. Außerdem war ich noch Jungfrau, und der Teil meines Ichs, der trotz allem in der Herde mitlief, hatte keine Lust, diese Tugendhaftigkeit der Wissenschaft zu opfern. Mit zwanzig verliebte ich mich dann, trotz meiner Frigidität. Es war eine äußerst merkwürdige Episode, die nur zwei Tage dauerte. Aber in diesen zwei Tagen nutzte der Herr, dem es gelungen war, mich aufzurütteln, die Situation zur Genüge aus: Ich verlor meine Jungfräulichkeit – und hatte damit ein Hindernis weniger zu überwinden, wenn ich mein Experiment durchführen wollte. Ich musste jedoch noch drei Jahre warten, bis es mir gelang, mich über alle Tabus hinwegzusetzen. Und auch das geschah nur durch Zufall.«

Sehr interessant. Irgendwie wirkte alles irreal, dieses ganze Gold, die mitternächtliche Stille der Stadt, die nur ab und zu von kurzen Geräuschen unterbrochen wurde, etwa wenn ein Auto vorüberfuhr oder eine Straßenbahn, was beides sehr selten geschah. Und dann wieder viele Minuten der Lautlosigkeit, wie im Garten einer Villa des 17. Jahrhunderts.

»Ich stand an jenem Abend auf der Piazza della Scala und wartete auf die Straßenbahn«, fuhr sie sachlich fort. »Es war ungefähr um diese Zeit, ich hatte eine Freundin besucht, eine Schneiderin, sehr geschickt, aber strohdumm, spricht nur von Stofffalten und ihren Backenzähnen, die unablässig entzündet sind. Ich war ziemlich deprimiert. Auf einmal bemerkte ich, dass ein etwa vierzigjähriger Mann auf mich zutorkelte. Ich blieb stehen, wo ich stand, und er sagte mir auf Deutsch, ich sei die schönste dunkelhaarige Frau, die er je in Europa gesehen hatte. Ich antwortete ihm auf Deutsch, dass ich betrunkene Männer nicht ausstehen könne und dass er mich in Ruhe lassen solle. Darauf nahm er seinen Hut ab – trotz der Hitze trug er einen wunderschönen, schwarzen Strohhut – und sagte, er sei froh, dass ich Deutsch spreche, und außerdem bäte er vielmals um Entschuldigung, aber er sei nicht betrunken, sondern gehbehindert, vielleicht hätte ich das nicht bemerkt. Sie verstehen sicher, dass ich mich furchtbar schämte, weil ich ihm vorgeworfen hatte, er sei betrunken, und dabei humpelte er. Er fragte, ob er mich zu etwas einladen dürfe. Ich sagte Ja und hoffte, dass er mir auf diese Weise verzieh. Wir gingen ins Biffi. Ich aß ein Eis, und dann erzählte er mir, wie allein er sei, und fragte, ob ich ihm nicht ein wenig Gesellschaft leisten könne. Ich bejahte erneut. Darauf fragte er, denn nicht umsonst war er Deutscher: ›Für Geld oder aus Sympathie?‹ Er wollte klare Verhältnisse, wollte wissen, ob ich ihm ›gratis und franko‹ Gesellschaft leisten würde, wie meine Freundin, die Schneiderin, sagen würde, also aus Sympathie oder gegen Bezahlung. Ich dachte an mein Experiment mit der Prostitution und antwortete sofort: ›Für Geld.‹ Er fragte mich, wie viel ich wollte. Endlich war der Moment gekommen, meine soziologische Studie durchzuführen, doch was den finanziellen Aspekt der Geschichte betraf, war ich vollkommen unbedarft. Ich nannte ihm deshalb eine sehr niedrige Summe, denn ich fürchtete, er könne es sich sonst anders überlegen.«

»Wie viel?« Die interessanteste Form von Verrücktheit ist Verrücktheit bei klarem Verstand.

»Fünftausend.« Sie hielt inne.

»Und dann?«

»Er gab mir das Geld sofort. Sein Auto stand auf der Piazza della Scala. Er bat mich, ihm zu sagen, wohin er fahren sollte, und das war ziemlich peinlich, denn damals hatte ich keine Ahnung von der sexuellen Topographie hier in Mailand. Schließlich kamen wir durch Zufall im Parco Lambro an.« Sie schwieg wieder.

»Und dann?«

»Was mich an der Sache am meisten faszinierte, war ihre Kürze.« Sie sah jetzt sehr ernst aus. »Auch bei all meinen späteren Erfahrungen dieser Art habe ich diese Kürze nie wirklich begriffen. Man braucht, glaube ich, länger dazu, sein Gewicht mit hinreichender Präzision auf der Waage des Apothekers abzulesen.

Und um diesen kurzen, ja fast blitzartigen Akt drehen sich vier Fünftel unserer Existenz. Ich habe mir ausführliche Notizen über diese erste Erfahrung gemacht. Aber Sie haben wohl keine Lust, sie zu lesen.«

Nein, er hatte keine Lust, aber das sagte er ihr nicht. Stattdessen fragte er: »War das die Vorgeschichte?«

Ja, das war die Vorgeschichte. »Am Tag darauf lernte ich Alberta kennen. Ein Kommilitone hatte mich zu einer Cocktailparty eingeladen. Sein Vater bekleidet eine leitende Position bei einer großen Firma für Mieder und Badeanzüge; sie hatten gerade einige neue Modelle entworfen und stellten sie der Presse und anderen Gästen in einem Saal des Hotels Principe vor. Ich war noch nie bei einer solchen Veranstaltung gewesen und ging hin. Es wimmelte von Frauen, und etliche mussten Lesben sein, denn sie kamen mir unangenehm nah. Aber nachdem sie mich eine Weile umschwirrt hatten, ließen sie mich in Ruhe. Auf einmal sah ich mitten in dieser fremden Welt eine Frau, die genauso verloren wirkte wie ich, das war sie, Alberta. Ich habe nie Freunde gehabt, ich habe auch jetzt keine, aber Alberta war gleich wie eine Schwester für mich. Nach einer Stunde hatten wir uns bereits alles erzählt. Seit dem Gymnasium hatte ich niemanden mehr gehabt, mit dem ich über allgemeine Fragen sprechen konnte. Es muss ja nicht gleich um das Schicksal der Menschheit gehen, aber man möchte doch wenigstens mal darüber diskutieren, wie sich zum Beispiel das Wahlrecht der Frau auf die Politik ausgewirkt hat. Die einzigen allgemeinen Fragen, über die man heutzutage spricht, sind die Freizeit und die Wirkung der Maschinen auf den Menschen, wobei das im engeren Sinn ja nicht einmal richtige Fragen sind. Finden Sie nicht auch?«

Ja, das fand er auch, und ihm wurde ganz warm dabei, aber vielleicht lag das ja auch an dem Bier. Die Freizeit und die Wirkung der Maschinen auf den Menschen – puh.

»Wir verließen die Cocktailparty, und sie nahm mich mit zu sich nach Hause. Um elf Uhr abends redeten wir immer noch, und gegen Mitternacht fiel uns ein, dass wir noch gar nicht zu Abend gegessen hatten. So richtete sie ein wenig Brot und Käse her, und um halb zwei waren wir immer noch dabei, uns auszutauschen.«

»Und worüber haben Sie sich ausgetauscht?« Vier oder fünf Stunden Unterhaltung! Dass sie wirklich nur geredet hatten, konnte schon sein, Livia Ussaro dixit, und Livia Ussaro log nicht. Aber vielleicht verstand sie unter »Austausch« auch etwas ganz anderes! Dieser Verdacht verflüchtigte sich allerdings sofort, als sie mit Feuereifer antwortete.

»Ich glaube, in den letzten drei Stunden haben wir nur über Prostitution geredet. Ich hatte ihr von meinem Experiment vom Vorabend erzählt – deswegen musste ich auch Ihnen die Vorgeschichte erzählen –, und darauf erklärte Alberta, dass auch sie seit Monaten solche Experimente machte. Natürlich nicht aus wissenschaftlichem Interesse, sondern aus materieller Notwendigkeit. Als sie von Neapel nach Mailand gekommen war, hatte sie schon bald erkannt, dass sie es nicht leicht haben würde. Eigentlich wollte sie zum Theater gehen, doch diesen Plan hatte sie bereits nach den ersten Gesprächen mit den Pförtnern verschiedener Bühnen aufgegeben. Dagegen war es für sie ein Leichtes, Arbeit als Verkäuferin zu finden, wegen ihrer grazilen Figur und ihrer Art, mit den Kunden umzugehen. Nur dass entweder die Kunden oder der Chef sie früher oder später immer dazu zwangen zu kündigen. Wenn sie dann finanziell in einer besonders heiklen Situation steckte, ging sie auf die Straße, und kurz darauf hatte sie die Situation wieder im Griff. Ich habe mir alle ihre Erfahrungen erzählen lassen, meine Aufzeichnungen basieren bestimmt zur Hälfte auf ihren Geschichten. Leider nehmen die Leute hier in Italien bestimmte Themen überhaupt nicht ernst, vor allem, wenn sie von einer Frau aufgegriffen werden, sonst könnte ich eine umfassende Studie über die private Prostitution veröffentlichen. An jenem Abend gab es aber vor allem einen Punkt, mit dem wir uns leidenschaftlich auseinander setzten: Ist es unter sozialen Gesichtspunkten ein Fehler, dass die Frau das Recht hat, sich zu prostituieren, oder nicht? Ich meine natürlich nur auf rein privater Ebene, also wenn sie selbst Lust dazu hat und nicht von anderen Menschen oder durch die Umstände dazu gezwungen wird.«

Er musste bereits ziemlich betrunken sein, aber trotzdem hatte er noch Durst. Es reizte ihn zu sehen, ob sie wohl wütend würde. »Frauen haben auch das Recht zu heiraten, jedenfalls habe ich schon mal davon gehört.«

Sie wurde nicht wütend, schien eher enttäuscht. »Seien Sie nicht gemein. Ich meine es ernst. Für eine intelligente Frau wie Alberta und viele andere …«

»Wie Sie.«

»Ja, auch wie mich. Es ist schwierig zu heiraten, wenn man intelligent ist. Klar, am Ende heiraten alle, aber intelligente Frauen möchten den Richtigen heiraten, und es ist sehr schwer, den Richtigen zu finden.«

Er versuchte, sie noch ein wenig zu provozieren. »Das ist immer noch kein Grund, auf die Straße zu gehen und sich vom ersten Besten ansprechen zu lassen.«

»Nein, also wirklich, das sagen Sie jetzt aber mit Absicht. Ich behaupte doch gar nicht, dass jede Frau das machen soll. Ich frage mich nur, ob das Recht, es zu tun, rein theoretisch ein Fehler ist oder nicht.«

Er hatte sie lange genug reden lassen und sogar etwas Nützliches dabei gelernt: Alberta Radelli war ein Fall von privater Prostitution, einer Form von Prostitution, die sich immer mehr ausbreitete. Er musste aber noch mehr wissen. »Hören Sie, ich beschäftige mich gern mit allgemeinen Fragen, aber für meine Arbeit brauche ich auch Einzelheiten. Haben Sie eine Ahnung, wo Alberta hingegangen ist, um sich fotografieren zu lassen, und warum sie es getan hat?«

Wenn sie nachdachte, nahm ihr Gesicht einen fast kindlichen Ausdruck an. »Ich habe zwar kein besonders gutes Gedächtnis, aber an einiges erinnere ich mich doch, denn das war der Grund, warum ich so enttäuscht von Alberta war.«

»Woran erinnern Sie sich?« Wenn es ihm gelang herauszufinden, wer diese Fotos aufgenommen hatte, konnte ihn niemand mehr stoppen.

»An eine Zahl. Wissen Sie, Zahlen kann man sich leichter merken. So erinnere ich mich zum Beispiel, dass sie ihr dreißigtausend Lire für diese Fotos geben wollten. Einen ganzen Nachmittag lang musste ich mit ihr darüber diskutieren. Sie enttäuschte mich wirklich, aber am Ende verstand sie doch, dass diese Fotos etwas anderes waren …«

Nein, jetzt war es wirklich erst mal genug der Philosophie. Er unterbrach sie. »Was war das für eine Zahl, an die Sie sich erinnern?«

»Eine Hausnummer, 78. An den Straßennamen kann ich mich allerdings nicht mehr erinnern. Ich habe sie nach allen Einzelheiten gefragt, weil ich begriff, dass da irgendetwas faul war, dass sie dabei war, von der privaten in die organisierte Prostitution abzugleiten …«

Nein, bitte nicht! Er unterbrach sie von neuem. Eines Tages

würde er sie mal mitnehmen auf die Torre del Parco, an einem regnerischen Wochentag, und dort oben, in dem leeren, runden Café hundert Meter über der Mailänder Ebene, würde er sie über ihre allgemeinen Fragen reden lassen, bis das Lokal schloss, aber jetzt wollte er möglichst sofort Fakten erfahren.

»Passen Sie bitte einen Moment ganz genau auf, es ist sehr wichtig. Versuchen Sie, sich an alle Einzelheiten im Zusammenhang mit diesen Fotos zu erinnern. Die Zahl 78 ist zu wenig, und wir müssen den Fotografen unbedingt finden, und zwar bald.« Wieso eigentlich bald? Seit Albertas Tod war ein Jahr vergangen, da hatten sie doch keine Eile? Und doch spürte er, dass die Sache eilte – vielleicht hatte er ja einen sechsten Sinn?

»Nein, an mehr erinnere ich mich nicht. Sie sagte, sie müsse zu einem Fotografen gehen.«

»Tatsächlich!«

»Moment, sie sagte etwas sehr Merkwürdiges, jetzt fällt es mir wieder ein, sie nannte den Namen des Fotostudios, ›Industrielle Fotografie‹ oder so. Aber was in aller Welt hat industrielle Fotografie mit Aktfotos zu tun?«

Sie hatten schon etwas miteinander zu tun: Es war einfach ein Deckname, aber das sagte er ihr nicht. Also gut: Im Haus 78 in einer der dreitausend oder vielleicht sechstausend Mailänder Straßen gab es, zumindest bis vor einem Jahr, ein Studio für Industriefotos, in dem unter Wahrung äußerster Diskretion außerdem Kunstfotos angefertigt wurden. Mascaranti würde nicht länger als einen halben Tag brauchen, um dieses Studio ausfindig zu machen, falls es noch existierte, und auch, wenn es nicht mehr existierte.

»Hat sie Ihnen gesagt, wer ihr diesen Vorschlag mit den Fotos unterbreitet hat?«

»Ja, das hat sie. Eine schmutzige Geschichte, ich mag keine Perversion.« Sie schaute zu dem Barmann hinüber, der ungeduldig in der Tür zur Straße stand und darauf wartete, schließen zu können. Es war fast Mitternacht. »Es war ein Mann, mit dem sie gegangen ist. Sie waren mit dem Auto ziemlich weit aus Mailand hinausgefahren. Er war schon älter gewesen und sehr freundlich, hatte sie aber kaum angefasst. Schließlich hatte er ihr gestanden, dass Männer in seinem Alter ihre Schwächen haben und dass er die weiblichen Reize ganz besonders auf Fotografien schätzte, und deshalb würde es ihm reichen, wenn sie sich ablichten ließe. Da sie einverstanden war, gab er ihr die Adresse eines Fotografen und fragte sie, ob sie nicht vielleicht ein paar Freundinnen hätte, die sich auch so aufnehmen lassen wollten. Pro Mädchen wollte er dreißigtausend Lire zahlen.«

Was für ein verschwenderischer Fotovoyeur! »Mal sehen, ob ich Sie recht verstanden habe. Alberta hat Ihnen gesagt, ein Mann, mit dem sie mitgegangen war, habe ihr Geld für Bilder wie diese angeboten und habe ihr dann die Adresse eines Fotografen genannt. Heißt das, dass Alberta allein zu diesem Fotografen gehen sollte und dieser bereits darüber informiert war, was er zu tun hatte?«

»Ja, genau.«

»Musste sie dem Fotografen denn irgendetwas sagen, um ihm klarzumachen, dass sie wegen dieser speziellen Sorte Fotos kam, ein Kennwort oder so? Sie konnte ihn schließlich nicht direkt darum bitten, sie nackt aufzunehmen.«

»Nein, nichts dergleichen war nötig, und genau darum habe ich mich mit Alberta gestritten. Ich habe mir die Geschichte in allen Einzelheiten erzählen lassen. Ich wollte ganz genau wissen, worum es ging. Alberta musste überhaupt nichts tun, sie brauchte nur zu diesem Fotografen zu gehen. Sie brauchte ihm keinerlei Erklärung abzugeben, denn er wusste schon, worum es ging. Sie musste sich ablichten lassen, der Fotograf würde ihr das Geld geben – fertig.«

Einen Augenblick lang hörte er in seinem Kopf die Alarmsirenen schrillen, wie er es aus seiner Kindheit im Krieg kannte. »Versuchen Sie bitte, sich ganz genau zu erinnern: Der Fotograf sollte Alberta den belichteten Film also nicht aushändigen, sondern ihn behalten, wenn sie wegging? Sind Sie sicher, dass es so war, oder könnte es auch anders gewesen sein?«

»Ich bin mir eigentlich ganz sicher.« Oh, dieses nachdenkliche Kindergesicht. »Alberta sagte mir, sie brauche nur zu diesem Fotostudio zu gehen, sich fotografieren zu lassen und damit basta, und es sei töricht, aus Prinzipienreiterei auf all das Geld zu verzichten. Und sie würde sogar eine Freundin mitnehmen, Maurilia. Ich antwortete ihr darauf, dass ich sie nie wieder sehen wollte, wenn sie das täte.«

Sie mussten gehen, der Barmann und ein großer Herr, der plötzlich aufgetaucht war, erklärten ihnen, dass sie das Lokal jetzt schließen würden. Also nahm er seine Livia Ussaro mit nach draußen und setzte sich mit ihr in die Giulietta, ließ aber den Motor nicht an. Als der Rollladen der Bar heruntergelassen wurde, war dieser Teil der Via Plinio in diskrete Schatten gehüllt.

»Ich werde Sie nicht nach Hause gehen lassen, bevor Sie mir nicht noch einen Punkt erklärt haben«, bemerkte er mit einer vielleicht etwas zu ernsten Miene. »Am Vorabend des Tages, an dem Alberta tot in Metanopoli aufgefunden wurde, befand sich in ihrer Handtasche die kleine Kassette mit dem noch nicht entwickelten Film. Wissen Sie, was das bedeutet?«

»Ich denke gerade darüber nach.«

»Ich habe es bereits getan. Es bedeutet, dass der Fotograf Alberta den belichteten Film ausgehändigt hat.«

»Ja, das stimmt.«

»Gut. Doch was konnte Alberta mit dem belichteten, aber noch nicht entwickelten Film anfangen? Sollte sie ihn vielleicht dem alten Fotoliebhaber geben?« Wie geistreich!

Livia lächelte. Es redete sich gut im Halbdunkel des Autos, und die Via Plinio wurde immer einsamer. »Nein, das ist unmöglich, da bin ich mir sicher, auch weil sie den Mann, der ihr die Sache vorgeschlagen hatte, gar nicht hätte wieder finden können. Eine Frau lässt sich doch nicht die Adresse ihres zufälligen Freiers geben, ganz abgesehen davon, dass er sie auch gar nicht herausrücken würde.«

»Er könnte sich mit ihr verabredet haben, um an den Film zu kommen und ihn dann entwickeln zu lassen.« Nein, diese Annahme war kindisch. Es war doch logisch, dass der Fotograf, der die Bilder aufgenommen hatte, den Film auch entwickelte und die Abzüge anfertigte. Andernfalls hätte der Liebhaber dieser Bilder sich noch einen zweiten Fotografen suchen oder die Aufnahmen selbst entwickeln müssen, und das wäre für einen Amateur ein ziemlich schwieriges Unterfangen gewesen, da es sich ja um einen Minoxfilm handelte.

»Nein, wenn Alberta diesem Mann den Film hätte aushändigen müssen, hätte sie es mir gesagt, ich habe sie ja zwei Stunden lang nach allen Einzelheiten gefragt. Ich machte mir große Sorgen, denn mir war klar, dass es hier nicht mehr nur um private Prostitution ging, sondern dass sie dabei war abzurutschen, sich zu binden ...«

Er hörte ihr nicht mehr zu, auch wenn es ihm Leid tat. Er hätte gern wochenlang mit ihr über ihre heiß geliebten allgemeinen

Fragen diskutiert, aber er sah Alberta vor sich, Alberta und ihre blonde Freundin, wie sie diesen Fotografen aufsuchten. Sie zogen sich aus und ließen sich fotografieren, und dann nahmen sie das Geld und gingen – und zwar ohne Film, wie ihm seine Logik sagte. Alberta aber hatte den Film in ihrer Tasche gehabt. Was sollte sie damit anfangen? Warum hatte der Fotograf ihn ihr gegeben?«

»Sie hören mir gar nicht zu, stimmt's?«

»Ja.«

Bescheiden, ja großherzig sagte sie: »Sie können mir ruhig noch mehr Fragen über Alberta stellen.«

Ja, es gab noch ein paar Fragen. »Nach jenem Mal, als sie Ihnen erzählte, dass sie diese Fotos machen lassen wollte – was sagte Alberta Ihnen, als Sie sie wieder sahen?«

»Ich habe sie nie wieder gesehen. Eine knappe Woche später las ich in der Zeitung, dass sie Selbstmord begangen hatte.«

Hier endete die Spur also. »Wir werden uns noch einmal wieder sehen müssen. Ist das ein Problem?«

»Nein, auch wenn es nur wegen Alberta ist.« Dann verriet sie ihre weibliche Schwäche. »Warum interessieren Sie sich denn so sehr für sie? Sie haben sie nie kennen gelernt, und ein Polizist sind Sie auch nicht, im Gegenteil. Sie haben mir gesagt, dass Sie sogar eine ganze Menge dadurch riskieren, dass Sie die Nase in diese Geschichte stecken.«

Endlich sah er sie an, ohne an Alberta zu denken. »Ihnen kann ich es sagen, Fräulein Allgemeine Fragen: Es ist wegen einer allgemeinen Frage.«

»Ja?«

Ihr konnte er es anvertrauen, sie war der einzige Mensch auf der Welt, dem man so etwas sagen konnte, ohne dass er schmunzeln musste. »Ich mag keine Falschspieler.« Und dann erläuterte er ihr, was er damit meinte, schließlich musste er sich ja mit ein paar allgemeinen Feststellungen für all die nützlichen Informationen revanchieren, die sie ihm geliefert hatte. »Die Gesellschaft ist wie ein Spiel, nicht? Die Spielregeln stehen im Strafgesetzbuch, im Bürgerlichen Gesetzbuch und in einer Sammlung ungeschriebener Gesetze: dem Moralkodex. Natürlich sind all diese Gesetze zum Teil fragwürdig und müssen immer wieder verbessert und auf den neuesten Stand gebracht werden, aber entweder man respektiert die Regeln, oder man respektiert sie nicht. Der Einzige, der die Spielregeln ignoriert und den ich trotzdem achten kann, ist der Räuber, der sich im Wald versteckt: Er sagt nämlich klipp und klar, dass er nicht bereit ist, ›schöne Gesellschaft‹ zu spielen, sondern sich seine Regeln selber machen will, und zwar mit der Pistole. Die Falschspieler hingegen, die verabscheue und verachte ich. Heutzutage gibt es leider jede Menge Kriminelle, die die Anwaltskanzlei gleich mit dabeihaben. Sie betrügen, rauben und töten nach Herzenslust, und dabei ist ihre Verteidigungsstrategie längst mit dem Rechtsanwalt abgesprochen, für den Fall, dass sie entdeckt und vor Gericht gestellt werden. Diese Halunken werden viel zu selten bestraft. Sie verlangen von den anderen, die Spielregeln zu beachten, haben aber selbst keinerlei Lust dazu. Und das geht mir gegen den Strich, solche Leute ertrage ich nicht. Wenn sie in meine Nähe kommen oder ich sie auch nur von ferne rieche, verliere ich schon die Nerven.«

Sie hätte gern noch lange so mit ihm gesessen und geredet, seine Worte ließen sie regelrecht aufblühen, doch er fragte sie sanft, wohin er sie bringen solle, und sie antwortete, zu dem Hauseingang dort, gegenüber der Bar, und dann fügte sie noch hinzu, er könne sie jederzeit anrufen, sie würde sich darüber freuen. Ihre

Stimme klang dabei absolut nicht frigide, aber er musste jetzt los, er hatte Davide schon viel zu lange allein gelassen.

Davide lag auf seinem Bett, angekleidet, aber ohne Schuhe, wach, bei brennendem Licht. Auf dem Tisch stand die Flasche Frascati, die so aussah, als sei sie leer, und daneben die Flasche Whisky. Sie war offen, und es fehlte eine Menge, die höchstens zwei Esslöffeln entsprach. In einem unglaublichen Willensakt hatte Davide es geschafft, weniger als einen Esslöffel Whisky pro Stunde zu sich zu nehmen, obwohl sich die Flasche dort in Reichweite befand und er die Erlaubnis hatte zu trinken, die Erlaubnis seines behandelnden Arztes.

Er nahm sich einen Stuhl und stellte ihn neben das Bett. Davide wollte sich aufsetzen, denn es gehörte sich nicht, in Anwesenheit seines Arztes einfach liegen zu bleiben, doch mit einem sanften Druck gegen die Schulter zwang er ihn auf das Bett zurück. »Davide, wir müssen jetzt schlafen«, sagte er eindringlich. Eben, mit Livia Ussaro, war er glücklich gewesen, und auch jetzt war er glücklich, hier, mit Davide Auseri, dem einzigen Sohn des großen Ingenieurs. Es war wirklich ein gelungener Abend. »Man kann nicht von morgens bis abends immer nur an eine Frau denken, vor allem, wenn diese Frau tot ist. Denn Sie denken immerzu an Alberta, stimmt's?«

Davide drehte sein Gesicht zur anderen Seite. In seiner Semantik hieß das ja.

»Das ist nicht in Ordnung, Davide.« Er liebte seine Arbeit als Arzt, und er war glücklich dabei. »Und es ist nicht in Ordnung, vor allem in Ihrem Alter, in eine Tote verliebt zu sein. Ich möchte gern ein wenig mit Ihnen darüber sprechen, denn in den letzten Tagen habe ich eine Reihe von Dingen begriffen. Als Sie Alberta auf die Straße setzten, liebten Sie sie nicht. Als Sie in der Zeitung lasen, dass sie sich umgebracht hatte, liebten Sie sie auch noch nicht, hatten aber Gewissensbisse. Und diese Gewissensbisse sind immer größer geworden, Tag um Tag, Rausch um Rausch. Doch auch dabei ist es nicht geblieben. Auf die Dauer ist aus Ihrer Reue ein neues Gefühl entstanden. Man nennt es Liebe. Sie haben immer wieder gedacht: ›Wenn ich sie an jenem Tag mitgenommen hätte, hätte ich ihr das Leben gerettet.‹ Doch dann sind Sie noch einen Schritt weiter gegangen und haben angefangen zu denken; wenn Sie sie mitgenommen hätten, hätten Sie ihr nicht nur das Leben gerettet, sondern es wäre für Sie beide auch schön gewesen, sehr schön, nicht nur, weil Sie die Gelegenheit gehabt hätten, immer wieder Liebe zu machen, sondern auch, weil da noch mehr zwischen Ihnen war. Sie haben nie eine Freundin gehabt, Sie haben sich nie wirklich verliebt, die Erziehung Ihres Vaters und seine dominante Persönlichkeit haben Sie immer niederdrückt. Alberta war die erste Frau, die in Ihnen, leider erst als Tote, dieses besondere Gefühl, dieses Bedürfnis nach Liebe hervorgerufen hat. Natürlich ist das jetzt Psychoanalyse der allerbilligsten Art, aber es ist wirklich so: Sie können nicht aufhören, an Alberta zu denken, weil Sie sie lieben, und da Sie sie lieben, ist Ihnen der Gedanke, dass sie tot ist, unerträglich, nicht?«

Gänzlich unerwartet kam es nicht, und doch hatte er es nicht zu hoffen gewagt: Davide begann zu weinen. Er schlug die Hände vors Gesicht, und obwohl nicht ein einziger Schluchzer zu hören war, gelang es ihm nicht, sein Weinen zu verbergen, denn der riesige Brustkorb zuckte heftig. Ruhig erklärte er ihm: »Die Toten kommen nicht zurück. Weder ich noch irgendjemand anders kann Ihnen Alberta lebendig wiedergeben, und doch wäre das das Einzige, was Sie auf der Stelle heilen würde. Deshalb müssen wir uns etwas anderes ausdenken. Vor allem müssen wir den Schuft finden, der sie zum Selbstmord gezwungen oder ermordet hat. Und wenn wir ihn finden, erwürgen wir ihn. Daran müssen Sie denken: dass wir ihn finden und erwürgen werden. Vielleicht überlasse ich diese Aufgabe sogar Ihnen.« Er musste an Davides weniger noblen Instinkte appellieren, um ihn zu retten. »Sie werden sehen, das ist gar nicht so schwer, und Sie werden dafür nicht einen einzigen Tag ins Gefängnis müssen. Wir werden diesen Halunken aufspüren, und dann erwürgen Sie ihn; mit Ihren großen Händen brauchen Sie nicht einmal besonders stark zuzudrücken. Bei Gelegenheit werde ich Ihnen genau erklären, wann Sie sicher sein können, dass der Verbrecher tot ist – als Arzt ist man schließlich Fachmann – und was für ein Knacken Sie zwischen den Fingern spüren müssen, während Sie zudrücken. Wenn es erst einmal geknackt hat, können Sie den Griff ruhig lockern, denn dann ist es vorbei. Natürlich wird das aus purer Notwehr geschehen, der Kerl wird Sie angegriffen haben, mit einem Messer oder einer Pistole, und Sie waren gezwungen, sich zu wehren, und mussten Ihrem Angreifer zuvorkommen, sonst wären Sie selbst ermordet worden. Es wird zuverlässige, über alle Zweifel erhabene Zeugen geben, zum Beispiel Mascaranti. Ich versichere Ihnen, dass Sie diesen Schuft in aller Ruhe erwürgen können und dass dies bald geschehen wird, denn wir werden ihn rasch finden. Aber jetzt müssen Sie sich entspannen und schlafen, damit Sie im entscheidenden Moment auch wirklich bereit sind.« Es war kein hübsches Märchen für Kinder, was er da erzählte, aber das Kind, das er zum Einschlafen bringen wollte, war ja schließlich auch schon größer und brauchte etwas deftigere Märchen. Auch er selbst brauchte ein Märchen: Er dachte daran, wie er mitten im Wald auf einen Fotografen stieß. Dazu musste er nur herausbekommen, wer diese Fotografien aufgenommen hatte. Nur das – sonst nichts.

3

Das Taxi hielt an der Via Farini Nummer 78, und Alberta und Maurilia stiegen aus. Die große Einfahrt des Hauses war gerade von einem Lastwagen versperrt, der herausfahren wollte. Hinter dem Taxi klingelte ungeduldig die Straßenbahn, und erst nach einer Suada von Flüchen, mit denen der Mann in dem Lastwagen, der Straßenbahnführer und der Taxifahrer sich gegenseitig zur Hölle wünschten, gelangten die beiden Mädchen zu der Portiersfrau, die ihnen mitteilte, dass das Studio »Industriefotos« im Hinterhaus, zweiter Stock, lag. Und so überquerten sie den Hof, wobei ein paar Männer im Overall, die einen Lastwagen mit eisernen Stangen beluden, sie mit den Blicken verschlangen und ihnen ein paar Anzüglichkeiten hinterherriefen, die keinen Zweifel daran ließen, was sie nur allzu gern mit ihnen angestellt hätten.

Der junge Mann, der ihnen im zweiten Stock die Tür öffnete, war einfach ein junger Mann in einem weißen Morgenmantel, sonst nichts. Sein Gesicht wies nicht einen einzigen Zug auf, der von einer gewissen Persönlichkeit gezeugt hätte; es sah vielmehr aus wie eins dieser Gesichter, die jemand gezeichnet hat, der nicht zeichnen kann. Das Einzige, was man von ihm sagen konnte, war, dass er nicht alt und der Morgenmantel, den er trug, nicht schwarz war.

Er musterte sie, schwieg aber. Sie sagten auch nichts, und so ließ er sie endlich eintreten. In der Diele gab es keine Fenster, deshalb war die Deckenlampe eingeschaltet.

»Hier entlang«, forderte er sie auf.

Das nächste Zimmer war ein langer Raum mit zwei Fenstern, deren Rollläden jedoch herabgelassen waren und durch deren staubige Scheiben nur ein paar schmale Sonnenstreifen fielen. Auch hier brannte elektrisches Licht.

»Ihr könnt euch da drüben ausziehen.« Er zeigte in eine Ecke mit ein paar Stühlen und einem Tisch. »Aber passt auf, dass ihr die Schachfiguren nicht umwerft.« Auf dem Tisch stand ein Schachbrett mit etwa zehn Figuren, die restlichen lagen in einer Holzkiste.

»Gibt es hier keine spanische Wand oder so?«, fragte Alberta, doch ärgerte sie sich sofort über ihre dumme Frage. Natürlich gab es so etwas nicht, in der ganzen langen Galerie, die das Fotostudio darstellen sollte, gab es nichts, was irgendwie einer spanischen Wand glich, es gab überhaupt keine Möbel außer der Sitzgruppe mit den drei Stühlen und dem Tisch, die jedoch einen unglaublich provisorischen Eindruck machten. Die geschlossenen Fenster wirkten irgendwie beunruhigend, und auch das elektrische Licht um elf Uhr vormittags und diese mörderische Hitze hatten etwas Unheimliches. Man kam sich vor wie in einem Grab in der prallen Sonne.

»Tut mir Leid«, sagte der junge Mann. Es sah so aus, als täte es ihm wirklich Leid, dass er keine spanische Wand besaß. »Sie brauchen aber keine Sorge zu haben, die Türen sind abgeschlossen.« Er war nun am Ende der Galerie angekommen, seine Stimme, die genauso nichtssagend war wie sein Gesicht, hallte ein wenig.

»Können Sie nicht wenigstens die Fenster öffnen?«, rief Alberta in die Dunkelheit des Raums hinein. Bereits nach einer Minute waren beide Mädchen schweißgebadet, sodass ihnen die Kleider am Leib klebten.

»Dann kommt nur der Azetylengestank vom Hof herein, und außerdem wird es noch heißer«, entgegnete der gesichtslose Mann, und auf einmal flammte das Licht am Ende der Galerie auf:

Er hatte die drei Stehlampen und die sechs Deckenlampen eingeschaltet. »Ich weiß nicht genau, was die in der Fabrik da machen, aber jedenfalls arbeiten sie mit Azetylen. Es stinkt fürchterlich.«

Da begriffen beide, dass er homosexuell war. Sie hörten es am Ton, in dem er dieses »Es ist fürchterlich« gesagt hatte.

»Wer kommt als Erstes?«, erkundigte er sich. »Mir ist es gleich.«

Maurilia war eine Blondine, die leicht zu kichern begann, leicht erschrak, überhaupt in jeder Hinsicht leicht zu beeinflussen war. Jetzt hatte sie Angst. »Fang du an«, bat sie.

Alberta beeilte sich. Slip, Büstenhalter und Kleid landeten auf einem Stuhl, nur die Schuhe mit den hohen Absätzen behielt sie an, nicht damit die Fotos besonders sexy wurden, sondern weil sie nicht barfuß über diesen Fußboden laufen wollte.

»Bitte«, lud sie der Homosexuelle ein. Die Scheinwerfer beleuchteten einen Hintergrund mit Wolken, ein vergrößertes Bild, das auf eine Schiebewand geklebt war. »Mit diesem kleinen Apparat hier geht es ganz schnell, Sie werden sehen.«

Erst jetzt bemerkte Alberta das schwere Stativ mit einer Art Feuerzeug darauf, das die Kamera sein musste.

»Setzen Sie sich hierher, auf den Teppich.« Er trat hinter das Feuerzeug und spähte zu ihr herüber. »Es steht Ihnen frei, die Posen selbst zu bestimmen, darauf kommt es nicht so an. Ihr Gesicht können Sie wegdrehen, wenn Sie möchten, nur auf fünf oder sechs Fotos muss es zu sehen sein. Bewegen Sie sich, wie Sie wollen. Stellen Sie sich vor, Sie seien im Kino. Los.« Mit der linken Hand führte er das kleine Steuer des Stativs, mit dessen Hilfe er die Minox mit fast unsichtbaren Bewegungen in die jeweils gewünschte Richtung drehte, in der rechten Hand hielt er den Drahtauslöser. »Bewegen, eins«, klick, »so, stopp, zwei«, klick, bei jedem Foto schloss er das Feuerzeug und öffnete es wieder, als wolle er sich eine Zigarette anzünden, »bewegen, stopp, drei«, klick, immer weiter, vier, fünf, zehn, zwölf Fotos. Manchmal schlug er ihr eine etwas aufreizendere Pose vor, wobei er aber nie rot wurde. Homosexuelle sind Frauen gegenüber äußerst zuvorkommend. »Bewegen, stopp, sechsundzwanzig, so, das reicht, jetzt ist Ihre Freundin dran.«

Maurilia stand am anderen Ende der Galerie in der Übelkeit erregenden Hitze und hatte Angst. Nicht davor, sich auszuziehen, sie wusste selbst nicht, warum. Alberta kannte sie. Sie gab sich zwar immer draufgängerisch und hatte der Idee mit diesen Aktfotos gleich zugestimmt, aber jetzt blickte sie sie flehend an.

»Wenn du keine Lust hast, dann lass es eben sein«, sagte Alberta gereizt. Sie ertrug Dummheit nicht, und Maurilia war Weltmeisterin auf diesem Gebiet. Sie war moralisch labil und schien dazu vorbestimmt, tragisch zu enden, obwohl Alberta sich alle Mühe gab, sie davon abzuhalten, dass sie auf die schiefe Bahn geriet, die auf den bekannten Strichstraßen endet, wo dann ein paar Meter weiter dein allgegenwärtiger Parasit steht und dich bewacht, um dir das Geld abzuknöpfen. Doch nun hatte sie sich ihrer angenommen und war an sie gebunden – wie wenn man heiratet.

»Nein, nein, jetzt sind Sie hier, und jetzt lassen Sie sich auch fotografieren«, sagte der junge Mann in dem weißen Morgenmantel, der ihren Wortwechsel verfolgt hatte.

Seine Stimme hatte eigentlich nichts Bedrohliches, und doch hörte Alberta etwas Derartiges heraus. Dem Anschein nach war sie nur etwas traurig gewesen, als hätte er sagen wollen: »Wie schade, nun sind Sie extra hergekommen, um sich fotografieren zu lassen, und auf einmal haben Sie keine Lust mehr«, und doch schwang noch etwas anderes mit. Dieser Mann, der nicht alt und auch nicht mit einem schwarzen Morgenmantel bekleidet war, hatte sagen wollen: »Jetzt, wo du hier bist, lässt du dich gefälligst fotografieren, auch wenn du nicht willst, und zwar einfach deshalb, weil ich will«, dessen war Alberta sich ganz sicher.

Mit einem unglücklichen Lächeln entgegnete Maurilia eilig »Ist schon gut« und zog sich aus. Alberta begleitete sie nach drüben, wo der Fotograf wartete, im Dunkeln, hinter den gleißend hellen Scheinwerfern.

»Auf den Teppich, so, ja«, wies er sie an und war dabei wieder richtig freundlich, »machen Sie, was Sie wollen, nur bleiben Sie dabei immer auf dem Teppich. So, bewegen Sie sich, ja, stopp, eins«, und so begann der Auslöser wieder zu klicken, »bewegen Sie sich, so, stopp, zwei, bewegen, nicht in der gleichen Pose bleiben, Sie müssen Ihre Haltung schon etwas verändern, so, stopp, drei.«

Auf einmal nahm Alberta den metallischen, etwas verbrannten Geruch der Scheinwerfer wahr. Maurilias Nacktheit war verwirrend, jedenfalls für sie als Frau, rein ästhetisch wirkte ihr Körper zu üppig und schlecht proportioniert, er schien nur für einen einzigen Vorgang konzipiert: den sexuellen Akt. Arme, Beine, Kopf, Schultern, Haare schienen ebenfalls Geschlechtsteile zu sein. Sie wandte ihren Blick ab und versuchte, nicht daran zu denken, dass es auch von ihr solche Aufnahmen gab und sie auf eventuelle Betrachter wesentlich aufreizender wirken musste, als sie gedacht hatte. Sie ging zurück zum anderen Ende des Raums, auch um nicht weiter von den Scheinwerfern geblendet zu werden, und bemerkte erst jetzt, dass an einer der beiden Längsseiten ein schmales Bord verlief, auf dem viele kleine Gegenstände aufgereiht waren, die sie zunächst nicht erkannte und die ihr dann wie Spielzeugautos vorkamen: Lastwagen mit Anhängern, Tankwagen, Traktoren und andere Landwirtschaftsmaschinen, nie größer als zehn Zentimeter. Sie nahm einen silbernen Tankwagen mit Anhänger in die Hand und stellte fest, dass es sich um eine perfekte Nachbildung handelte, obwohl sie nicht viel von Autos verstand. Das waren keine Spielzeugautos, sondern Industriemodelle.

»Schön, nicht? Aber passen Sie bitte auf«, der Mann ohne Gesicht sah offensichtlich auch, was hinter seinem Rücken vorging, und fotografierte dabei weiter, »los, los, bewegen, so, gut, stopp, zwölf.«

Ach, hör doch auf! Was kümmerten sie schon diese Modelle. Sie kam fast um vor Hitze, vor Gestank, vor Wut auf sich selbst, ja, es war sogar noch mehr als Wut, mehr als Verachtung, mehr als Ekel, es war fast Hass, und vielleicht sogar noch mehr als Hass.

Endlich sagte der Gesichtslose: »Bewegen, stopp, fünfundzwanzig«, zum letzten Mal hörte man das Klick, und Maurilia kam zu ihr herüber, um sich anzuziehen, während sie das Schachbrett betrachtete. Es war eine Endspielstudie. Weiß war am Zug und gewann. Neben dem Schachbrett lag ein kleines, englisches Schachheft, der Fotograf war offensichtlich ein Liebhaber des königlichen Spiels.

»Spielen Sie Schach?« Er war bei ihnen angelangt, nachdem er die Scheinwerfer am anderen Ende des Raums ausgeschaltet hatte, und beschäftigte sich mit seinem fotografischen Feuerzeug.

»Im Pensionat war ich die Beste.«

Endlich gelang es ihm, aus dem Feuerzeug einen kleinen Gegenstand herauszunehmen, der aussah wie ein Puppentelefonhörer: zwei kleine Zylinder, die auf einer Seite durch eine Metallzunge verbunden waren. Er legte ihn mit dem Feuerzeug neben das Schachbrett. Eine seelische Kraft ging jetzt von ihm aus, oder besser von seinen Händen, die mit luftiger Leichtigkeit über das Schachbrett tanzten. »Dann haben Sie vielleicht schon gemerkt, wo das Problem liegt. Die zwei weißen Bauern hier in der siebten Reihe könnten beim nächsten Zug umgewandelt werden, bloß dass der Angriff meiner Ansicht nach nicht von den Bauern ausgehen kann. Wahrscheinlich muss Weiß mit dem ersten Zug erst einmal den König wegziehen, um dem Dauerschach durch den schwarzen Turm zu entgehen.«

Sie hatte bereits die gleiche Überlegung angestellt, hatte jedoch absolut keine Lust, mit dem widerlichen Kerl darüber zu sprechen. Und doch ließ das Schachbrett – sie hatte sicher seit zehn Jahren keines mehr vor sich gehabt – sie nicht los, es versetzte sie zurück in die Zeit des Pensionats. Sie musste an die Schwestern denken, von denen sie nichts erinnerte als das abendliche Schlurfen durch die Schlafsäle, und an die dunklen Wintermorgen in der eisigen Kirche, wenn sie während der nicht enden wollenden Messe gegen die bleierne Müdigkeit und den aufkommenden Hunger ankämpfte. Auch die Pausen und Freistunden kamen ihr in den Sinn, die an regnerischen Tagen mit Wettbewerben im Vorlesen oder Sticken, im Dame- oder Schachspiel im Gemeinschaftsraum verbracht wurden. Es mussten wirklich sportliche Schwestern gewesen sein, mit einer Vorliebe für Wettkämpfe aller Art. Dank ihrer Erinnerungen war das einzig Erträgliche an diesem unerträglichen Ort dieser geometrische Gegenstand mit den symbolischen Holzfiguren und der Fülle seiner abstrakten Möglichkeiten. »Ich glaube eigentlich doch, dass Weiß als Erstes einen seiner Bauern umwandeln müsste«, sagte sie, und es war, als würde sie nicht zu ihm sprechen, sondern zu einer Mitschülerin des Pensionats, weit weg von diesem Ort, diesem Geschehen, dieser Maurilia, die ihre Nacktheit jetzt mühsam wieder zu bedecken suchte und dabei an den Häkchen ihres Büstenhalters zu scheitern drohte, die sie anscheinend beim besten Willen nicht fähig war zu schließen.

»Aber dann schlägt der schwarze Turm den umgewandelten Bauern und bietet dem weißen König Dauerschach«, warf er ein. Einen Augenblick lang war in seinem Blick jedoch ein vollkommen anderer Gedanken zu lesen: »Ich wusste gar nicht, dass es Nutten gibt, die Ahnung von Schach haben.«

»Ich glaube nicht«, erwiderte sie. Sie hörte jetzt sogar das Rauschen des Regens in dem schönen – oder doch nicht so schönen? – ruhigen Aufenthaltsraum jenes Pensionats, und sie fand es schade, dass sie sich an die Mädchen, mit denen sie Schach gespielt hatte, überhaupt nicht erinnern konnte, nicht an ihre Gesichter, nicht an ihre Stimmen, an überhaupt nichts. »Denn der weiße Läufer …«

»Der weiße Läufer kann das ewige Schach des Turms nicht verhindern«, unterbrach er sie leidenschaftlich, und sogar diese intellektuelle Leidenschaft hatte bei diesem Gesichtslosen etwas Abstoßendes.

»Ich wollte nicht sagen, dass der Läufer das Schach des Turms verhindern könnte. Ich wollte sagen, dass der Läufer hierhin ziehen könnte, nach f8, um so dem Bauern g7 zu ermöglichen, sich umzuwandeln, ohne dabei vom Turm angegriffen zu werden«, antwortete sie trocken. Leider war Maurilia, nachdem sie es endlich geschafft hatte, den Büstenhalter zu schließen, zu ihr getreten und hatte sich sogar mit ihrem feuchtwarmen Körper, der immer nach Nähe dürstete, nach der Gewissheit, nicht vergessen worden zu sein, an sie gelehnt, und so löste sich die Erinnerung an das süße Trommeln des Regens im Garten des Pensionats schlagartig auf. Sie schaute den Gesichtslosen bedeutungsvoll an.

»Ach ja, das Geld«, sagte er, ohne zu lächeln, »ich bin gleich wieder da, und dann will ich wissen, ob diese Idee mit dem Läufer funktioniert, es sieht fast so aus.«

Er ging ins Nebenzimmer, und Alberta griff instinktiv nach dem kleinen Ding mit den beiden Zylindern, von dem sie ganz genau erfasst hatte, was es war: der Film mit den widerwärtigen Fotos von zwei unglückseligen, nackten Frauen, und eine dieser beiden unglückseligen Frauen war sie selbst, und für sie war die Situation vielleicht noch peinlicher als für Maurilia, die wenigstens nicht ganz begriff, was da geschah, nie würde sie es begreifen. Sie steckte den Film in die Tasche.

»Hier, dreißig für Sie.« Der Farblose kam aus dem Nebenzimmer zurück, sein Blick war noch immer weit weg, in der Welt des Schachproblems. In der Hand hielt er zwei Umschläge, den versprochenen Lohn, diskret ihren Blicken entzogen. Einen Umschlag gab er ihr, den anderen Maurilia. »Und dreißig für Sie.« Als sie bereits an der Tür standen, um zu gehen, sagte er noch zu ihr: »Wenn der Zug mit dem Läufer stimmt, sind Sie wirklich gut, denn ich habe den ganzen Vormittag über das Spiel nachgedacht und war nicht drauf gekommen.« Er schlug die Tür rasch hinter ihnen zu, ging in den großen Raum zurück, starrte auf das Schachbrett und zündete sich eine Zigarette an. Also, erster Zug: e7-e8, Umwandlung zur Dame. Der schwarze Turm schlägt die Dame allerdings sofort. Jetzt kam der Läufer an die Reihe, und zwar La3-f8. Er zog den Läufer auf f8 und merkte sofort, dass dies der richtige Zug war: Mit dem nächsten Zug würde der Turm dem König Dauerschach geben … nein, das ging nicht, denn nach dem dritten Schachgebot konnte er nicht weiterziehen, ohne von dem Läufer bedroht zu werden, und alle Züge, die Schwarz jetzt ausführte, egal, mit welcher Figur, konnten nicht verhindern, dass der zweite weiße Bauer umgewandelt und Weiß die Partie gewinnen würde. Genau wie das Mädchen gesagt hatte. Zufrieden, wenn auch etwas gereizt, dass ausgerechnet so eine ihn im Schach übertroffen hatte, nahm er die Minox, die neben dem Schachbrett lag, und suchte nach dem Film, der allerdings nicht aufzufinden war, auch nicht unter den anderen Schachfiguren. Lange suchte er nicht, dazu war er zu intelligent, er hatte begriffen. Nun war es zu spät, den Mädchen hinterherzulaufen. Er hatte sich zehn Minuten lang vom Schachbrett gefangen nehmen lassen; diese verdammte Braunhaarige hatte ihn an der Nase herumgeführt, indem sie ihn mit dem Schachspiel ablenkte.

Trotz der Hitze schwitzte er nie, aber jetzt brach ihm der Schweiß aus. Langsam legte er die Schachfiguren in die Kiste zurück und dachte nach, falls man seine Panik als Nachdenken bezeichnen konnte. Dann legte er die Zeitschrift auf das Schachbrett und stellte die Kiste mit den Figuren auf die Zeitschrift, ganz ordentlich, aber seine Hände zitterten. Er musste zu einer Entscheidung kommen. Schließlich ging er zum Telefon, das neben der Tür an der Wand hing.

Das war wohl auch der Grund, weshalb Alberta, als sie vor ihrem Haus aus dem Taxi stieg – Maurilia hatte sie bereits abgesetzt –, diesen jungen Mann sah, der offensichtlich auf jemanden wartete. Er wirkte sehr elegant mit seinem leichten Jackett aus feinstem, englischem Tuch, der Krawatte in gedecktem Gelb, den dichten, aber sehr penibel gekämmten Haaren und dem äußerst freundlichen Lächeln. Er musste etwas kurzsichtig sein.

»Entschuldigen Sie, *Signorina.*«

Im Viale Montenero saßen die wenigen Menschen, die überhaupt in Mailand geblieben waren, um Viertel nach eins alle am Mittagstisch. Auf der Straße war keine Menschenseele zu sehen, als sei dort noch nie jemand gewesen, ja, als sei das bei dieser Hitze schlichtweg undenkbar. Nur hin und wieder fuhr ein Auto vorbei, und vielleicht würde in den nächsten zehn Minuten auch eine

Straßenbahn vorüberzuckeln. Sie blieb stehen, ruhig und gleichzeitig angriffslustig, denn in der Nähe ihrer Wohnung hatte sie sich noch nie irgendwelche zweideutigen Kontakte erlaubt. Sie blieb allerdings auch deshalb stehen, weil der junge Mann ihr den Weg versperrte, nicht nur mit seinem Körper, sondern auch mit seinem kurzsichtigen, raubtierartigen Blick, der einen starken Kontrast zu seinem freundlichen Lächeln bildete.

»Entschuldigen Sie, *Signorina,* aber in Ihrer Handtasche müsste sich ein Film befinden, den Sie vor einer halben Stunde in einem Fotostudio an sich genommen haben. Würden Sie so freundlich sein, ihn mir auszuhändigen?« Er streckte die Hand aus, spöttisch lächelnd, seiner selbst sicher. Dann wurde der Ausdruck seines Gesichts, das fett wirkte, es aber nicht war – die mächtigen Kieferknochen schienen wohl diesen Eindruck zu vermitteln –, für einen kurzen Augenblick böse, nur so lange, bis sie begriff, dass sie Angst haben musste.

Sie bekam tatsächlich Angst, aber sie zeigte sie nicht. Niemand konnte sie mit Gewalt zu irgendetwas zwingen. Ein einziges barsches Wort löste in ihr eine kalte, fast unkontrollierbare Wut aus.

»Ich kenne Sie nicht, ich habe nichts genommen, ich weiß gar nicht, wovon Sie sprechen, lassen Sie mich in Ruhe, sonst schreie ich.«

»Na, dann schreien Sie mal.« Er sprach ganz ruhig, nahm dabei ihren Arm und dirigierte sie zur Fahrbahn, »und während Sie schreien, steigen wir in das Auto dort, denn da können wir uns besser unterhalten.«

Gerade jetzt fuhr ein Auto vorüber. Sie schrie nicht, widersetzte sich aber seinem Druck. »Passen Sie auf, ich schreie wirklich.«

»Mag sein. Mag sein, dass wir beide auf der Polizeiwache landen. Ich brenne nicht unbedingt darauf, aber auch für Sie wäre es wohl nicht gerade angenehm. Wenn Sie mir hingegen diesen Film geben, lasse ich Sie umgehend in Frieden, und Sie vermeiden eine Menge Scherereien. Nicht nur die Polizei, sondern auch einen Eimer Schwefelsäure ins Gesicht.« Er versuchte erneut, sie zu dem Mercedes 230 zu bugsieren, der zehn Meter weiter gehalten hatte, doch Alberta riss sich unversehens los, mit einer ungewöhnlichen Kraft für eine Frau, und stürzte zu ihrem dunklen Hauseingang, rannte die Treppe hinauf, erster Stock, zweiter Stock, dritter Stock. Sie schaute über das Geländer hinab, nein, der Mann verfolgte sie nicht, sie hatte Zeit, ihre Wohnungstür aufzuschließen, ihre Schwester war bei Stipel, sie kam mittags nicht zum Essen nach Hause. Endlich gelang es ihr, die Tür zu öffnen. Sie drängte in die Wohnung, schlug die Tür hinter sich zu und schämte sich dann plötzlich. Sie ärgerte sich über die Angst, die in ihr aufgestiegen war, als dieser Mann sie am Arm gefasst hatte.

Sie betrat das Wohnzimmer und sah aus dem Fenster, das auf die Straße hinausging, durch die mit jahrzehntealtem Staub verkrusteten Fensterläden, doch da war niemand, keine Menschenseele, und auch kein Mercedes 230.

Sie würde nicht nachgeben, nie. Livia hatte Recht, sie wollte sich nicht in diese Kloake begeben, sie würde zur Polizei gehen, den Film abliefern, alles erzählen; sie würde von dem älteren Herrn mit dem Flaminia sprechen, von der festen Stelle als Verkäuferin in Hamburg, die man ihr angeboten hatte. Verkäuferin! Was sie da verkaufen musste, war nicht schwer zu erraten, ihr wurde richtig übel. Basta!

Sie kramte in der Küche und fand schließlich etwas zu essen, dann legte sie sich auf eins der beiden Betten mit den Bärchen, Hunden und Schmetterlingen am Kopfende. Es gelang ihr sogar, ein wenig zu schlafen. Doch dann wachte sie wieder auf, in der tiefen Stille dieses drückend heißen Nachmittags, und nachdem sie ein paar Sekunden so gelegen hatte, klingelte plötzlich das Telefon.

Vielleicht war es ja Livia, sie brauchte Livia jetzt, sie musste ihr alles erzählen. Sie stand auf und ging zum Apparat.

»Alberta, Alberta.«

»Ja, was ist denn los?« Es war Maurilia. Noch nie hatte sie eine so schreckerfüllte Stimme gehört, es war die Stimme nackten Entsetzens.

»Alberta, ich bin's, Maurilia, Maurilia.«

»Ja, Maurilia, was ist denn passiert? Wo bist du?« Noch hatte sie keine Angst, sie wollte keine Angst haben.

»Alberta, ich bin's, Maurilia, Maurilia.«

»Was ist denn? Was hast du?«

Jetzt antwortete ihr eine Männerstimme, und sie wusste sofort, wer da sprach, auch wenn sie diese Stimme nur ein einziges Mal gehört hatte.

»Sie haben Ihre Freundin Maurilia erkannt, nehme ich an.« Dieses »Sie« war noch unheimlicher als ein drohendes »Du«.

Sie antwortete nicht, aber er sprach trotzdem weiter, denn er wusste, dass sie ihn verstanden hatte. »Es wäre sehr von Nutzen, wenn Sie dem Fotografen, bei dem Sie heute Morgen waren, den Film zurückgeben würden. Und zwar bald, denn er wartet bereits. Ich möchte wirklich nicht, dass Ihrer Freundin Maurilia ein Unglück zustößt. Und tun Sie nicht, als hätten Sie nicht verstanden, das würde die Sache für Sie und Ihre Freundin nur noch schlimmer machen.«

Sie antwortete nicht, sie wollte schreien, dass sie sich umgehend auf den Weg machen würde, aber in Begleitung der Polizei, doch das ging leider nicht, denn der Mann auf der anderen Seite hatte bereits aufgelegt. Da begriff sie, was passieren würde.

4

Wie hässlich alles war! Das Einzige, was zufrieden stellend lief, war die Klimaanlage in den beiden Zimmern im Hotel Cavour. Die Luft war kühl, aber weder feucht noch muffig. Doch alles andere war so widerlich scheußlich, dass es weit über die Vorstellungskraft der ruhigen, effizienten Mailänder hinausging, die schwitzend über die Via Fatebenefratelli oder die Piazza Cavour hasteten. Natürlich lasen sie Tag für Tag im *Corriere* die übelsten Geschichten, doch schienen diese einer vierten, von einem Einstein des Verbrechens definierten Dimension anzugehören, die noch weiter weg und noch weniger nachvollziehbar war als die vierte Dimension des Einsteins der Physik. Nein, fassbar und wirklich war für diese Passanten der Tabakladen an der Ecke, in dem sie ihre Zigaretten mit Filter kauften, sodass sie mit weniger Gewissensbissen rauchen konnten. Wirklichkeit besaßen auch die sporadischen Gedanken an den nächsten Morgen, ans Büro, an die Arbeit, die möglichst noch fertig werden sollte, bevor der Vorgesetzte sie anmahnte. Und wirklich waren die Blicke hinüber zu den beiden Mädchen mit den gewagten Ausschnitten, die dort allein auf die Straßenbahn warteten. Ja, dies waren die natürlichen Dimensionen des Lebens, alles andere gehörte in die Geschichten, die die braven Mailänder nur in der Zeitung lasen und die, wie alles Gelesene, wenig Substanz besaßen: »Bringt Ehefrau mit siebenundzwanzig Messerstichen um« oder »Großes Drogengeschäft, auch Mutter von fünf Kindern mit von der Partie« oder »Viale Monza: Schusswechsel zwischen verfeindeten Banden«. Man las es eben, interessant war es schon, aber dann kam man nach Hause und fand im Briefkasten die Gasrechnung vor. Nein, die braven Mailänder unten auf der Straße konnten nicht ahnen, wie widerlich und scheußlich die Wirklichkeit aussah, auch wenn sie, die hier oben im Hotel darüber nachdachten, gar nicht diesen Eindruck machten, sondern eher wie vier maßlose Schlemmer wirkten inmitten all der Platten mit belegten Brötchen und Schnittchen, mit den Grissini, die mit feinstem Parmaschinken umwickelt waren, den kleinen, auf Eis gebetteten Butterschälchen, den Gläschen mit Paté und den in Silberbehältern kühl gestellten Bierflaschen.

Der Einzige, der sein Jackett nicht abgelegt hatte, war Davide. Vielleicht war er neben der Klimaanlage wirklich das Einzige, was gut und reibungslos funktionierte. Ganz plötzlich war sein Leben um eine wichtige Dimension reicher geworden, das Bier. Es war eine leidenschaftliche, unvorhergesehene Begegnung gewesen, die die Entziehungskur deutlich schneller voranbrachte als geplant. Vielleicht bekam man ja einen Bauch vom Bier, aber bevor es jemandem wie Davide zu Kopfe stieg, musste er schon ein ganzes Fass davon leeren. Mit dem Absinken des Alkoholspiegels im Blut gewann Davide die Sprache und eine gewisse männliche Spannkraft zurück. Genau jetzt machte er den Mund auf: »Möchte noch jemand Paté?« und bot allen aus dem Gläschen in seiner Hand an.

Mascaranti schüttelte den Kopf, genau wie Carrua, denn auch er saß dort ohne Jackett und rauchte – oder kaute vielmehr an seiner Zigarette. Und er selbst schüttelte den Kopf und schaute Davide fast zärtlich zu, wie er das Gläschen leer kratzte und sich das Paté auf eine Scheibe Brot strich. In zehn Tagen würde sein Patient nur mehr von Mineralwasser und Milch leben können, ohne dass ihm etwas fehlte.

»Beginnen wir mit dem Anfang«, sagte Carrua und legte die Zigarette auf das Tellerchen mit dem Kaffeesatz. »Beim Fotografen.«

Mascaranti hatte wie immer sein Notizbüchlein in der Hand. »Verschwunden«, berichtete er. »In der Via Farini 78 war bereits am Tag vor Alberta Radellis Tod keine Menschenseele mehr. Und dabei ist alles ganz regulär abgelaufen. Die beiden Räume waren ein Jahr vorher an einen Deutschen vermietet worden, auch wenn der Hausverwalter und der Portier besagten Deutschen höchstens zweimal gesehen haben. In dem Studio ›Industriefotos‹ arbeitete ein junger Mann, ein Freund des Deutschen, der dem Portier gesagt hatte, er hieße Caserli oder Caselli, so genau weiß der Portier das nicht mehr, denn auch ihn sah er nur selten. Sowohl der junge Mann als auch der Deutsche sind vor einem Jahr spurlos verschwunden.«

»Den Deutschen müsste man aber ausfindig machen können«, bemerkte Carrua, »eine Wohnung lässt sich schließlich nicht mieten, ohne seine Personalien anzugeben.«

»Natürlich, das hat er auch getan, hier.« Mascaranti las mit leicht südlichem Akzent eine Reihe von Silben vor, die tausend Jahre tiefsten Schwarzwalds heraufbeschworen und durch Mascarantis Aussprache gleich etwas lichter wirkten. »Name und Wohnsitz sind erfunden, jedenfalls hat die Polizei in Bonn, wo dieser Mensch angab zu leben, uns mitgeteilt, dass ein solcher Name weder in der Kartei des Einwohnermeldeamts noch in ihren Archiven existiert.«

Wie viel Mühe hatte Mascaranti auf sich genommen, um das Fotostudio nur anhand einer Zahl, der Hausnummer 78, aufzuspüren – und nur um herauszufinden, dass dort seit einem Jahr nichts und niemand mehr war! Und Spuren hatten sie auch keine hinterlassen.

»Eins ist klar«, sagte Duca vor allem zu Carrua, aber auch zu Mascaranti, »wenn diese Halunken die Wohnung unter falschem Namen gemietet und sie dann noch vor Alberta Radellis Tod so blitzartig verlassen haben, musste ihre Arbeit dort äußerst wichtig gewesen sein. Wenn diese Arbeit aber darin bestand, nackte Frauen zu fotografieren, müsste der Portier doch ein reges Kommen und Gehen von jungen Mädchen bemerkt haben.«

»Ja, ich habe mich auch bei seiner Frau danach erkundigt«, bestätigte Mascaranti. »Hin und wieder kamen tatsächlich ein paar Mädchen, aber nicht oft. Sie hat mir auch erzählt, was sie dort machten, denn der junge Mann hatte sie und ihren Mann ein- oder zweimal eingeladen zuzuschauen. Er fotografierte Modellfahrzeuge, Autos, Lastwagen, Mähdrescher, sagte sie mir, und manchmal brauchte er die Mädchen als Hintergrund, heutzutage werden Frauen ja für alles Mögliche in der Werbung benutzt.«

Es war einfach Tarnung, das war klar, Industriefotos hieß Nacktfotos, und je länger das so durchging, umso besser. Mehr als ein Jahr lang war es durchgegangen, obwohl die Polizei ja immer ein wachsames Auge auf »Kunststudios« und dergleichen hatte. Selbst als das Studio wieder verschwand, war keinem etwas Besonderes aufgefallen, sodass Mascaranti nun auch keinerlei nützliche Informationen liefern konnte.

»Gut, kommen wir also zu dem Mädchen, dem anderen, meine ich«, brummte Carrua.

Die Polizei gewinnt das Spiel durch beharrliche Wiederholung. Wenn man ständig wiederholt, dass zwei plus zwei vier ist, kommt am Ende sogar noch etwas mehr dabei heraus. Aber bei Maurilias Geschichte gab es nichts mehr zu entdecken.

»Maurilia Abate«, las Mascaranti aus seinem Notizbüchlein vor, »siebenundzwanzig Jahre, angestellt beim Kaufhaus Rinascente, Abteilung Stoffe, Handtücher und dergleichen.«

Siebenundzwanzig Jahre – auf den Fotos sah sie viel jünger aus. Sie war geradezu vorbildlich fleißig gewesen, das Personalbüro bei Rinascente hatte nie etwas auszusetzen gehabt, doch dann, wie merkwürdig, als sie aus den unbeschwertesten Jahren bereits heraus ist, gerät sie unversehens in die dunkle Welt der Abenteuer.

Mascaranti geht also zu Rinascente, und es gelingt ihm, gleich an den richtigen Mann an der richtigen Stelle zu gelangen.

»Vollkommen unmöglich! Wissen Sie eigentlich, wie viele Mädchen hier arbeiten? Wie soll ich denn die Frau herausfinden, die Sie suchen, wenn ich nur weiß, dass sie Maurilia heißt?«, fragt der Abteilungsleiter.

»Damit«, stellt Mascaranti lakonisch fest und deutet auf einen Telefonhörer, der mit den Lautsprechern im ganzen Kaufhaus verbunden ist. »Sie könnten etwas ausrufen lassen, zum Beispiel: ›Signorina Maurilia wird umgehend in die Direktion gebeten.‹ Oder nein, noch besser: ›Signorina Maurilia oder eine ihrer Kolleginnen bitte umgehend in die Direktion.‹«

Eine von dem Abteilungsleiter herbeizitierte Bürokraft erscheint, schreibt die Nachricht auf und beginnt sie auszurufen, ein erstes, ein zweites und ein drittes Mal, fast ohne Pause, und dann nach drei Minuten Unterbrechung noch einmal; in allen Stockwerken, in allen Ecken, aus allen Lautsprechern ertönt diese sanfte Stimme, während die Leute Babyflaschen und Kronleuchter kaufen, Flossen und eine Krawatte für Papa. Der Name Maurilia ist klar artikuliert und gut verständlich. Während die Dame beginnt, die Nachricht zum dritten Mal auszurufen, lässt die Sekretärin ein sehr kleines, blondes Mädchen eintreten. Es könnte ein Kind sein, auch wenn es mehrere Faktoren gibt, die darauf hindeuten, dass es keines ist.

»Maurilia?«, fragt Mascaranti.

»Nein, ich bin eine Freundin von ihr.«

»Der Herr hier ist von der Polizei. Beantworten Sie seine Fragen bitte so genau wie möglich«, ermahnt sie der Abteilungsleiter streng.

»Wie heißt Maurilia mit Nachnamen?«, fragt Mascaranti.

»Maurilia Arbati«, antwortet die kleine Blonde.

Triumphierend schreibt Mascaranti den Namen in sein Notizbuch. Binnen drei Minuten ist es ihm gelungen, die Blonde von den Fotos zu finden, damit kann er wahrlich zufrieden sein. »Wo wohnt sie?«

Die kleine Blonde zögert, setzt an, um etwas zu sagen, doch ungeduldig unterbricht er sie. Er möchte sofort zur Wohnung dieser Maurilia Arbati gehen, da holen wir sie ab, ich bringe sie ins Kommissariat, und dort entwirren wir dann das Knäuel, denn Mascaranti glaubt immer noch an Knäuel, die entwirrt werden können. Dieses Mädchen, das mit Alberta beim Fotografen war, wird ja wissen wer, wie, warum… »Also, wo wohnt sie?«, fragt er schroff.

Sie erschrickt und sagt: »Via Nino Bixio 12«, so genau wie möglich, wie es der Vorgesetzte von ihr verlangt hat.

»Sie sind wohl ziemlich gut befreundet?«, fragt Mascaranti, denn um eine Adresse auswendig zu wissen, muss man schon ziemlich gut befreundet sein. Die Blondine antwortet nicht, aber das macht nichts, er möchte sie noch etwas anderes fragen: »Warum ist Maurilia denn nicht selbst gekommen? Eigentlich haben wir *sie* ja ausgerufen.«

»Vielleicht ist sie krank«, meint der Herr aus der Verwaltung.

»Sie ist tot«, sagt das blonde Mädchen und wird ganz blass. Schnell ziehen sie ihr einen Stuhl heran.

»Aber warum haben Sie das denn nicht gleich gesagt?« Mascaranti ist entmutigt. Wenn sie tot ist, können sie sie nicht mehr verhören, und wenn sie sie nicht verhören können, können sie auch das Knäuel nicht entwirren.

»Sie ist vor einem Jahr gestorben, die Ärmste«, flüstert das blonde Mädchen, »als ich eben ihren Namen über den Lautsprecher gehört habe, ist mir ganz schlecht geworden. Nach so langer Zeit zu hören, dass die Geschäftsleitung nach ihr verlangt, als wäre sie noch am Leben ...«

Vollkommen unerwartet war sie gestorben, war von der Arbeit fortgeblieben, ohne jemandem Bescheid zu sagen, auch ihr nicht, und war nach Rom gefahren, vermutlich in Begleitung – von »einem« Freund, wie das blonde Mädchen schamhaft betonte. Sie hatte wohl baden wollen und dabei vielleicht die Besinnung verloren, jedenfalls war sie am nächsten Tag tot im Tiber gefunden worden, etwas oberhalb von Rom, gestrandet wie ein verlassenes Boot, im Badeanzug. Ihre Kleider lagen am Ufer zwischen den Büschen, fast einen Kilometer flussaufwärts. Das blonde Mädchen hatte das alles etwa eine Woche später von Maurilias Eltern erfahren, als sie anrief, um sich zu erkundigen, was mit ihr los sei.

So, das war also die Geschichte, und Mascaranti hatte sofort begriffen. »Wie heißen Sie?«, hatte er das blonde Mädchen gefragt und sich ihre Personalien notiert, dann war er ins Kommissariat zurückgefahren und hatte in Rom angerufen. Maurilia Arbati, Tod durch Ertrinken, gefunden im Tiber auf der und der Höhe, um die und die Zeit, von Signor Sowieso. Aus dem Archiv hatte er sich die römischen Zeitungen aus jenen Tagen bringen lassen, und dann hatte er alle einschlägigen Berichte und Kommentare gelesen und festgestellt, dass sie ausnahmslos mit einem großen Fragezeichen versehen waren: Unfall oder Verbrechen? War sie ertrunken oder umgebracht worden? Man musste kein Hellseher sein, um diese Frage zu beantworten: Innerhalb von vier Tagen waren beide auf dem Minoxfilm abgelichteten Mädchen gestorben, erst die Blonde, vier Tage später die Dunkelhaarige, eine in Mailand, Metanopoli, die andere in der Nähe von Rom, im Tiber ertrunken. Beide Fälle waren von geradezu lächerlicher Ambiguität: ein Selbstmord, der nicht überzeugte, und ein Unfall, der argwöhnisch machte.

Doch jetzt war Schluss mit dieser Ambiguität: Die beiden Mädchen waren ermordet worden. Bei Alberta hatte man geschickt ihren Freitod inszeniert, in ihrer Handtasche war sogar ein Brief an ihre Schwester gefunden worden, in dem sie um Verzeihung für ihre Entscheidung bat. Hatte man sie gezwungen, den Brief zu schreiben, oder hatte sie ihn selbst geschrieben, weil sie tatsächlich vorhatte, sich umzubringen? Bei der anderen, Maurilia, hatte man einen Unfall inszeniert, den allerdings nicht besonders überzeugenden Unfall einer Mailänderin, die urplötzlich nach Rom fährt, um im Tiber zu baden, und dort ertrinkt.

Der stumme Davide, der, wie gesagt, allmählich seine Sprache wieder fand, stellte jetzt sogar eine Frage: »Aber wieso haben sie die eine in Mailand umgebracht und die andere in Rom?« Er war wirklich etwas naiv.

Doch er, sein behandelnder Arzt, erklärte es ihm geduldig. Davide war der einzige Mensch, mit dem er Geduld hatte. »Wenn hier in Mailand innerhalb von vier Tagen erst ein blondes Mädchen in einem Fluss, sagen wir mal im Lambro, ertrunken wäre und man kurz darauf ein dunkelhaariges Mädchen in Metanopoli mit aufgeschnittenen Pulsadern gefunden hätte, dann hätte die Polizei diese beiden doch recht merkwürdigen Todesfälle in Verbindung bringen und vermuten können, dass etwas Größeres dahinter steckte. So hingegen hat das in Rom ertrunkene Mädchen zunächst einmal nichts mit dem zu tun, das in Metanopoli verblutet ist: Die römische Polizei ermittelt in einem Fall und die Mailänder Polizei in dem anderen, und dabei kommt nichts heraus, weil die Verbindung fehlt. Die Verbindung haben erst Sie hergestellt, weil Sie uns den Film gegeben haben und weil Sie direkt vor Albertas Tod mit ihr zusammen gewesen sind.«

»Das heißt«, erwiderte Davide, denn es soll durchaus vorkommen, dass jemand von einem Extrem ins andere fällt und Stummheit zu Geschwätzigkeit wird, »wenn ich diesen Film sofort bei der Polizei abgegeben und alles erzählt hätte, was ich von Alberta wusste, dann hätte man die Mörder vielleicht sofort aufgespürt.«

»Vielleicht«, antwortete er, behandelnder Arzt im Untergrund. Sein Patient lud sich wirklich alle nur denkbaren Schuldgefühle auf, nicht ein einziges ließ er aus. »Aber erstens hätten Sie wissen müssen, dass dieses Ding, das Sie in Ihrem Auto zusammen mit Albertas Taschentuch gefunden hatten, eine Kassette mit einem belichteten Film war. Das aber wussten Sie nicht. Und außerdem hätte Ihr Vater Ihnen alle Knochen einzeln gebrochen, wenn er erfahren hätte, in was für eine Geschichte Sie da hineingeschlittert waren.« Lautes Lachen von Carrua, der seinen mächtigen Freund, den Ingenieur Piero Auseri, gut kannte, verständnisvolles Lächeln von Mascaranti. »Sie tragen keinerlei Verantwortung dafür. Also beruhigen Sie sich, und schenken Sie uns ein wenig Bier ein.«

»Kommen wir also zu den Schlussfolgerungen«, meldete sich Carrua zu Wort. »Erstens: Mädchenhandel. Ich denke, daran besteht kein Zweifel.«

Nein, daran bestand kein Zweifel. Obwohl er Arzt und Apostel zugleich war, hatte er manchmal auch so niedere Regungen wie Hunger, und so nahm er sich die wenigen Schnittchen, die noch übrig waren.

»Zweitens: Mädchenhandel in ganz großem Stil. Es handelt sich hier offensichtlich nicht um zwei kleine, elende Ausbeuter aus der Gegend, die sich mit zwei kleinen, elenden Ausbeutern aus einem anderen Land zusammengetan haben, um sich gegenseitig ein paar arme Mädchen zuzuspielen. Das hier sind Leute mit einer großen, straffen Organisation, die vor nichts zurückschrecken und ohne Skrupel töten, um nicht entdeckt zu werden. Auch daran gibt es wohl nichts zu rütteln.«

Na ja. Er als Apostel glaubte eigentlich nicht an große Organisationen. Hier musste es sich um einige wenige, aber dafür umso üblere Schurken handeln. Es war ihm aber klar, worauf Carrua hinauswollte, und so warf er ein: »Gut, du willst Interpol einschalten, das ist nur zu verständlich, und am Ende werdet ihr auch alles aufdecken. Nur wird das sehr lange dauern, da euch jegliche Spur fehlt. Diese beiden Mädchen waren keine Berufsprostituierten, sondern Amateure, zwei, die auf eigene Faust arbeiteten, zwei ehrlose Frauen aus ehrbaren Familien. Hin und wieder übten sie ihre Tätigkeit aus, aber ohne in Verbindung mit der Rotlichtszene zu stehen und ohne Zuhälter.« Wie Carrua verabscheute auch er selbst Begriffe wie Loddel oder Lude, die im Kino so gern verwendet werden. »Die Eltern, Verwandten und Nachbarn dieser Mädchen haben keine Ahnung von ihrer Tätigkeit. Es sind Mädchen, die einer Arbeit nachgehen, und dort sagt man nur Gutes über sie, ›sie sind fleißig, ordentlich, pünktlich‹. Sie müssen es ja sein, damit ihr Treiben nicht schon nach wenigen Wochen auffliegt. Unsere einzige Spur ist dieser Film, aber von dem Fotografen wissen wir nur, dass er verschwunden ist, und die abgelichteten Mädchen sind tot. Klar, irgendwann werdet ihr diese Verbrecher schnappen, aber das wird sehr, sehr lange dauern. Und ich habe es eilig.«

Noch ein Auflachen von Carrua. »Ach ja? Und was gedenkst du zu tun, damit es schneller geht?«

»Ich weiß es noch nicht genau, aber ich würde von einer Annahme ausgehen.«

»Und von welcher?«

»Dass diese Herren ihre Arbeit wieder aufgenommen haben. Nach der Sorge wegen des verschwundenen Films und den beiden Morden werden sie sich eine Weile still verhalten haben, sagen wir mal drei, vier Monate. Doch dann, als sie merkten, dass die Polizei tatsächlich an den Freitod der Dunkelhaarigen und den Unfall der Blonden zu glauben begann, haben sie ihre Tätigkeit wieder fortgesetzt. Der Mailänder Markt ist äußerst lukrativ. Auch du würdest wieder aktiv werden, wenn du so ein Geschäft laufen hättest.«

»Ich mag das nicht, wenn du mich als Unternehmer in dieser Branche bezeichnest«, protestierte Carrua. Hier im Hotel versuchte er, nicht zu brüllen. »Aber du hast Recht, ich würde wieder aktiv werden.«

»Siehst du«, fuhr er fort, obwohl Carrua längst verstanden hatte, was er meinte, »und wenn du wieder anfängst, machst du dieselben Sachen wie vorher, da sie sich als äußerst lukrativ erwiesen haben, das heißt, du suchst nach frischen Mädchen, die dabei sind, ins Geschäft einzusteigen, und sorgst dafür, dass sie in *deine* Organisation kommen und nicht in die der Konkurrenz. Wir können deshalb von folgender Annahme ausgehen: Die Herren, die uns interessieren, sind wieder am Werk, hier in Mailand, und zwar auch jetzt, in diesem Moment.«

Carrua bewegte sich nicht, er saß stocksteif da, wie immer, wenn er sich konzentrierte. »Du hast Recht. Wir stellen ihnen also die übliche Falle. Wir gehen davon aus, dass sie noch immer beziehungsweise wieder arbeiten, und schicken deshalb ein Mädchen auf die Straße, das dort machen soll, was die beiden von den Fotos gemacht haben. Früher oder später wird einer von denen unser Mädchen ansprechen, und wenn wir erst mal einen haben, haben wir die ganze Bande. Probieren könnten wir es ja mal, das kostet ja nichts.«

Das stimmte wohl auch nicht so ganz. »Es kostet uns ein Mädchen. Wen nimmst du dafür?«

»Mascaranti hat ein ganzes Adressbuch voller Namen von Frauen, die das übernehmen würden.«

»Denk daran, Herr Kommissar, dass die Professionellen nicht in Frage kommen. Diese Leute suchen nach frischen Äpfeln – ohne Wurm. Die kannst du nicht mit einer als keusches Mädchen verkleideten Nutte ködern. Tut mir Leid, dass ich ›Nutte‹ gesagt habe.«

»Ist schon gut, reg dich bloß nicht auf.«

»Ich habe auch ein paar frische Äpfel ohne Wurm«, warf Mascaranti ein und klang dabei wie ein Marktverkäufer, der seine Ware anpreist.

»Mascaranti, das stimmt einfach nicht«, widersprach er, und obwohl er aufs Äußerste gereizt war, klang seine Stimme geduldig; ein Arzt muss sich immer zu kontrollieren wissen. »Ich weiß, dass du deine Informanten auch in den besten Familien hast; sogar in den Kliniken, unter den Krankenschwestern, hast du deine Leute, die den Gebrauch von Morphium und anderen netten Mittelchen ein wenig im Auge behalten. Aber stell dir doch mal die Arbeit vor, die dein Apfel ohne Wurm zu leisten hätte. Das Mädchen müsste sich von einem Haufen interessierter Männer ansprechen lassen, bevor es, wenn überhaupt, auf den Mann stößt, den wir suchen. Ein braves Mädchen, das einen Freund hat und womöglich sogar noch Jungfrau ist, wird sich zu so etwas nicht hergeben, nur um der Polizei eine Freude zu machen.«

Schweigen. Dann sagte Carrua: »Ich glaube, es regnet«, stand auf, ging zum Fenster und betrachtete die Leuchtreklamen der Piazza Cavour, die sich auf der nassen Straße spiegelten. »Vielleicht hast du ja dieses Mädchen, das wir brauchen«, fügte er hinzu, ohne sich umzudrehen. Er bemerkte, dass es ganz leise regnete, Sommerregen ohne Gewitter.

»Ja, wenn ich ein Schuft wäre, hätte ich eins«, antwortete er und stand auf. »Und vielleicht bin ich ein Schuft.« Er ging zum Bett, setzte sich auf die Kante, nahm den Hörer von der Gabel und bat die Telefonistin um die bewusste Nummer. »Regnet es wirklich?«, fragte er überflüssigerweise. Auch die anderen beiden waren aufgestanden und schienen sich brennend für den Regen zu interessieren. Sie schauten jetzt aus dem anderen Fenster und wandten ihm dabei den Rücken zu.

»Livia, bitte«, sagte er in den Hörer. Am anderen Ende der Leitung hatte er eine Männerstimme gehört, es musste ein älterer Herr sein.

»Sie möchten mit Signorina Livia Ussaro sprechen?«, fragte die ältere Stimme kühl.

»Ja, Signore, vielen Dank.« Es musste ihr Vater sein.

»Würden Sie mir bitte sagen, wer dort spricht?« Anrufe von

Männern schienen den auf korrekte Formen bedachten Vater zu verärgern.

»Duca Lamberti.«

»Luca Lamberti?«

»Nein, Duca, mit ›D‹ wie Domodossola.« Allmählich war auch er, der Anrufer, verärgert. Im Hintergrund hörte er Livias Stimme: »Lass ruhig, Papa«, und dann war sie plötzlich ganz nah, warm und kein bisschen frigide. »Tut mir Leid, das war mein Vater.«

»Entschuldigen Sie.« Wie wohlerzogen sie waren! Regnete es wirklich? »Ich muss Sie unbedingt sehen, sofort. Geht das?«

»Ich habe schon lange darauf gewartet.«

Das war nicht anständig, das war ja fast Verführung! »Ich hole Sie in zehn Minuten ab. In Ordnung?«

»Gut. Ich warte unten im Hauseingang.«

Er legte den Hörer auf und schaute zu den anderen dreien hinüber, die jetzt mitten im Zimmer standen. Regnete es wirklich? Dann konnte er sie ja mit auf die Torre del Parco nehmen, den rührenden Mailänder Eiffelturm. Bei dem Wetter war dort sicher kein Mensch. Er stand auf und wandte sich an Carrua. »Morgen kann ich dir Näheres sagen.«

»Nein, *ich* werde *dir* etwas sagen, und zwar jetzt gleich«, fuhr Carrua ihn an. »Du machst überhaupt nichts mehr! Jetzt reicht es! Du mischst dich nicht mehr in unsere Arbeit ein, verstanden? Ich verbiete es dir hiermit in aller Form.«

»Und wieso?«, fragte er fast respektvoll, schließlich war er ein kühler, kontrollierter Mittelitaliener aus der Romagna.

»Zwei Mädchen sind bereits umgebracht worden«, sagte Carrua, der hingegen ein heißblütiger, wenn auch berechnender Sarde war.

»Ich erinnere mich.« O ja, und wie er sich erinnerte.

»Du bist ein Privatmann, kein Polizist. Du sorgst hier nicht für eine dritte Frauenleiche! Ich warne dich, lass die Finger von dieser Geschichte!«

»Gut«, antwortete er schon bei der Tür. Carrua hatte ihn gewarnt, und zwar im Ernst, Carrua meinte es immer ernst. »Buonasera.«

»Duca, pass auf!«

Er ging, ohne zu antworten. Sie hatten ja Recht, aber sie verstanden ihn nicht. Sie mussten das Gesetz befolgen, und manchmal ist das Gesetz merkwürdig, es begünstigt den Verbrecher und bindet dem Ehrlichen die Hände.

Es regnete wirklich. Nach knapp zehn Minuten hatte er Livia bereits in ihrem Hauseingang abgeholt, nach knapp zwanzig stand die Giulietta schon vor der Torre del Parco, und nach weiteren drei Minuten saßen sie oben in der Panoramabar des Turms, hundert Meter über der Poebene und der Stadt des heiligen Ambrosius. Es regnete immer stärker, der warme Sommerregen ging allmählich in ein Gewitter über, durch die Fenster sahen sie, als säßen sie im Flugzeug, den Himmel voller Blitze, die immer heller leuchteten, und in dem kleinen Radio des Barmanns knisterte und knallte es wie in einer Pfanne voller Esskastanien. Zu schade, dass er in dieser suggestiven, ja fast schon kinoreifen Umgebung über solche Schweinereien reden musste.

»Wollten Sie mich wegen Alberta sehen?«, fragte sie.

»Ja.« Wie schön sie auch heute wieder war. Sie trug ein schwarzes Kleid mit großen, weißen Blumen, das ähnlich geschnitten war wie beim letzten Mal, dazu eine kleine, schwarze, aus Stroh geflochtene Handtasche. Lippen und Fingernägel schimmerten in einem sanften Orangeton, die große Männeruhr stand in starkem Kontrast zu ihrer weiblichen Kleidung. Besonderes Kennzeichen:

die Art, in der sie ihn anblickte. Nein, das war wirklich nicht anständig.

»Also dann«, forderte sie ihn auf.

Er erzählte ihr alles, samt Punkt und Komma, und als er fertig war, hoffte er, sie würde Nein sagen.

Sie sagte aber weder Ja noch Nein, sondern begann zu reden, und zwar in einem Ton, der ihm deutlich machte, dass nun eine große, wichtige Rede kam. Und er musste ihr zuhören, es war die einzige Genugtuung, die er ihr bieten konnte, denn sonst hatte er nichts für sie als Blut und Tränen, genau wie Churchill.

»Seit Alberta tot ist, habe ich keine Experimente dieser Art mehr gemacht«, erklärte seine Livia Ussaro, wobei der Donner im Hintergrund immer lauter grollte, »denn es war der endgültige Beweis, dass es keine private Prostitution gibt. In meinen Aufzeichnungen habe ich notiert, dass die Frau eine so begehrte Ware ist und einen so wichtigen wirtschaftlichen und sozialen Faktor darstellt, dass unweigerlich ein dichtes Interessengeflecht um sie herum entsteht.«

Der Gedanke war nicht neu, aber darum nicht weniger wahr. Das Fräulein Allgemeine Fragen wollte jedoch keine revolutionären Theorien vor ihm ausbreiten, sondern sprach von Fakten.

»Heutzutage ist es nicht möglich, dass sich eine Frau aus persönlichen Gründen und freier Entscheidung privat prostituiert. Alles ist so konzipiert, dass man den Frauen einen Teil ihres Verdienstes abnehmen kann, indem man sie ›beschützt‹ und ›organisiert‹. Schon bei meinen ersten Experimenten vor zwei Jahren wollte eine Miederverkäuferin mir einmal unbedingt Strumpfhalter schenken. Ich hatte sofort begriffen, worauf sie hinauswollte, und tat so, als würde ich ihr Geschenk annehmen, und da sagte sie mir, sie kenne einen Herrn, der mir noch viel schönere und größere

Geschenke machen könnte. Ein andermal sah ein Parkwächter mich aus einem Auto steigen und sprach mich an: ›Hören Sie mal, es ist doch nicht nötig, dass Sie sich so abmühen, um Kunden zu finden. Und so allein auf der Straße herumzulaufen, gehört sich auch nicht. Wenn Sie wollen, kann ich mich darum kümmern. Hier gibt es viele Ausländer, die mich fragen, wie sie Kontakt zu Frauen aufnehmen können. Sie bleiben ganz einfach zu Hause, und wenn sich etwas ergibt, rufe ich Sie an. Ist das nicht besser?‹ Natürlich, viel besser! Aber abgesehen davon, dass er die Hälfte meines Verdienstes wollte, wäre es eine professionelle Tätigkeit geworden, während ich ja gerade herausbekommen wollte, ob es möglich sei, sich privat zu verkaufen. Nein, es geht nicht. Einmal habe ich mich sogar richtig gefürchtet, und das ist ein Gefühl, das ich sonst nicht kenne. Ich hatte mich eine Weile in der Via Visconti di Modrone aufgehalten, es war am Spätnachmittag, und ich wusste nicht, dass das ein ›abgestecktes‹ Gebiet war, zumindest abends. Normalerweise achte ich sehr darauf, nicht in die Nähe der Berufsprostituierten zu geraten, aber jenes Mal machte ich einen Fehler. Plötzlich stieg neben mir ein Mann von seinem Motorrad, und hätte er ein Schild mit dem Wort ›Zuhälter‹ um den Hals hängen gehabt, hätte man auch nicht besser erkannt, was das für einer war. Er sagte in etwa: ›Du glaubst doch wohl nicht, dass du hier treiben kannst, was du willst. Sag mir, wo dein Freund ist, und ich hau ihm die Fresse ein.‹ Er wollte mir einfach nicht glauben, dass ich keinen ›Freund‹ hatte. ›Gut, ich verstehe, wenn dein Freund dir nicht mehr passt, bist du frei, aber wenn du hier in der Gegend arbeiten willst, bin *ich* dein Freund.‹ Er wollte mich mit Gewalt in sein ›Gestüt‹ einreihen, aber glücklicherweise waren ziemlich viele Leute auf der Straße, und es gelang mir, mich zu befreien. Bei der Gelegenheit habe ich allerdings wirklich Angst bekommen.«

Livia war vollkommen verrückt, und es war gemein, diese Verrückte mit dem scharfen Verstand auszunutzen. Aber sie konnte schließlich auch Nein sagen. Die Blitze tanzten um sie herum, und der Barmann unterbrach das Gespräch, um ihnen zu erzählen, dass er Angst vor Gewittern hatte und nie wieder an einem Ort wie diesem arbeiten würde.

»Eigentlich gibt es nur eine einzige Konstellation, bei der man von einer Art Prostitution ohne Ausbeutung sprechen könnte. Das sind die anständigen Mädchen mit einem älteren Verehrer, oder manchmal auch zwei, plus Freund, wenn sie einen haben. Und die Frauen, die von ihrem Mann getrennt leben und ein wenig auf Unterstützung angewiesen sind. Wenn der Betreffende nur über bescheidene Mittel verfügt, hilft er ihnen eine Weile, ein paar Monate lang, und dann müssen sie sich einen anderen suchen. Anständige Frauen sind das, mit einer Strickmaschine zu Hause, die auch für ihre Nachbarinnen stricken, für Bekannte oder entfernte Verwandte. Und manchmal bekommen sie Besuch. ›Wie geht es Ihnen, Signora?‹ ›Ach, so einigermaßen.‹ Womöglich ist es ein Nachbar aus der Gegend, in der sie vorher gewohnt haben, oder der Lebensmittelhändler, bei dem sie anschreiben lassen. ›Ich hoffe, Sie sind nicht gekränkt, wenn ich Ihnen dieses kleine Präsent überreiche.‹ ›Aber das wäre doch nicht nötig gewesen, nein, das kann ich nicht annehmen.‹ ›Doch, natürlich, es ist ja kein Brillantring, sondern nur eine Tasche.‹«

Wie wahr diese Worte aus ihrem Mund klangen! Und der Turm, in dem sie saßen? War der eigentlich stabil? Rede nur, mein Kind, und dann sag Nein.

»Das ist eine Form, die ich verabscheue, sie ist mir zu scheinheilig. Ich würde mich nie so verhalten.« Sie redete und redete. Ach ja.

Sie war für klare Verhältnisse. Wer keine Nuancen mag, wer nicht zu Kompromissen bereit ist, muss verrückt sein. Vielleicht war der Turm wirklich stabil genug, das Gewitter ebbte jedenfalls unversehens ab, Blitze und Donner hörten auf, und der Regen prasselte weniger stark herab als zuvor.

»Ich hab mal wieder zu viel geredet, ich weiß, bei Ihnen rede ich immer zu viel. Ich wollte Ihnen bloß erklären, warum ich Ihnen helfen möchte. Bei meinen Experimenten habe ich begriffen, worin das Böse besteht, nämlich in der Ausbeutung, was ja auch die Merlin* immer wieder vertreten hat. Natürlich wird es nie wirklich gelingen, die Ausbeutung zu beseitigen, aber immer, wenn man auf einen Schmarotzer stößt, muss man ihn zertreten.« Leidenschaftlich legte sie ihre Hände auf den Tisch. »Und jetzt sagen Sie mir, was ich genau zu tun habe!«

Da, noch so ein Apostel wie er selbst, der das Böse zertrat! Gemeinsam konnten sie ja schon einen richtigen Kreuzzug starten! Und sie glaubte tatsächlich, das Böse zertreten zu können. Ach Kind, zertreten hilft nicht viel. Je mehr du zertrittst, desto mehr wird es geben. Na ja, zertreten muss man sie vielleicht trotzdem.

»Denken Sie lieber ein paar Tage darüber nach, bevor Sie zusagen.«

»Das ist vollkommen unnötig, ich brauche keine Zeit zum Nachdenken, ich denke sofort.«

Ich weiß, mein Kind. »Gut, dann denken Sie mal sofort an die beiden ermordeten Mädchen. Wenn wir einen Fehler machen, könnten Sie die Nächste sein.«

* Christdemokratische Senatorin, die sich entschieden für die Verabschiedung des Gesetzes einsetzte, das die Prostitution und ihre Ausbeutung in Italien untersagt und das unter dem Namen »Gesetz Merlin« bekannt ist (Anm. d. Ü.).

»Daran habe ich bereits gedacht.«

»Und denken Sie daran, dass wir alle gegen uns haben, auch die Polizei, und dass uns niemand beschützen wird.«

»Auch daran habe ich bereits gedacht.«

»Dann denken Sie daran«, das Sie hatte inzwischen einen intimeren und feierlicheren Ton als das intimste Du, »dass Sie Tag für Tag mit einem oder zwei Männern mitgehen müssen, wochenlang, und vielleicht für nichts und wieder nichts, weil wir gar nicht fündig werden, aber vielleicht, um als dritte Leiche zu enden. Und versuchen Sie bitte, sich das richtig lebhaft vorzustellen, denn das hier ist kein Spiel, das hier ist blutiger Ernst.« Er war böse geworden, richtig gemein hatte er geklungen. »Entschuldigung«, fügte er hinzu.

Kalt erwiderte sie: »Das hätten Sie sich eben sparen können. Sie haben dem Ganzen eine persönliche Note gegeben. Aus Ihrem Ton müsste ich eigentlich schließen, dass es Ihnen gegen den Strich geht, wenn ich dieser Arbeit wegen mit verschiedenen Männern mitgehe. Wenn das stimmt, ist das ganze Unternehmen im Ansatz falsch. Und außerdem interessiert es mich überhaupt nicht, ob es Ihnen gegen den Strich geht oder nicht. Sie haben mich gefragt, ob ich bereit bin, diese Aufgabe zu übernehmen, und jetzt, wo ich Ihnen mit Ja antworte, sagen Sie Nein. Wenn hier jemand spielt, dann sind Sie das, nicht ich.«

Sei still, sei doch bloß still! Warum ließ er sich nur immer auf Geschichten ein, bei denen es keinen Ausweg gab? Warum immer diese Prinzipien?

»Sagen Sie mir, was ich machen soll, und damit basta. Ich bin ein erwachsener Mensch und weiß, was ich tue, und wenn ich lieber Nein gesagt hätte, dann hätte ich Nein gesagt. Aber das kann ich nicht.«

Sie konnte nicht! »Na gut, dann lassen Sie uns nach oben auf die Terrasse gehen, an die frische Luft, es hat fast aufgehört zu regnen.«

Dort oben, hoch über den unzähligen Lichtern Mailands, erklärte er ihr alles, während der Wind ihnen um die Ohren pfiff, feucht wie ein nasses Laken, das einem ins Gesicht klatscht. Er erklärte ihr all die abscheulichen Einzelheiten ihrer widerlichen Arbeit und gab ihr all die hässlichen Ratschläge, die das Risiko etwas mindern sollten, und schließlich verabredete er mit ihr noch die wichtigsten Zeichen: »Wenn Sie den Ellbogen einmal aus dem Autofenster herausstrecken, heißt das, ›gefunden‹. Und wenn Sie es zweimal hintereinander tun, bedeutet das ›Gefahr‹. Morgen komme ich mit Davide, und wir probieren es gemeinsam aus: Sobald etwas nicht stimmt, geben Sie ihm das Signal, und er wird sofort zur Stelle sein.« Ja, so war das, auch den anderen armen Teufel verwickelte er jetzt noch in diese Geschichte. Wer so ein krankes Hirn hat wie er, kennt eben keine Grenzen.

Dann brachte er seine Livia Ussaro nach Hause. Im Hauseingang gaben sie sich sogar die Hand, es hätte nur noch gefehlt, dass sie zueinander gesagt hätten: »Vielen Dank für die nette Gesellschaft.« Als er im Cavour ankam, war er von allem abgrundtief angewidert, vor allem von sich selbst. Nur von ihr nicht.

DRITTER TEIL

»Sie sind wohl bei den Mädchen mit Lederjacke stehen geblieben, den Halbstarken von 1960 mit ihren langen Mähnen, die immer an der Jukebox herumlungern: Die können Ihrer Meinung nach abends auf den Strich gehen, andere nicht. Ich glaube, Sie sind etwas hinter der Zeit zurückgeblieben.«
»Kann schon sein, an Lehrerinnen, die strichen, habe ich noch nie gedacht.«

1

Da ist Livia Ussaro nun also an der Arbeit, auf dem letzten Stück der Via Giuseppe Verdi, schon fast an der Piazza della Scala. Es ist kurz nach halb elf, die Gegend ist in einer Dreierversammlung mit Davide als Teilnehmer ohne Stimmrecht mit viel Bedacht ausgewählt worden, so sorgfältig wie ein seltener literarischer Text. Livia ist adrett gekleidet, ganz in Dunkelblau. Der Rock ist kurz, und unter dem Jäckchen trägt sie ein äußerst knappes Etwas, das ihre Blöße bedeckt, eine richtige Bluse ist es jedenfalls nicht. Wenn sie die Straße Richtung Piazza della Scala heraufkommt, soll sie den Eindruck erwecken, als suche sie etwas, ein Geschäft vielleicht, oder als warte sie auf jemanden, mit dem sie verabredet ist. Und diesen Eindruck erweckt sie tatsächlich.

Davide wartet unter der Kolonnade der Piazza della Scala. Seine Giulietta steht auf dem Parkplatz am Denkmal Leonardo da Vincis, und zwar – nach Zahlung eines üppigen Trinkgelds von tausend Lire – in der äußersten Reihe, sodass er bei Bedarf sofort starten kann. Etliche Vormittage lang ist überhaupt nichts geschehen. Zwar ist Livia von zwei Herren angesprochen worden, aber den einen hatte sie schon bald wieder abgewiesen, weil er kein Auto besaß – während die Person, die sie suchen, für ihre Tätigkeit ganz bestimmt ein Auto benutzt –, und den anderen, weil er nicht älter als zwei- oder dreiundzwanzig war und ihre Bekanntschaft mit den Worten »Was für ein hübsches Täubchen« begonnen hatte, während die von ihnen gesuchte Person weder jung ist – sie muss die fünfzig bereits überschritten haben – noch das Wort »Täubchen« benutzen würde.

An jenem Morgen beobachtete Davide von der Kolonnade aus, wie ein ziemlich großer Mann über fünfzig neben Livia stehen blieb. Sie sah so aus, als warte sie darauf, dass die Ampel grün wurde. Das Gespräch zwischen Livia und dem großen Mann zog sich in die Länge, statt wie sonst schon ziemlich bald wieder abgebrochen zu werden. Livia dachte vermutlich, dieser wäre einen Versuch wert.

Ja, nun überquerten sie die Via Manzoni, einmal lächelte sie ihn sogar an, wenn auch sehr sittsam. Die Tatsache, dass Livia die Gesellschaft dieses Herrn billigte, hieß, dass sie ihm freundlicherweise gestattete, sie ein Stückchen im Auto mitzunehmen. Davide gab sich einen Ruck und ging zu seiner Giulietta. Nun musste er nur noch herausbekommen, wo dieser distinguierte Straßencasanova sein Auto geparkt hatte. Doch Livia würde ihm sicher helfen und ihren Verehrer geschickt so lange hinhalten, bis Davide bereit war.

Diesmal war es ganz einfach, denn auch Livias Begleiter hatte sein Auto, einen schönen, schwarzen Taunus, zu Leonardos Füßen geparkt, nur dass der Taunus mitten in dem Ameisenhaufen steckte und Davide fast eine ganze Zigarette rauchen konnte, bevor die beiden losfuhren und er ihnen folgen konnte. Die Spazierfahrt begann: Via Manzoni, Via Palestro, Corso Venezia, Corso

Buenos Aires, Piazzale Loreto. Auch diese Strecke war mit Bedacht gewählt: Zunächst teilte die Dame ihrem freundlichen Begleiter mit, ihr Ziel liege am Anfang der Via Monza. Damit war die Fahrt lang genug, um Livia und ihrem Verehrer die Möglichkeit zu geben, sich über dies und jenes auszutauschen. Entschied Livia, dass der Versuch sich lohnte, konnte sie die galanten Angebote ihres Verehrers annehmen und ihm nahe legen, Richtung Monza zu fahren, denn dort gab es ein paar nette, ruhige Ecken. Oder sie konnte dem Herrn erklären, er habe sie wohl falsch verstanden, sie habe gerade zum ersten Mal im Leben ein Angebot angenommen, sich irgendwohin fahren zu lassen, aber das sei sicher das letzte Mal gewesen, denn offensichtlich versuchten Männer immer gleich, eine solche Situation auszunutzen.

Der Taunus legte die festgelegte Strecke unter der immer unbarmherziger stechenden Sonne zurück und kam im dichten Strom der Autos, die sich den Corso Buenos Aires entlangschoben, auf den Piazzale Loreto, fuhr um die Haltestelle der Metro herum und blieb bei den ersten Häusern im Viale Monza stehen. Davide hielt dicht hinter ihnen, obwohl er dabei einen Strafzettel riskierte. Er konnte Livia und ihren Begleiter gut sehen. Er schien äußerst beharrlich zu sein, doch Livia schüttelte würdevoll den Kopf. Die Farce dauerte etwa zwei Minuten, dann schien sich der Mann geschlagen zu geben, stieg aus, um sich von der widerspenstigen Signorina zu verabschieden, öffnete ihr den Schlag und half ihr heraus, wobei er offensichtlich noch immer versuchte, sie umzustimmen. Doch Livia war unerschütterlich, die Tugend in Person.

Als der Taunus verschwunden war – eine weitere Grundregel war, alle Autonummern dieser galanten Herren zu notieren, auch wenn die Begegnung ohne Folgen blieb, und das hatte er bereits getan –, wartete Livia noch einen Moment und stieg dann in Davides Giulietta.

»Der ist komplett verrückt«, stellte Livia mit dem Anflug eines Lächelns fest, »oder es liegt an der Hitze. Er hat mir sogar eine Visitenkarte gegeben. Hier, die ist für Duca.«

Marnassi Armando, Alleinvertreter für Alcheno-Lebensmittelfarben stand dort, und darunter zwei Adressen und Telefonnummern. Davide steckte sich die Karte in die Brusttasche seiner Jacke, später würde er sie Duca geben. »Wieso ist er verrückt?«, erkundigte er sich, während er Richtung Via Plinio fuhr.

»Er hat mir eine Arbeit angeboten, zweihunderttausend Lire im Monat. Er braucht eine persönliche Sekretärin. Und dann hat er mir erzählt, dass er mehrere Wohnungen gekauft hat, um sein Geld anzulegen. Wenn ich mit meiner Wohnung nicht zufrieden sei, könne er mir gern eine davon zur Verfügung stellen. Wäre die Strecke etwas länger und er selbst unverheiratet gewesen, hätte er mir womöglich noch einen Heiratsantrag gemacht.« Wenn er ihr nicht seine Visitenkarte gegeben hätte, hätte sie vielleicht denken können, seine Vorschläge seien ein Köder, aber so ein reifer Mann, der Name, Adresse und Telefonnummer hinterlässt, muss es eigentlich ernst meinen. Vielleicht war er ja einer der wenigen älteren, aber doch jung gebliebenen Herrn, der keine Freundin mit eigener Wohnung oder Boutique besaß und deshalb versuchte, diesen Missstand so schnell wie möglich zu beseitigen.

Am Nachmittag, nach einer zweistündigen Pause, nahmen sie ihre Arbeit wieder auf. Um halb vier befand sich Livia Ussaro in Zone Nummer zwei. Von der Piazza San Babila bis zur Piazza San Carlo musste sie alle Passagen abklappern, allerdings unter Auslassung der Gegend um die Via Montenapoleone, und zwar nicht etwa, weil sie besonders wenig Reize gehabt hätte, sondern weil dort andere, nicht weniger anspruchsvolle Tätigkeiten Vorrang hatten. Um halb vier schlafen die älteren Männer, besonders im Sommer, die Aktiveren in mächtigen Sesseln, die eher Verwöhnten sogar im Bett, erst gegen halb fünf oder fünf werden sie, dezent nach erlesenem Eau de Cologne duftend, wieder hinter ihren Schreibtischen erscheinen, um wichtige Entscheidungen zu treffen. Zur gleichen Stunde aber wimmelt es hier von jungen Mailänderinnen oder Mädchen aus dem Umland, die oft nett anzuschauen sind und keiner Siesta bedürfen. Die Hitze scheint ihnen nicht das Mindeste anhaben zu können. Sie betrachten die Schaufenster, kaufen etwas oder treffen sich mit einer Freundin. Wenn ein älterer Herr mit spezifischem Interesse diese Angewohnheiten kennt, weiß er, dass er ausgerechnet um diese Zeit und in den besonders geschäftsreichen Straßen genau das finden kann, was er sucht. Er verzichtet also auf das Schläfchen nach dem Mittagessen und zieht los. Es ist übrigens auch eine besonders diskrete Stunde, denn neben einer jungen, hoch gewachsenen Dunkelhaarigen wirkt ein über fünfzigjähriger Mann um diese Zeit nicht wie ein Faun, sondern wie ein Onkel. Angenommen, den Mann, den sie suchten, gab es noch, und er widmete sich weiterhin seiner besonderen Tätigkeit, dann war dies die Gegend mit der höchsten Wahrscheinlichkeit, auf ihn zu stoßen. Deshalb wurde diese Zone auch abends noch einmal frequentiert, zwischen neun und halb elf, in der Zeit, in der man ins Kino oder Theater geht, und zwar unter der Bezeichnung »Zone 2b«. Man brauchte sich nur vom Corso Vittorio fern zu halten, Dienstbereich der Hauptberuflichen, und sich etwas mehr dem Corso Matteotti zuwenden, dann hatte man gute Aussichten auf interessante Begegnungen.

Die Kommandozentrale dieses ausgeklügelten Fahndungssystems befindet sich in einer kleinen Wohnung an der Piazza Leonardo da Vinci, in der Wohnung, die sein Vater ihm gekauft hat. An der Wohnungstür ist noch ein Schild befestigt, *Dr. Duca Lamberti*. Das Schild unten auf der Straße neben dem Hauseingang mit *Dr. Duca Lamberti, Praktischer Arzt* hat er sofort entfernen lassen; bei dem Schild an seiner Wohnungstür hingegen hat er das *Dr.* überklebt. Eines Morgens hatte er bemerkt, dass jemand den Klebestreifen abgerissen hatte, ein übereifriger Laufbursche vermutlich oder sonst ein Lausejunge. Er hatte einen neuen Streifen hingeklebt, der jedoch abermals verschwand – und da ließ er es sein.

Er ist der Leiter der Kommandozentrale und hat auch die Fahndung selbst bis ins kleinste Detail geplant. Jetzt braucht er nur noch auf Davide und seinen abendlichen Bericht zu warten. Bis kurz nach elf, wenn Davide auftaucht, hat er absolut nichts zu tun, außer auf das Klingeln des Telefons zu warten, denn seine Livia Ussaro könnte jederzeit fündig werden. Aber ist das sehr wahrscheinlich?

Während er wartet, widmet er sich seiner Familie, seiner Schwester Lorenza und der kleinen Nichte Sara. Wer nach drei Jahren Gefängnis ständig zu Hause sitzt – weggehen kann er nicht, denn er wartet ja auf das Klingeln des Telefons –, nimmt viel Neues wahr. So hatte er zum Beispiel festgestellt, dass seine Schwester ängstlich geworden war. Als er sie das letzte Mal vor seiner Verhaftung gesehen hatte, war sie voller Stolz gewesen, als wären seine Festnahme und der Prozess eine große Ehre für sie. Ins Gefängnis hatte sie ihm geschrieben, dass alle Zeitungen über ihn berichteten, dass er dabei war, ein berühmter Arzt zu werden. Sie war sicher, dass man ihn freisprechen würde, und dann würde er eine Menge Patienten haben und bald sogar eine eigene Klinik.

Jetzt hingegen erschien sie ihm vollkommen verändert. Er war ja den ganzen Tag mit ihr in der Wohnung. Sie standen zusammen auf und kümmerten sich um das Baby, putzten zusammen, kochten zusammen, und alles war von Angst überschattet. Vor allem und jedem hatte sie Angst. Sie war so glücklich gewesen, als er zurückgekommen war und ihr mitgeteilt hatte, er würde eine Weile bei ihr wohnen. Aber dann, an einem Nachmittag, als Sara schlief, hatte er sie darüber aufklären müssen, was er da eigentlich tat. Sie hatten in der Küche gesessen, und er hatte ihr von Livia Ussaro erzählt, von den beiden Mädchen, die nackt fotografiert und dann ermordet worden waren, und von ihrer Suche nach einem Mann, der dies und jenes tat.

»Warum machst du das?«, hatte sie ihn voller Sorge gefragt.

Schwer zu erklären, Lorenza war nicht wie Livia Ussaro, die sich für Theorien und Ideen begeisterte. Lorenza brauchte Fakten, konkrete Eckdaten wie »heute ist Montag, morgen ist Dienstag«. Er antwortete: »Ich bin gebeten worden, einen jungen Mann zu heilen, Davide, und dafür hat man mich auch bezahlt. Davides eigentliches Problem ist aber gar nicht sein Alkoholismus, sondern geht noch viel, viel tiefer. Er muss wieder lernen zu leben und mit seinen Mitmenschen auszukommen. Und um ihm das zu ermöglichen, braucht er eine Aufgabe. Was er jetzt gerade tut, ist eine Intensivtherapie, die ihn eigentlich gesund machen müsste, die Jagd auf Albertas Mörder. Wenn es ihm gelingt, ihren Mörder aufzuspüren, zu stellen und zu bestrafen, wird er sich endlich wie ein lebendiger, aktiver Mensch fühlen, und dann braucht er auch nicht mehr zu trinken. Alberta war für ihn so etwas wie eine erste Freundin: Er muss sie rächen, und Rache nährt und heilt.« Diese Darstellung war vielleicht etwas vereinfacht, aber dafür klar und konkret.

Lorenza war nicht weiter darauf eingegangen, hatte aber noch immer Angst. »Und wenn diesem Mädchen etwas passiert? Du bist doch derjenige, der sie dazu angehalten hat.«

Ja, er trug die Verantwortung, und Livia Ussaro konnte wirklich alles Mögliche geschehen. Und doch war er sich fast sicher, dass ihr nichts passieren würde, einfach weil sie nichts und niemanden finden würden. Je mehr Tage verstrichen, je öfter Davide abends nach Hause kam, um Bericht zu erstatten, und mitteilte: wieder nichts, desto deutlicher wurde, wie unwahrscheinlich das Gelingen seines Plans war.

Auch an diesem Abend pfiff Davide kurz von der Straße herauf, und er warf ihm den Schlüssel für das Haustor hinunter. In der Küche erwartete ihn ein kühles Bier, aber bevor er das Glas an die Lippen setzte, berichtete er von den kargen Ergebnissen des Tages. Wieder nichts. Livia hatte sich zweimal von Männern mitnehmen lassen, die eine gewisse Aussicht auf Erfolg versprachen, doch in der Viala Monza war sie dann wieder ausgestiegen, denn es schien sich um ehrbare Familienväter zu handeln, die in der Stadt geblieben waren und nun in ihren Autos herumfuhren, um nach einem kleinen Abenteuer Ausschau zu halten, allerdings ohne allzu großes Engagement.

In den vergangenen Tagen hatte Livia alles Mögliche erlebt, nur der Mann, den sie suchten, war nicht aufgetaucht. Sogar auf eine Lesbe war sie gestoßen, die übrigens äußerst unangenehm gewesen war und ihr keine Ruhe gelassen hatte. Den ganzen Nachmittag war sie ihr hinterhergelaufen und hatte so überzeugend für die gleichgeschlechtliche Liebe geworben, dass Livia ihm am Telefon gestanden hatte, dass ihre Argumente tatsächlich schwer zu widerlegen waren. »Rein theoretisch bin ich fast überzeugt. Es gibt dialektisch unwiderlegbare Argumente, nach denen die Homosexualität auf die gleiche Stufe gestellt werden sollte wie die Heterosexualität.« Sogar am Telefon gab sich Livia ihrer Lust zu reden hin, und er ließ sie reden: Es war der einzige Lohn, den er ihr bieten konnte.

Ja, alles Mögliche war ihnen in diesen Tagen untergekommen, nur nicht das, worauf sie warteten. Sogar mit einem gewalttätigen Betrunkenen hatte Livia fertig werden müssen. Sie hatte die Lage zu spät erkannt, war zu ihm ins Auto gestiegen und hatte schließlich das Zeichen für Gefahr geben müssen. Zweimal hatte sie den Ellbogen aus dem Autofenster gestreckt, und Davide war sofort herbeigebraust, hatte ihr Auto überholt und zum Anhalten gezwungen. Davides Größe hatte den Betrunkenen umgehend davon überzeugt, dass es besser sei, nicht zu protestieren, und Livia war nach Hause in Sicherheit gebracht worden. Einmal war sie sogar von der Polizei angehalten worden. Zwei Beamte hatten Livia eines Abends auf der Piazza San Babila aufgefordert, ihre Papiere vorzuzeigen. Die Berufsbezeichnung »Lehrerin« in ihrem Ausweis hatte sie jedoch sofort besänftigt, denn es waren ja zwei brave Jungen mit Respekt vor der Kultur, die nicht ahnen konnten, dass eine Lehrerin mit Diplom in Geschichte und Philosophie in San Babila ihre Haut zu Markte trug. Trotzdem hatten sie ihr nahe gelegt, nach Hause zu gehen.

Der Einzige, der nicht ihren Weg gekreuzt hatte, war Signor A. Er nannte ihn Signor A und nicht Signor X, weil dieser Mann ja, wenn man es sich genau überlegte, keine unbekannte Größe war. Sie wussten sogar ganz genau, was er war, nämlich ein Meister der Ausbeutung. Sie kannten zwar weder seinen Namen, noch hatten sie ihn je zu Gesicht bekommen, doch sie wussten, dass es ihn gab. Es ist, als ob man vom »dicksten Mann Mailands« spricht: Man hat ihn zwar noch nie gesehen und weiß nicht, ob er Chemiker oder der Chef eines Restaurants, ob er blond oder braun ist, aber man weiß, dass es ihn gibt. Man muss ihn nur finden und auf die Waage stellen und erkennt ihn sofort, denn er wiegt mehr als alle anderen Mailänder. Doch von Signor A fehlte jede Spur.

»Davide, geben Sie mir bitte die Liste mit den Nummernschildern.« Das Transistorradio dudelte leise, Lorenza hatte es angelassen, als sie ins Bett gegangen war. Durch das offene Küchenfenster, das auf den Hof hinausging, wehte der Geruch von sonnenheißem Beton herein. Das Bier wurde warm, kaum dass es eine halbe Minute im Glas stand, man musste es wirklich sofort trinken, und das taten sie auch. Er blätterte den Block durch, den Davide ihm gegeben hatte. Sauber waren dort dreiundzwanzig Nummern aufgelistet, vier davon stammten nicht aus Mailand, und eine war sogar aus dem Ausland, aus Frankreich.

Mascaranti, der heimlich, hinter Carruas Rücken, an ihrer Aktion teilnahm, hatte die Nummern alle einzeln überprüft, aber nur aus übertriebener Gewissenhaftigkeit, denn von Livia wussten sie bereits, dass die Autofahrer nichts mit der Sache zu tun hatten. Mascarantis Nachprüfungen hatten diese Annahme lediglich bestätigt. Die Autobesitzer waren einer nach dem anderen kontrolliert worden, aber Signor A war nicht darunter. Mascaranti war sogar auf einen Mann gestoßen, der vom Hauptkommissariat Florenz gesucht wurde, und hatte ihn verhaften lassen. Von Signor A aber fehlte jede Spur.

Wie lange sollten sie ihre Fahndung noch fortsetzen? Abend für Abend war er versucht aufzugeben. Carrua würde sich bestens allein darum kümmern, es war schließlich seine Aufgabe, und außerdem würde er Interpol einschalten. Warum nahm er sich diese Geschichte überhaupt so zu Herzen, was ging sie ihn eigentlich an, und warum verwickelte er auch noch Livia Ussaro in sie? Doch Abend für Abend beschloss er, noch einen Tag zu warten.

Er gab Davide die nutzlose Liste zurück. »Holen Sie den Whisky heraus, und dann gehen wir ins Bett.« Ein kleines bisschen Whisky musste er ihm zugestehen, mit Bier allein funktionierte Davide noch immer nicht. Aber er war wirklich ein braver Junge, er trank nie heimlich, obwohl dies nicht allzu schwer gewesen wäre, denn tagsüber, während er Livia folgte, konnte er jederzeit eine Bar aufsuchen, und abends ging er ganz allein ins Cavour, wo er trinken konnte, was er wollte. Aber er tat es nicht.

In einem Schränkchen in der Küche standen zwei Flaschen Whisky. Davide nahm die offene heraus, goss sich reichlich ein – schließlich hatte der Arzt es ihm verordnet – und fragte, nachdem er getrunken hatte: »Wieso muss es eigentlich ein Mann um die fünfzig sein?« Er wartete vergeblich auf eine Antwort und fügte schließlich hinzu: »Meistens sind das doch junge Männer, die Eindruck auf Frauen machen und es verstehen, sie zu überreden.«

Er schaltete das Radio aus, das gerade von der unermüdlichen Arbeit verschiedener Minister berichtete. »Die Kerle, von denen Sie sprechen, arbeiten ohne Fotos mit Ware zweiter Wahl. Pardon, ich wollte sagen mit Frauen, deren Preis nicht besonders hoch ist und die sowieso bereit sind, sich zu prostituieren. Die meisten sind der Polizei bereits bekannt. Der Mann, den wir finden wollen, arbeitet ganz anders, auf einem anderen Niveau und auch in einem völlig anderen Umfang. Er sucht ›neue‹ Mädchen mit einem gewissen Stil, wie Alberta. Wahrscheinlich muss er erstklassige Edelpuffs beliefern, in Italien und im Ausland. So ein Geschäft funktioniert genau wie ein Import-Export-Unternehmen. Die Fotografien werden an alle Beteiligten verschickt oder persönlich überbracht. Die Negative eines Minoxfilms passen bequem in einen Briefumschlag oder in eine Zigarettenschachtel, selbst wenn sie voll ist, und später kann man sie dann leicht bis auf ein Format von dreißig mal fünfundvierzig vergrößern. Viele Männer sind schüchtern und wählen sich eine Frau lieber aus dem Katalog aus. Außerdem ist es mit einem gewissen Risiko verbunden, ein dutzend Mädchen in einer Wohnung zu halten. So hingegen hat man einen Katalog – der edle Kunde braucht nur zu wählen, die Nummer 24 zum Beispiel, und zur verabredeten Zeit und am verabredeten Ort findet er dann diese Nummer vor. Für so etwas sind die üblichen Mädchen, die normalerweise auf dem Strich stehen und ihrem jungen Beschützer gehorchen, aber nicht besonders geeignet. Für so etwas braucht man Ware erster Qualität, pardon, ich spreche noch immer von Frauen. Und um solche Frauen anzuwerben, ist ein reifer und erfahrener Mann vonnöten. Denken Sie an Alberta, sie hätte sich nie von einem jungen Mann mit toupierten Haaren überzeugen lassen, der so aussah, als käme er gerade aus einem Schönheitssalon. Nein, für die Überzeugungsarbeit braucht es einen älteren, selbstsicher auftretenden Mann, einen richtig feinen Signore. So ein Mann macht auf alle Frauen Eindruck. Sie sind nicht im Gefängnis gewesen wie ich, drei Jahre, Ihnen fehlt also die einschlägige Erfahrung auf diesem Gebiet. Ich hatte dort Kontakt zu einem einflussreichen Zuhälter, der mich ins Herz geschlossen hatte, warum, weiß ich auch nicht. Er hat mir alles über seine Arbeit erzählt, und deshalb war ich auch so alarmiert, als ich die Bilder gesehen habe. Als wir herausfanden, dass die beiden Mädchen auf den Fotos umgebracht worden waren, war mir klar, dass es sich um eine große Organisation handeln muss. Die kleinen Schieber töten nicht oder doch nur sehr selten. Aber in einer großen Organisation muss man erbarmungslos sein.«

Er führte seinen Schnellkurs über die Prostitution im großen Stil noch ein wenig weiter, wurde dann aber vom Weinen der kleinen Sara unterbrochen, die im Nebenzimmer schlief.

»Es ist fast eins«, sagte er zu Davide, »jetzt trinkt sie mit geschlossenen Augen, praktisch im Schlaf, ein Fläschchen Milch, macht gleichzeitig Pipi und gibt dann bis morgen früh um sechs oder sieben keinen Mucks mehr von sich. Ich habe immer gedacht, dass diese Form des vegetativen Lebens noch einigermaßen erträglich ist. Die Unsitten beginnen, jedenfalls beim Menschen, erst etwas später, wenn das Hirn anfängt, richtig zu funktionieren.«

Auch dieser zweite Schnellkurs, jetzt in sozialer Metaphysik, wurde unterbrochen – diesmal vom Telefon.

Er stand beunruhigt auf, als hätte er eine Vorahnung, ja, er musste magische Kräfte besitzen. Er lächelte Davide zu und ging in den Flur, in dem ein schwacher Duft von Wachs und Gas hing.

»Ja?«

Er hörte Livias Stimme. »Ich habe ihn gefunden.«

2

Man brauchte kein Hellseher zu sein, um zu begreifen, wen sie gefunden hatte: Signor A.

»Hat Davide Sie denn nicht nach Hause gebracht?«, fragte er überrascht. Davide hatte sie doch um elf Uhr heimbegleitet und so lange gewartet, bis sie in den Hauseingang getreten und hinter der Tür verschwunden war. Wo hatte sie Signor A aufgegabelt? Auf dem Treppenabsatz vor ihrer Wohnung?

»Doch«, sagte Livia mit ihrer schönen, klaren Stimme, »aber ich musste noch mal los.«

»Warum?«

»Papa ging es nicht gut, er hatte entsetzliche Zahnschmerzen, Schmerzmittel waren keine im Haus, deshalb musste ich eine Apotheke aufsuchen.«

»Ah, verstehe.«

»Taxis gab es keine, die stehen um diese Zeit alle vor den Kinos. Also bin ich zu Fuß zum Piazzale Oberdan gegangen, da ist eine Nachtapotheke.«

»Das ist aber ganz schön weit von Ihrer Wohnung entfernt.«

»Ich hatte keine Wahl. In der Apotheke befand sich nur ein einziger Kunde. Ich dachte sofort, das sei genau der Typ Mann, den Sie immer beschrieben haben. Ich habe ein Röhrchen Schmerzmittel gekauft und bin wieder gegangen.«

Livia Ussaro machte sogar Überstunden. Bis elf Uhr hatte sie mit Davide gearbeitet, und dann hatte sie zufällig einen interessanten Herrn getroffen und weitergemacht.

»Er ist mir gefolgt.« Sie hatte nichts Besonderes getan, um ihn dazu zu bringen, sondern nur die unschuldige Beute gespielt. Sie hatte ihn fühlen lassen, dass sie genau das war, was er suchte.

»Ich möchte alle Einzelheiten wissen.«

»Draußen vor der Apotheke bin ich an der Kante des Gehsteigs stehen geblieben, um einige Autos vorbeizulassen. Da hat er mich angesprochen und gesagt, bei der Hitze litten alle Leute unter Kopfschmerzen.«

»Und Sie?«

»Ich habe nicht geantwortet, sondern nur etwas säuerlich gelächelt, als fühlte ich mich belästigt.«

Perfekt. Dann hatte seine Livia Ussaro den Corso Buenos Aires überquert und war auf den gegenüberliegenden Taxistand zugesteuert. Dort befand sich natürlich kein einziges Auto, bei

Taxiständen stehen nie Autos, außer man braucht gerade keins. Signor A war dezent hinter ihr geblieben, ohne weiter mit ihr zu sprechen, ganz so, als würde er ihr nicht folgen, als wolle auch er einfach nur die Straße überqueren. Als er dann aber sah, wie sie am Taxistand verweilte, musste er sich wirklich für einen Glückspilz gehalten haben.

»Ich fürchte, Sie werden eine Weile warten müssen«, hatte er bemerkt.

Noch ein Lächeln ihrerseits, ohne Worte, aber schon etwas weniger belästigt, noch ein paar Worte von Signor A, und am Ende war sie ihm gefolgt, hatte sein freundliches Angebot angenommen, sie ein Stück mitzunehmen, und war in seinen dunkelblauen Flaminia gestiegen.

»Die Nummer, Livia.« Selbst an ein Nummernschild mit zwanzig Ziffern würde sie sich mit Leichtigkeit erinnern.

»Duca, ich fürchte, ich habe mich ziemlich dumm angestellt, aber es ist mir nicht gelungen, die Nummer zu erkennen.« Sie schien den Tränen nahe.

Es war ihr nicht gelungen, die Nummer auszumachen! Sein As der Spionageabwehr war bei der einfachsten Übung gescheitert. »Wie das?«

»Duca, die Nummernschilder sind vorn und hinten am Auto angebracht, das Einsteigen aber erfolgt leider an der Seite, wo sich kein Nummernschild befindet«, entschuldigte sie sich schüchtern und resigniert, als sei ein vernichtendes Urteil über sie gefällt worden. »Ich habe unaufhörlich nach einer Gelegenheit gesucht, einen Blick auf das Nummernschild zu werfen, aber es war mir einfach nicht möglich, er hat mich die ganze Zeit im Auto behalten. Ich konnte ja nicht einfach aussteigen und nachsehen. Es ging nicht.«

Erbarmungslos hielt er dagegen. »Aber als er Sie abgesetzt hat und weggefahren ist, hätten Sie das Nummernschild doch von hinten erkennen können, während das Auto sich entfernte.«

»Nein, auch das ging leider nicht. Er bestand darauf, mich direkt vor das Haus zu fahren, hat gewartet, bis ich hineingegangen war, und ist dann erst losgefahren. Ich weiß nicht, ob das tatsächlich reine Höflichkeit war, aber jedenfalls musste ich hineingehen und die Haustür hinter mir schließen. Als ich hörte, wie er anfuhr, habe ich die Tür sofort wieder geöffnet, aber da war das Auto schon ziemlich weit weg, und die Straße ist nicht besonders gut beleuchtet.«

So etwas kann tatsächlich passieren. Der große Küchenchef bereitet souverän ein Hirschgulasch auf Kaiserart mit in Rum eingelegten kalifornischen Orangen zu und verdirbt dann ein Spiegelei.

»Na gut. Und was haben Sie sonst in Erfahrung gebracht?«, fragte er fast unhöflich.

»Die Fotos.«

Signor A hatte seine Livia zum Parco Lambro mitgenommen, das heißt nicht in den Park selbst, das wäre um die Uhrzeit etwas zu gefährlich gewesen, sondern in eine ruhige Straße in der Nähe. Für das, was er vorhatte, hätte das Auto allerdings gut und gern mittags auf der Piazza del Duomo halten können, denn er hatte sich darauf beschränkt, mit ihr zu plaudern. Er war ein Konversationserotiker, hatte ihr viele Fragen gestellt, wenn auch immer sehr diskret: wo sie wohne, aus welcher Region sie stamme und ob sie einen festen Freund habe. Er hatte sich erfreut gezeigt, als er erfuhr, dass sie Lehrerin war, auch wenn sie im Moment keine Stelle besaß, hatte gesagt, dass die Kultur das sei, was ihn bei Frauen am meisten errege, und hatte sich ein paar müde Zärtlichkeiten abgerungen. Doch dann hatte er ihr gestanden, dass sich in seinem Alter leider bestimmte Dysfunktionen einstellten, die schwer zu beheben seien, ja, wenn er noch zwanzig wäre – an diesem Punkt hatte er gelächelt –, sähe alles anders aus, jetzt aber fühle er sich eigentlich nur dann richtig lebendig, wenn er die Fotos einer schönen jungen Frau betrachte, die natürlich nur wenig bekleidet sein durfte, am besten gar nicht, um ehrlich zu sein. Sie müsse Mitleid mit ihm haben, aber die Nacktheit auf einem Foto wirke stärker auf ihn als wirkliche Nacktheit, vor allem wenn er das abgelichtete Mädchen kennen gelernt und ein wenig mit ihr geplaudert habe. Die Aktfotos der Mädchen in den einschlägigen Zeitschriften ließen ihn hingegen vollkommen kalt, weil er diesen niemals begegnet sei. Aber von ihr zum Beispiel hätte er sehr gern eine schöne Fotoserie, jetzt, wo er mit ihr geplaudert hatte und wusste, was für eine nette und anziehende Person sie war. Ihm sei natürlich klar, dass sie solche Bilder nicht besitzen konnte, aber das sei nur ein geringes Hindernis, das man leicht überwinden konnte. Er habe einen Freund, einen erfahrenen Fotografen und absolut zuverlässig, zu dem sie gehen konnte. Und er würde sich glücklich schätzen, wenn sie dafür fünfzigtausend Lire als Zeichen seiner Anerkennung annehmen wollte. Zum Schluss hatte er ihr versichert, dass niemals jemand von dieser Angelegenheit erführe. Sie würde sich übrigens so fotografieren lassen, dass ihr Gesicht dabei im Schatten bliebe, und außerdem lag es ja auch in seinem eigenen Interesse, diese Schwäche, die seine Senilität verriet, nicht an die große Glocke zu hängen. Livia hatte geantwortet, dass die Sache ihr nicht gefiel, dass ihr übrigens auch nicht gefiel, was sie jetzt gerade mit ihm machte und dass sie es nie wieder tun wollte, selbst wenn sie in finanziellen Nöten steckte. Signor A hatte diesen Vorsatz sehr löblich gefunden und ihr von ganzem Herzen gewünscht, dass sie bald eine gute Arbeit fände und einen netten Jungen, den sie heiraten könnte, aber so ein paar Fotografien würden doch wirklich nicht schaden, oder?

Es war ihm gelungen, mit Feingefühl auf seinem Anliegen zu beharren, und am Ende hatte er ihr die Adresse von seinem Freund, dem Fotografen, gegeben und schon einmal zwanzigtausend Lire dazugetan.

»Sagen Sie mir die Adresse«, forderte er seine Livia Ussaro ungeduldig auf. Er hatte Davide herangewinkt, der durch die offene Küchentür zu ihm herüberblickte.

»Fotowerbung Modellbau«, sagte Livia.

»Fotowerbung Modellbau«, wiederholte er, und Davide schrieb.

»Wohnanlage Ulisse, noch jenseits der Via Egidio Folli und der Zollgrenze«, sagte Livia.

»Wohnanlagen Ulisse, jenseits der Via Egidio Folli und der Zollgrenze«, wiederholte er, und Davide schrieb. »Und wann sollen Sie dort erscheinen?«

»Er sagte, zwischen zwei und drei Uhr nachmittags, denn hinterher arbeite sein Freund auswärts und nicht mehr im Studio.«

Die Stunde war sorgfältig gewählt: Die Mailänder, die die Möglichkeit dazu haben, machen zu Hause ein Nickerchen, und die Mailänder, die das nicht können, schlafen, von der Hitze überwältigt, auf der Straße, in der Straßenbahn, in den Büros und Fabriken. Es war eine sehr diskrete Tageszeit, einsamer als jede nächtliche Stunde.

»Und jetzt die Personenbeschreibung.« Er bedeutete Davide, weiter zu notieren. »Größe?«

»Mindestens einsfünfundsiebzig. Er ist größer als ich, und ich bin einssiebzig«, und unbefangen fügte sie hinzu, »mit Absatz.«

»Größe einsfünfundsiebzig. Körperbau?«

»Mager, sein Jackett schlackerte ziemlich um ihn herum.«

»Gesichtsfarbe?«

»Oliver Hauttyp. Er trägt einen Schnurrbart, sehr schmal, grau, fast weiß.«

»Haare?«

»Grau, fast weiß. Er hat Geheimratsecken, aber noch fülliges Haar, das er ziemlich lang und sorgfältig gekämmt trägt.«

»Augen?«

Livia zögerte: »Es tut mir Leid, aber ich konnte ihre Farbe nicht erkennen.«

»Nase?«

»Ein Anflug von Hakennase, aber nur ein Anflug.«

Viel war das nicht. Er würde die Daten an Mascaranti weitergeben, und der würde eine Skizze anfertigen lassen. Seine ganze Hoffnung konzentrierte sich jetzt auf diesen Fotografen. Wenn sie ihn schnappten, würde er ihnen die Namen seiner Komplizen nennen, also auch den von Signor A. Und die Chancen, ihn zu schnappen, standen jetzt gut.

»Livia.«

»Ja.«

»Passen Sie gut auf, was ich Ihnen jetzt sage.«

»Ja.«

»Bleiben Sie zu Hause, bis ich Ihnen neue Anweisungen gebe.«

»Ja.«

»Gehen Sie nie selbst ans Telefon. Wenn es klingelt, soll jemand aus Ihrer Familie antworten und gegebenenfalls sagen, dass Sie nicht da sind.«

»Ja.«

»Gehen Sie nie selbst an die Haustür, sondern schicken Sie jemand anderen. Sollte jemand nach Ihnen verlangen, gleiche Antwort: Sie sind nicht da.«

»Ja.«

»Natürlich wird sich heute Nacht niemand mehr melden, aber ab morgen früh um sechs werde ich Sie stündlich anrufen, um sicherzugehen, dass nichts passiert ist.«

»Was könnte denn passieren?«

»Ich glaube nicht, dass etwas passiert, aber nach dem Vorfall von letztem Jahr sind sie vielleicht vorsichtig geworden. Sie könnten Sie überwachen, direkt oder per Telefon, um herauszufinden, ob Sie mit jemandem in Verbindung stehen.« Das war nicht der einzige Grund, aber das sagte er ihr nicht.

»Und jetzt gehen Sie schlafen, Livia. Danke.«

»Ach, ich bin so froh, dass ich es geschafft habe«, sagte sie mit einer kindlich triumphierenden Stimme.

Erst als er den Hörer auflegte, merkte er, dass in dem kahlen und doch so heimeligen Flur auch Lorenza stand. In ihrem Blick lag eine vage Angst.

»Geh schlafen, mach dir keine Sorgen.«

»Wer war das?« Sie machte sich aber Sorgen, sie wusste alles. Duca hatte ihr ja die ganze Geschichte erzählt, und es war eine hässliche Geschichte.

»Livia. Wir haben den Mann gefunden.«

»Und was geschieht jetzt?«

Ihre Sorge machte ihn nervös, und er bekam ein noch schlechteres Gewissen. Sie hatte ja Recht, es war idiotisch, ja kriminell, sich auf diese widerwärtige Geschichte einzulassen, anstatt sich eine solide Arbeit zu suchen. »Vielleicht gehe ich noch weg, vielleicht bleibe ich auch, aber vor allem möchte ich, dass du dich jetzt schlafen legst und dich nicht um mich sorgst.«

Lorenza errötete, wegen seines Tons und auch weil Davide dabei war und zuhörte. Sie sah ihn an, als wolle sie noch etwas sagen, doch dann fügte sie sich dem großen Bruder und verschwand in ihrem Zimmer.

»Jetzt brauchen wir einen Stadtplan«, wandte er sich an Davide. Er ging ins Wohnzimmer, das nicht viel größer war als der Flur. Unter den so genannten Möbeln im so genannten sachlichen Stil – sein Vater hatte sie ausgesucht, da er annahm, sie würden ihm gefallen – gab es auch ein kleines Regal mit Büchern und alten Zeitschriften, bescheidener Anfang einer zukünftigen Bibliothek, deren Wachstum jedoch vor drei Jahren, als er ins Gefängnis kam, im Keim erstickt worden war. In diesem Regal gab es jede Menge Staub, denn Sara ließ ihrer Mutter nicht allzu viel Zeit, sich der Wohnung zu widmen, aber auch der Mailand-Führer stand dort, das Büchlein mit dem schönen Stadtplan, etwas veraltet, aber sicher noch zu gebrauchen. Er kehrte in die Küche zurück, breitete die Karte auf dem Tisch aus und suchte nach der Straße, Via Egidio Folli. Sie lag ganz am Stadtrand, noch hinter dem Parco Lambro, und mündete am Ende auf der Landstraße nach Melzo und Pioltello. »Sie sind äußerst vorsichtig geworden«, stellte er fest.

»Warum?«, fragte Davide.

»Sie trauen sich nicht mehr, das Fotostudio mitten in der Stadt zu betreiben. Sie sind in die Peripherie gezogen, genau wie die großen Fabriken. Beim geringsten Anzeichen von Gefahr können sie ins Auto springen und sind im Handumdrehen auf der Landstraße.«

»Was machen wir jetzt?«

»Ich überlege gerade.« Doch das stimmte nicht, in groben Zügen stand sein Plan bereits fest, nur tat er so, als würde er die

Dinge sorgfältig abwägen, um sich selbst davon zu überzeugen, dass er nicht kopflos handelte. Alles Lüge.

Wäre er ein braver Bürger gewesen, hätte er jetzt Carrua angerufen, seine Informationen über den Fotografen weitergegeben und ihm die Sache überlassen. Aber er war wohl kein braver Bürger, wie ja auch sein Strafregisterauszug bewies.

»Merkwürdig«, sinnierte er, »wenn Livia Ussaros Vater keine Zahnschmerzen gehabt hätte, wäre Livia nicht in die Apotheke gegangen, und trotz all unserer Mühen wären wir vielleicht nie auf ihn gestoßen.«

»Wir müssen etwas tun«, sagte Davide. Er war ungeduldig und wollte die Sache voranbringen.

»Natürlich«, erwiderte er. »Können Sie Fahrrad fahren?«

»Ich glaube schon.«

»Gut. Jetzt schauen wir mal, wann heute die Sonne aufgeht.« Er besaß einen Kalender, trotz allem, und sogar einen sehr schönen, in dem viele nützliche Dinge standen, zum Beispiel, dass die Sonne an diesem Tag um fünf Uhr zweiunddreißig aufging. »Das heißt, dass man um fünf schon etwas sieht und Sie um halb fünf hier losfahren können.«

»Und wohin soll ich fahren?«, fragte Davide.

»Ans Ende der Via Egidio Folli. Da schauen Sie sich an, wie und wo diese Wohnanlage Ulisse liegt und was das genau ist. Im Auto würden Sie Verdacht erregen.«

»Und wo nehmen wir das Fahrrad her?«

»Der Sohn vom Portier hat eins. Ich werde den Vater wecken und ihn fragen, ob er es mir leiht. Er wird sich zwar ein wenig wundern, aber er mag mich, ich weiß auch nicht, warum.« Die Küche lag in der wunderbaren, tiefen Stille der Nacht. Es war, als würde alles schlafen, sogar die Gegenstände um sie herum, die leeren Bierflaschen, die Whiskyflasche, die sich allmählich leerte, Saras Sauger und Flaschen, die neben dem Spülbecken auf einem Küchentuch standen. Er war sich allerdings sicher, dass Lorenza nicht schlief. Und dass sie ihn nicht verstehen würde.

»Und dann?«, erkundigte sich Davide.

»Sehen Sie, Davide«, erklärte er, »wenn die so vorsichtig geworden sind, müssen auch wir vorsichtig sein. Morgen werden wir also Folgendes tun: Kurz vor zwei Uhr wird Livia sich ein Taxi nehmen und zu dieser ›Fotowerbung Modellbau‹ fahren. Und wir werden sie im Auge behalten. Es könnte allerdings sein, dass auch jemand anders das tut, einfach vorsichtshalber, um sicherzugehen, dass Livia keine unerwünschte Begleitung dabei hat – wie uns, zum Beispiel. Dieser Jemand würde natürlich merken, dass wir Livia folgen, und unsere Jagd wäre beendet, bevor sie überhaupt begonnen hat. Klar?«

Klar, bestätigte ihm Davides Blick.

»Das heißt, wir müssen Livia folgen, aber unauffällig. Wir werden deshalb in einem Abstand von hundert Metern vor ihr herfahren und halten diesen Abstand immer ein. Aber auch nur bis zu einem bestimmten Punkt. Stellen Sie sich das so vor: Erst wir in Ihrer Giulietta, dann das Taxi mit Livia und dann eventuell Livias Beschatter. Solange wir im dichten Verkehr der Stadt sind, können wir diese Konstellation einhalten, ohne dass der Beschatter Verdacht schöpft, weil wir ja vor ihr herfahren. Aber wenn wir in diese Gegend kommen, ans Ende der Via Egidio Folli, befinden wir uns mitten auf dem Land, oder fast«, er wies auf das Grün der Landkarte, »und wahrscheinlich sind wir die einzigen Autos, die um diese Zeit dort unterwegs sind. Livias Beschatter könnte misstrauisch werden, weil wir einfach zu sichtbar sind. Bei der Wohnanlage angekommen, müssen wir das Auto dann parken, und wenn wir es direkt vor dem Haus tun, wären wir ziemlich naive Beschatter. Sie verstehen also jetzt, weshalb Sie mit dem Fahrrad dorthin fahren sollen.«

Ja, er begann zu begreifen.

»Sie werden den Ort gründlich inspizieren. Erst müssen Sie den Wohnkomplex und seine genaue Lage ausmachen und danach zwei Dinge herausfinden: Erstens, wo gibt es eine Stelle, an der wir das Auto verstecken können, und zwar so nah wie möglich an dem Haus und der Landstraße, aber ohne dass der Wagen vom Haus aus zu sehen ist. Und zweitens: Gibt es dort außer der Via Folli noch eine kleinere Straße, die in die Nähe des Hauses führt, und existiert dort ein Parkplatz?«

Es war jetzt still, das letzte Knirschen von Autoreifen war vor etwa zehn Minuten verstummt. Die Uhr zeigte inzwischen fast zwei. Sie hatten noch viele Stunden Warten vor sich, und sie waren beide nicht die Sorte Mensch, die sich in der Nacht vor der Schlacht schlafen legt.

»Mein Vater hat immer Patiencen gelegt«, sagte er zu Davide, »irgendwo muss hier noch ein Kartenspiel herumliegen. Spielen Sie Scopa?«

Ja. Scopa zu zweit ist zwar nicht besonders spannend, aber irgendetwas mussten sie ja tun.

3

Livia zog die Haustür hinter sich zu und stieg ins Taxi. Es war kurz nach halb zwei, der Verkehr ließ allmählich nach, viele Leute zogen es um diese Zeit schließlich vor, Mittag zu essen. »Via Egidio Folli«, wies sie den Taxifahrer an.

Im Rückspiegel sah sie, wie der Taxifahrer routinemäßig das Gesicht verzog, denn egal, welche Adresse man einem Taxifahrer nennt – er wird immer die Nase rümpfen: Was in aller Welt wollen Sie in der Via Egidio Folli? Oder in der Via Borgognona? Vielleicht hatte er ja Recht.

Das Taxi fuhr die Via Plinio hinunter, die Via Eustachi und den Viale Abbruzzi entlang, bog in die Via Nöe ein und gelangte zur Via Pacini. Wieder einmal bewunderte Livia Davides Geschicklichkeit, die sie ja bereits kannte: Die Giulietta mit Davide und Signor Lamberti fuhr so vor ihnen her, dass sie nie in unmittelbarer Nähe, aber immer gerade noch zu sehen war. Ein Auto im Großstadtverkehr nicht aus den Augen zu verlieren, indem man vor ihm herfuhr, war eine äußerst knifflige Angelegenheit, und Davide meisterte sie vorbildlich.

Trotz der Hitze und ihrer Anspannung, die sie ein wenig verwirrte, hatte Livia bemerkt, dass ihnen noch ein zweites Auto folgte. Für diese Entdeckung war allerdings kein besonderer Spürsinn nötig gewesen, das Auto war ihr bereits in der Via Plinio aufgefallen, da es unmittelbar nach dem Taxi losgefahren war. Außerdem war es ein besonders schönes Auto, ein Mercedes 230 in einer Farbe, die ihr gut gefiel, Bronze mit einem Stich Grau-Braun, wie Cappuccino. In der Via Nöe hatte sie es wieder gesehen, dann auf dem Piazzale Piola und jetzt in der Via Pacini. In dem Taschenspiegel, den sie in der Hand hielt, um sich hin und wieder die Lippen nachzuziehen, sah sie, wie beharrlich der Mercedes ihrem Taxi folgte und wie wenig es den Fahrer offenbar kümmerte, dabei gesehen zu werden.

Die mündlichen Anweisungen, die Signor Lamberti ihr für diesen Fall erteilt hatte, lauteten: »Sollten Sie feststellen, dass Sie verfolgt werden, lassen Sie das Taxi an einem Kiosk halten, und kaufen Sie sich eine Zeitung.« Diese kleine Unterbrechung würde Signor Lamberti anzeigen, dass jemand Livia auf den Fersen war.

»Halten Sie bitte beim nächsten Zeitungskiosk«, sagte sie zum Taxifahrer, der sich offensichtlich in sein Schicksal gefügt hatte, nicht einmal das Gesicht verzog und vor dem Zeitungsstand Ecke Via Teodosio stehen blieb. Livia stieg aus und stellte befriedigt fest, dass auch der Mercedes anhielt. Mit wesentlich geringerer Genugtuung sah sie die Giulietta hingegen schnell am Ende der Via Teodosio verschwinden. Sie wusste, dass Signor Lamberti und Davide sie trotzdem beschützten, und doch war sie beunruhigt, weil das Auto nicht mehr zu sehen war. Sie kaufte eine Modezeitschrift und stieg wieder ins Taxi.

In der Via Porpora erkundigte sich der Taxifahrer: »Welche Hausnummer in der Via Folli?«

»Ganz am Ende, jenseits der Zollgrenze.«

Der Taxifahrer schüttelte den Kopf. »Dann müssen Sie mir auch die Rückfahrt bezahlen.«

»Ja, selbstverständlich.« In ihrem Handspiegel konnte sie, ohne sich umzudrehen, den Mercedes beobachten, der jetzt etwas hinter ihnen zurückgeblieben war, aber weiterhin bronzen, schlank und tückisch in der Sonne schimmerte.

»So, hier endet die Via Folli, wir sind jetzt auf dem Land«, bemerkte der Taxifahrer. »Wo soll ich jetzt hinfahren?« Die Beschränktheit der Passagiere, die nicht einmal wissen, wo sie hinwollen, erboste ihn.

»Noch ein Stückchen, dann kommt links ein großes Wohnhaus.« Die Straße führte jetzt an bestellten Feldern entlang, ein ganzes Ende sah man überhaupt keine Häuser, und die Illusion, sich mitten auf dem Land zu befinden, war vollkommen.

»Das dort hinten?«, fragte der Märtyrer hinter dem Steuer.

Man konnte das Haus bereits erkennen. Signor Lamberti hatte ihr die Straße und die Wohnanlage Ulisse am Telefon genau beschrieben und dabei alle Einzelheiten aus Davides Beschreibung wiederholt, der ja morgens mit dem Fahrrad dort gewesen war.

»Ja, genau.« Ein kurzer Blick in den Spiegel – der Mercedes war immer noch da. Sie hatte jetzt keine Angst mehr, sie wusste ja, wo Signor Lamberti und Davide waren, sehr nahe. Neben dem großen, grau-blauen Haus, das ganz unvermittelt aus den Feldern emporwuchs, lag etwas verloren – wahrscheinlich auf Grund irgendwelcher undurchschaubarer Bodenspekulationen – ein einzelnes, kleines Häuschen, das etwa hundert Meter von der Landstraße entfernt aus einem Wäldchen hervorlugte, und dort stand Davides Giulietta, gut versteckt im kühlen Schatten der Bäume, der auch ihren Freunden einen willkommenen Schutz vor der glühenden Mittagshitze bot. Sie hatten ein einfaches, aber nützliches Fernglas dabei, durch das sie die Wohnanlage Ulisse aus nächster Nähe im Auge behalten konnten. Alle zwölf Stockwerke waren von hier aus zu sehen, und dazu noch etwas Land, hell und grün und doch so beunruhigend.

»Hier?«, fragte der Taxifahrer und blieb stehen, auch wenn es nicht den geringsten Zweifel geben konnte: Dieses Haus war das einzige Gebäude weit und breit, ein gigantischer, grau-blauer Turm mit zwölf Stockwerken, der in seiner Isolation futuristisch wirkte und gleichzeitig etwas von einem Aztekentempel hatte, der sich über einer wilden Einöde erhebt. Es war ein großes Mietshaus, in dem noch niemand wohnte, oder jedenfalls fast niemand, dessen Wohnungen aber bereits verkauft waren, denn die Leute verstecken ihr Geld heutzutage nicht mehr unter der Matratze, wie ihre Großeltern, sondern legen es lieber an. Erstaunlicherweise war der Bau nicht nur fertig gestellt, sondern sogar mit allen möglichen Extras ausgestattet. So war er etwa von einem großen betonierten Platz umgeben, auf dem die Autos der Bewohner parken konnten, und die einzelnen Parkplätze waren sogar mit weißen Streifen gekennzeichnet. Nur die Autos fehlten.

»Ja, hier.« Livia stieg aus und gab ihm einen Fünftausendlireschein, nahm den Rest entgegen, wobei sie dem Taxifahrer das gesamte Kleingeld überließ, und spähte dabei vorsichtig umher, ohne sich jedoch umzudrehen. Der Mercedes 230 war weit hinter ihnen stehen geblieben, fast an der Kurve. Was für eine perverse Diskretion!

In der Wohnanlage Ulisse gab es keinen Portier. Auf einem großen Schild befanden sich die Klingelknöpfe: kleine, durchsichtige Fensterchen, hinter denen die Namen der Bewohner standen. Livia drückte auf den Knopf mit der Aufschrift *Fotowerb. Mod.* und hörte fast augenblicklich die Gegensprechanlage summen.

»Kommen Sie hoch, zweiter Stock«, sagte eine farblose Stimme, und schon war es wieder still. Die gläserne Haustür sprang mit einem Klicken auf. In diesem Moment hatte Livia das Gefühl, ein Fuchs zu sein, der im Begriff ist, in eine Falle zu tappen.

Im zweiten Stock ließ ein junger Mann in weißem Kittel sie wortlos eintreten, schloss die Wohnungstür, deutete auf eine andere Tür im Flur, und schon fand sie sich in einem dieser quadratischen Räume wieder, die für solche Gebäude typisch sind. Die Fensterläden der beiden Fenster waren geschlossen, und auch die Fenster selbst waren zu, doch die Klimaanlage lief, und so war es angenehm kühl. Man konnte nicht behaupten, dass das Zimmer eingerichtet gewesen wäre. In einer Ecke standen drei Stehlampen, die jedoch nicht brannten, vor einer riesigen Fotowand mit einer großen, malerischen Welle. In der gegenüberliegenden Ecke des Raums befand sich ein großes Stativ mit diesem feuerzeugartigen Gegenstand darauf; das musste die Minox sein, wie Signor Lamberti ihr erklärt hatte. Auf einem Stuhl, dem letzten Gegenstand dieser spärlichen Einrichtung, lagen ein paar Zeitschriften, darauf ein Schachbrett und auf dem Schachbrett eine Kiste mit Schachfiguren, aus der ein schwarzer Springer herauslugte wie ein Pferd aus seiner Box.

Der erste Satz, den der junge Mann im weißen Kittel von sich gab, war: »Sie können sich im Bad ausziehen, wenn Sie wollen.«

Obwohl sie ihn aufmerksam betrachtete, wurde Livia klar, dass sie weder sein Aussehen noch seine Stimme hätte beschreiben können; es war, als wolle man versuchen, den Inhalt einer leeren Schachtel zu beschreiben.

»Ja, danke«, antwortete sie, blieb dabei aber unbeweglich stehen und drückte ihre Handtasche und die Frauenzeitschrift eng an ihr dunkelrotes Leinenkleid.

»Was ist denn?«, fragte er.

»Mir wurde gesagt, dass ich eine Vergütung erhalten würde.« Ihre Stimme war freundlich, aber fest.

»Ja, natürlich, aber jetzt machen wir erst einmal die Fotos.«

»Entschuldigen Sie, aber die Fotos machen wir hinterher.« Dieser Einspruch war eine weitere Anweisung aus Signor Lambertis mündlichem Leitfaden: Er sollte selbst den geringsten Verdacht zerstreuen, falls es überhaupt einen gab, denn ein Mädchen, das zuerst ihr Geld verlangt, denkt nur an sich selbst und treibt sicher kein falsches Spiel.

Der junge Mann im weißen Kittel antwortete nicht und lächelte auch nicht, er verließ nur das Zimmer und kehrte gleich darauf mit fünf Zehntausendlirescheinen zurück, die er ihr schweigend überreichte.

Livia nahm sie an sich und ging ins Bad. Das Ausziehen ging blitzschnell, sie schloss nicht einmal die Tür ab. Offensichtlich wurde das Bad fast nie benutzt, es gab überhaupt keine Toilettenartikel, nicht einmal Seife, nur zwei Handtücher in leuchtenden Farben. Als sie aus dem Bad herauskam, hörte sie den jungen Mann fluchen, und an der Art, wie er die vulgären Schimpfwörter aussprach, erkannte sie sofort und zweifelsfrei, dass er homosexuell war.

»Was ist denn passiert?«, fragte sie höflich.

»Fast wäre ich an der Stromleitung hängen geblieben«, gab er zur Antwort. Er hielt eines der schwarzen Scheinwerferkabel in der Hand, der Stecker war abgerissen und lag auf dem Fußboden. »Das muss ich jetzt erst mal reparieren.«

Er hatte sie keines Blickes gewürdigt. Gern hätte sie gewusst, was Homosexuelle von nackten Frauen halten. Sie sah, wie er hinausging. Nach ein paar Minuten kam er mit Isolierband und einer Schere zurück und begann das Kabel zu reparieren. Sie stand neben dem Stuhl und sah ihm zu. Sie schwieg, doch dann fiel ihr ein, dass der Leitfaden sie dazu anhielt, Konversation zu treiben, denn Frauen, die nicht sprechen, sind verdächtig.

»Spielen Sie Schach?«, fragte sie.

»Problemschach«, antwortete er. Das Wort »Schach« schien geheime Türen in seiner Seele zu öffnen. »Heutzutage spielt kaum noch jemand.«

»Ja, das stimmt. Auch ich spiele oft die Partien der großen Meister nach, oder ich spiele mit meinem Vater.« Das war die Wahrheit, oder jedenfalls fast. Natürlich verbrachte sie ihre Tage nicht mit Schachspielen, aber ihr Vater hatte ihr das Spiel bereits als Jugendliche beigebracht, und es passte gut zu ihrem Charakter. Sie sah, wie der Farblose einen Moment den Kopf hob und sie musterte, doch nahm er sie dabei nicht als nackte Frau wahr, sondern als Wesen, das etwas von Schach verstand. Er erwiderte jedoch nichts. Sie redete weiter, denn es ist nützlich, dem Gegner zu zeigen, dass man eine Leidenschaft mit ihm teilt: »Vor ein paar Tagen habe ich in *Le Monde* ein sehr schönes Dreispringerspiel gesehen.«

»Das war nicht vor ein paar Tagen, sondern vor mehr als einem Monat. Es war das Spiel von dem Leipziger Neukirch mit Weiß gegen den Berliner Zinn mit Schwarz.«

»Ja, genau. Mein Vater kauft *Le Monde* wegen der Schachseite und hebt sich alle Nummern auf. Es kann gut sein, dass die Partie schon vor einem Monat drin stand, ich habe sie aber erst Montag oder Dienstag gespielt.«

»Ich kaufe *Le Monde* auch wegen der Schachseite.« Während er das Kabel reparierte, schien er zu überlegen, ob er ihr vorschlagen sollte, eine Partie Schach zu spielen.

»Können Sie sich an das Endspiel erinnern? Nach dem Zugzwang des schwarzen Königs zieht Weiß den Springer, und dadurch bietet sein Läufer dem schwarzen König Schach. Schwarz deckt sich nun mit dem Turm, doch da rückt Weiß den Bauern nach vorn, und es ist nichts mehr zu machen, beim nächsten Zug kommt das Matt.«

»Ja, ich erinnere mich genau.« Er hob noch einmal den Kopf, und in seinem Blick lag ein Anflug von Glück, wie wenn jemand, der Sinfonien liebt, unversehens sein Lieblingskonzert hört, und gleichzeitig Verwunderung darüber, dass sie, auch noch als Frau, ein so tiefes Verständnis für die magische Welt des Schachspiels hatte. »Allerdings mag ich Springerspiele nicht besonders, sie sind mir zu geschlossen.«

»Zu vorsichtig, würde ich eher sagen, auch wenn manch einer behauptet, das sehe nur so aus«, unterbrach sie ihn, »denn irgendwann kommt es zur großen Auseinandersetzung im Zentrum.« Sie redete noch ein bisschen weiter, um ihren Gedankengang zu Ende zu führen, musste sich aber gleichzeitig außerordentlich zusammennehmen, um wegen der Komik der Situation nicht in lautes Lachen auszubrechen: eine nackte Frau in einem Zimmer mit einem Homosexuellen, der ein elektrisches Kabel repariert und dabei mit ihr über Schach fachsimpelt.

»Einen Moment noch, bitte«, sagte der junge Mann. Er war gerade mit seiner Reparatur fertig geworden, als es an der Haustür klingelte. Er ließ das Kabel fallen, ging aus dem Zimmer und in den Flur, zog die Tür hinter sich zu und nahm den Hörer der Gegensprechanlage ab.

»Mach auf!«, befahl eine Stimme.

Er drückte auf das Knöpfchen, wartete eine Minute und öffnete dann die Tür zum Treppenhaus. Aus dem Aufzug trat ein Mann mit einem leichten, haselnussbraunen Anzug, der nur eine winzige Nuance heller war als sein Haar. Er schloss die Tür hinter ihnen.

»Na, wie sieht's aus?«, fragte der Mann. Auch er war noch jung, aber in seiner ganzen Art lag etwas Gewalttätiges, das ihn weniger jung erscheinen ließ als den Farblosen.

»Sie gefällt mir nicht«, antwortete er.

»Warum nicht?« Der andere junge Mann sprach langsam und aggressiv.

»Ich weiß nicht, es ist nur so ein Gefühl.«

»Mir ist nichts Besonderes aufgefallen. Sie ist ganz brav hierher gekommen, ohne mit irgendjemandem gesprochen zu haben außer am Zeitungskiosk.«

»Sie gefällt mir trotzdem nicht.«

»Na, das wird schon seinen Grund haben.« Auch er wusste, dass

Homosexuelle über eine besonders ausgeprägte Intuition verfügten, vielleicht waren sie sogar der Telepathie mächtig, und deshalb hörte er seinem Komplizen aufmerksam zu.

»Ich weiß nicht. Sie wollte das Geld schon vorher.« Der Farblose sprach jetzt in einem etwas wehleidigen Tonfall.

»Merkwürdig, das hätte ich nicht gedacht. Sol hat gesagt, sie hätte sehr gute Manieren.« Auch in ihm begann sich nun ein leiser Verdacht zu regen.

»Und außerdem spielt sie Schach, wie die von vor einem Jahr«, fügte der Mann ohne Gesicht hinzu und rückte so mit dem eigentlichen Grund heraus. Vor einem Jahr hatte eine abscheuliche Dunkelhaarige ihn dermaßen an der Nase herumgeführt, dass sie alles hatten aufgeben müssen, nur wegen seiner Schwäche für das Schachspiel. Und nun war diese hier ebenfalls eine Schachexpertin und verblüffte ihn damit, dass sie sich sogar an das Spiel von Neukirch erinnerte. Aber gleichzeitig hatte ihn das auch misstrauisch gestimmt; denn wo kamen bloß all diese Schachmeisterinnen her, wo die Leute sich heutzutage doch nur noch für Totoscheine interessierten und vielleicht für die kleinen Figuren, die man gratis bekam, wenn man Waschmittel oder Streichkäse kaufte?

»Ich werde mal einen Blick auf sie werfen.«

Als sie in das Zimmer traten, stand Livia in der Ecke mit der großen Meereswelle und tat so, als betrachte sie die Scheinwerfer. In Wirklichkeit hatte sie sich allerdings in die Nähe der Tür gestellt, um herauszufinden, was im Flur vor sich ging, was ihr aber leider nicht gelungen war. Der Anblick des fast noch jungen, offenbar ein wenig kurzsichtigen Mannes freute sie: Nun waren ihnen sogar zwei Schurken in die Falle gegangen. Nach außen hin zeigte sie sich allerdings verärgert. »Ich wusste nicht, dass es hier auch Zuschauer geben würde«, beklagte sie sich, »ich möchte hier niemanden außer dem Fotografen.«

»Natürlich, ich gehe auch gleich wieder«, sagte der Mann freundlich, »aber erst möchte ich Ihnen ein paar Fragen stellen.« Ohne die geringste Freundlichkeit wischte er jetzt mit dem Arm Schachbrett, Figuren und Zeitschriften vom Stuhl und setzte sich.

»Sie sind betrunken. Ich kenne Sie nicht und habe nicht die Absicht, auf die Fragen eines Betrunkenen zu antworten.«

»Doch, Sie werden antworten, denn Sie sind sicher ein höflicher Mensch. Luigi, bring mal einen Stuhl für die Signorina.« Während der Farblose das Zimmer verließ, wandte er sich wieder ihr zu. »Mir sind viele nette Sachen von Ihnen berichtet worden, dass Sie studiert haben, zum Beispiel. Ist das wahr?«

»Ja.« Die wichtigste Anweisung von Signor Lamberti war gewesen, keine Scherereien zu machen, sondern sich so zu verhalten, dass alles möglichst glatt lief. Wenn sie jetzt darauf bestand, nicht reden zu wollen, konnte es vielleicht gefährlich werden.

»Und welches Fach?«

Der Homosexuelle kam mit dem Stuhl herein, aber sie schüttelte den Kopf. Sie würde sich mit ihren intimsten Körperteilen nie und nimmer auf etwas setzen, das diesen Leuten gehörte, auch wenn es nicht besonders angenehm war, nackt vor ihnen zu stehen. »Geschichte und Philosophie.«

»Sind Sie Lehrerin?«

»Nein. Aber die Uni habe ich fertig gemacht.«

»Und wovon leben Sie?«

»Von Übersetzungen.«

»Welche Sprachen?«

»Am liebsten Englisch, aber ich kann auch aus dem Französischen und aus dem Deutschen übersetzen.«

»Verdienen Sie gut damit?«

»Nicht besonders.«

»Zum Leben reicht es Ihnen also nicht?«

»Nein, sonst wäre ich nicht hier.«

Der Mann lächelte schwach. »Stimmt. Was macht Ihr Vater?«

Die Erwähnung ihres Vaters an diesem Ort, in dieser Situation, den – glücklicherweise nicht lüsternen – Blicken dieser beiden Individuen ausgesetzt, traf sie wie ein Peitschenhieb, aber sie riss sich zusammen. Es war klar, dass sie sie aus irgendeinem Grund verdächtigten, und sie musste sie davon überzeugen, dass sie damit falsch lagen. »Er ist Uhrmacher, repariert Uhren, vor allem alte«, antwortete sie ruhig.

»Es muss Ihren Vater eine Menge gekostet haben, Sie studieren zu lassen.«

»Ich glaube schon.«

Der Mann fasste sich an das rechte Ohrläppchen. »Ich begreife nicht, wie sich jemand wie sie einer Tätigkeit wie dieser widmen kann.« Er redete, als würden sie in einem Salon sitzen und nett miteinander plaudern, sodass das Verhör gar nicht so brutal wirkte, wie es in Wirklichkeit war. »Ich meine, Sie kommen aus einer ehrbaren Familie, Ihr Vater hat beträchtliche Opfer gebracht, damit Sie studieren konnten. Sie verfügen über eine ausgezeichnete Bildung, sprechen vier Sprachen, übersetzen Bücher, vielleicht sogar ziemlich schwierige, und sind sogar eine gute Schachspielerin, wie ich gehört habe, und da finden Sie es nicht merkwürdig, dass eine Frau wie Sie sich für ein bisschen Geld spätabends auf den Corso Buenos Aires stellt?«

Vielleicht war der Moment gekommen, ihn zurechtzustutzen, auch wenn sie sich in ihrer Nacktheit wehrlos und gedemütigt fühlte. »Sie sind wohl bei den Mädchen mit Lederjacke stehen geblieben, den Halbstarken von 1960 mit ihren langen Mähnen, die immer an der Jukebox herumlungern: Die können Ihrer Meinung nach abends auf den Strich gehen, andere nicht. Ich glaube, Sie hinken etwas hinter der Zeit her.«

Der Mann lächelte wieder schwach. »Kann schon sein, an Lehrerinnen für Geschichte und Philosophie hatte ich in diesem Zusammenhang noch nie gedacht. Und offen gestanden habe ich bei Lehrerinnen für Geschichte und Philosophie, die ihr Gehalt auf diese Weise aufbessern, auch so meine Zweifel.«

Sein höflicher Ton und das ›Sie‹ klangen äußerst bedrohlich. Livia zuckte die Achseln. »Daran kann ich auch nichts ändern«, erwiderte sie. »Ich möchte jetzt jedenfalls diese Fotos machen und dann gehen, wenn Sie mit Ihrem Verhör fertig sind.«

»Ah, natürlich, Sie haben ja Recht. Luigi, knips die Scheinwerfer an und leg los.« Und wieder zu ihr gewandt: »Signorina, wo ist Ihre Handtasche?«

»Warum?«

»Weil ich immer gern nachkontrolliere, wenn ich meine Zweifel habe.«

»Sie schauen nicht in meine Handtasche!«, erregte sie sich, aber nur, weil sie sich erregen musste, das gehörte zur Rolle.

»Ich glaube schon, dass ich das tun werde«, antwortete er und stand auf. »Also, wo ist sie?«

»Im Bad. Schauen Sie ruhig hinein, und vielleicht nehmen Sie ja dann auch gleich das Geld an sich. Ich hätte wissen müssen, dass ich es hier mit Betrügern zu tun haben würde.«

»Ja, Sie hätten sich eigentlich denken können, dass wir nicht vom Kirchenchor sind. Aber das Geld nehme ich Ihnen nicht weg, wenn Sie sich fotografieren lassen. Luigi, fang ruhig an«, und damit ging er ins Bad. Die kleine Handtasche aus rotem Stoff stand gut sichtbar auf dem Bord über dem Waschbecken. Er holte das Geld heraus: die fünfzigtausend Lire, die der so genannte Luigi ihr gegeben hatte, ein paar Eintausendlirescheine und eine Hand voll Fünfhundertliremünzen. Außerdem fand er den üblichen Lippenstift, den üblichen kleinen Spiegel, den üblichen Schlüsselbund mit nur zwei Schlüsseln, ihren Führerschein, ein winziges, blütenreines Taschentuch, das zu einem Dreieck gefaltet war, und schließlich ein Adressbüchlein, das sehr ordentlich geführt war, in einer mikroskopisch kleinen, aber doch gut lesbaren Schrift. Es war der einzige Gegenstand, der abgenutzt wirkte; das Leder war so verschlissen, dass man an einigen Stellen den Einband durchsah, es musste mehrere Jahre alt sein.

Sonst nichts. Er streckte den Kopf durch die Badezimmertür, durch die man direkt in das »Studio« gelangte. Von hier aus konnte er den Farblosen sehen, der hinter seiner Minox stand – »bewegen, so, stopp, sechs, bewegen, so, stopp, sieben, bewegen, so, stopp, acht« –, Livia hingegen sah er nicht. Sie würden noch eine Weile brauchen, um mit ihren fünfzig Aufnahmen fertig zu werden, und so steckte er alles wieder in die Handtasche zurück, außer dem Adressbüchlein, holte eine ganz normale Brille mit einem Schildkrötengestell, Modell junger Jazzliebhaber, aus seiner Brusttasche und begann zu lesen. Anfangs blätterte er nur ein wenig herum, um einen Eindruck zu bekommen, was für Adressen das Fräulein Lehrerin wohl in ihrem Büchlein hatte, doch dann fiel ihm ein, dass er eigentlich auch systematisch vorgehen konnte, und begann bei dem Buchstaben »A«. Keiner der Namen sagte ihm etwas, doch bei »E« fand er die von drei Verlagen. Das Fräulein Lehrerin übersetzte also wirklich. Unter dem Buchstaben »I« stand die Adresse eines italienisch-englischen Kulturinstituts, unter »M« der Name einer neoanarchistischen Bewegung, die ihm etwas suspekt vorkam. Sollte er daraus etwa schließen, dass das Fräulein Lehrerin eine Anarchistin war? Und dann, unter dem Buchstaben »R«, entdeckte er jenen Namen.

Der Homosexuelle hatte tatsächlich den richtigen Riecher gehabt. Er ging in das quadratische Zimmer zurück und setzte sich wieder auf den Stuhl, wobei er Livia halb den Rücken zukehrte. Sie waren gerade beim neununddreißigsten Foto, ein dutzend fehlte also noch, doch da sagte er zu Luigi: »Jetzt reicht es.« Und zu ihr: »Kommen Sie bitte mal her, ich muss Ihnen noch ein paar Fragen stellen.«

»Ich möchte mich jetzt wieder anziehen«, erwiderte sie. Ihr war klar, dass er etwas herausgefunden hatte und der Kampf jetzt begann. Angst hatte sie keine, aber sie hätte nur zu gern gewusst, was war. Sie musste nicht lange warten.

»Komm sofort her, du kleine Hure, sonst breche ich dir die Beine. Ich will auf der Stelle wissen, woher du diese Alberta Radelli kennst.«

Das also war es. Sie hatte nicht daran gedacht, dass in dem alten Adressbuch noch Albertas Name stand. Jetzt wurde es brenzlig, und schwierige Situationen mochte sie. Sie gehorchte sofort und ging zu ihm hinüber, wobei der Farblose sie von hinten im Auge behielt. Sie tat es allerdings mit einer Miene, als hätte sie es mit einem Verrückten zu tun.

»Sie war eine Freundin von mir.«

»Wieso *war*? Habt ihr euch gestritten?« Er wollte ihr eine Falle stellen, er lud sie ein zu lügen.

»Nein, die Ärmste ist tot, sie hat sich umgebracht.« Sie biss nicht an. Ihr Gehirn lief auf Hochtouren, es funktionierte wie eine Rechenmaschine, mit der sie gegen die List und Tücke des Gegners kämpfen konnte.

»Wann?«

»Vor einem Jahr.«

»Wie?«

»Sie hat sich die Pulsadern aufgeschnitten. Es stand sogar in der Zeitung.«

»Wart ihr gut befreundet?«

»Ziemlich.«

»War das eine, die manchmal auf die Straße ging, wie du?«

Er glaubte wohl, er sei sehr schlau, und auf seine Art war er es tatsächlich. Er lauerte gespannt darauf, sie bei der ersten Lüge zu ertappen, um sie dann unversehens anzugreifen. »Ja. Vielleicht sind wir auch deshalb Freundinnen geworden.«

Eine Weile starrte der fast noch junge Mann sie an, wobei er sich mehr für ihre Brust als für ihr Gesicht zu interessieren schien. Er dachte nach. Dann sagte er zu dem Farblosen: »Gib mir mal einen Film.«

Der Fotograf hatte eine Schachtel mit Filmen in seiner Kitteltasche und reichte ihm einen.

»Hast du schon einmal so einen Film gesehen?«, fragte er und schaute ihr wieder ins Gesicht, wobei er seine Augen ein wenig zusammenkniff, um sie besser sehen zu können.

»Ja, das ist ein Minoxfilm.«

»Und wo hast du ihn gesehen?«

»Ein Kommilitone von mir hatte eine Minox.«

»Könnte es nicht sein, dass dir noch jemand anders so einen Film gezeigt hat?«

»Nicht dass ich wüsste. Aber es könnte schon sein, in einem Fotostudio vielleicht.«

»Deine Freundin Alberta, zum Beispiel, hat dir nie einen solchen Film gezeigt?«

»Nein.«

»Bist du sicher?«

»Ja.«

»Und diese Freundin hat dir auch nie erzählt, dass man ihr vorgeschlagen hatte, solche Fotos von sich machen zu lassen wie du gerade?«

Eine Lüge muss wie aus der Pistole geschossen kommen, um überzeugend zu sein. »Nein.«

»Überleg es dir genau: Du und sie, ihr seid gute Freundinnen, ihr erzählt euch alles Mögliche, sogar, wie viel ihr verdient, wenn ihr hier und dort ein bisschen spazieren geht. Und dann sagt sie dir nicht, dass sie ein paar hübsche Fotos von sich hat machen lassen oder dass sie das vorhat? Merkwürdig.«

»Wir waren gut befreundet, aber wir haben uns nur selten gesehen, manchmal haben wir uns ein, zwei Monate gar nicht getroffen.« Ihr wurde allmählich kalt, natürlich nur wegen der klimatisierten Luft auf ihrer nackten Haut.

Eine Weile schwieg der Mann mit geneigtem Kopf, schaute auf ihre Füße, als wollte er unbedingt wissen, wie viele Zehen es insgesamt waren, weil ihm das beim Nachdenken half. Dann sagte er mit noch immer gesenktem Kopf: »Du sagst nicht die Wahrheit. Du musst etwas wissen. Vielleicht weißt du sogar eine ganze Menge.«

»Ich weiß nicht einmal, was Sie überhaupt von mir wollen. Das Einzige, was ich weiß, ist, dass ich es hier mit Kriminellen zu tun habe. Ich möchte mich jetzt anziehen und gehen, und Ihr Geld können Sie meinetwegen auch behalten, aber ich will jetzt gehen.« Sie spielte ihre Rolle fast perfekt.

»Luigi«, sagte der Mann, »bring mir die Watte und den Alkohol und auch das Wasserstoffsuperoxyd.«

»Ich weiß nicht, ob ich Wasserstoffsuperoxyd da habe.«

»Na, macht nichts, es hätte uns nur den Anblick von allzu viel Blut erspart.« Der Mann zog seine Brille aus der Tasche und setzte sie auf. Endlich sah er sie wieder an »Wenn du mir die volle Wahrheit sagst, werde ich dir nichts tun.« Nun zog er auch ein Federmesser aus der Tasche, ein einfaches, altmodisches Federmesser, wie es nicht einmal mehr in der Grundschule benutzt wird.

»Sie sind verrückt, was soll ich Ihnen denn sagen, fassen Sie mich nicht an, sonst passiert etwas!« Die Unschuld in Person – ob ihr das wohl gelungen war?

»Mich interessiert kein bisschen, was dann passiert. Wenn du allerdings die Wahrheit sagst, wird dir nichts passieren.«

Der Farblose war mit ein paar Fläschchen in der Hand zu ihnen getreten.

»Sogar das Wasserstoffsuperoxyd habe ich gefunden.«

Der andere, fast noch junge Mann nahm die Fläschchen entgegen und stellte sie neben sich auf den Fußboden. »Noch ist es nicht zu spät. Noch kannst du sagen, was du weißt.«

Sie hatte nie Theater spielen gelernt, aber sie gab ihr Bestes und schrie aus vollem Hals. Denn Schreien war die natürliche Reaktion einer Frau, die nichts wusste und von Panik erfüllt war. In Wirklichkeit wusste sie alles, was der Mann wissen wollte, und hatte kein bisschen Angst. Sie verachtete diesen Mann nur, sie verachtete ihn zutiefst, und sie würde sich nie so weit erniedrigen, vor so einem widerlichen Kerl Angst zu haben.

Das heißt, sie versuchte zu schreien, doch bevor sie es konnte, war ihr Mund mit Watte verstopft, und dann drückte der Farblose sie auf den Stuhl und hielt sie an den Schultern fest.

»Noch ist es nicht zu spät, die Wahrheit zu sagen.« Der Mann hatte sich auf ihre Knie gesetzt, damit sie nicht um sich treten konnte. Und da begriff sie, was dieser kurzsichtige Blick bedeutete: Er war ein Sadist, im wahrsten Sinne des Wortes. »Ich könnte dir eine überziehen, damit du ohnmächtig wirst, und dir dann die Pulsadern aufschneiden. Das wäre doch lustig für die Polizei: Merkwürdig, immer mal wieder findet man hier und da eine Frau mit aufgeschnittenen Pulsadern, woran das wohl liegt?« Seine Stimme wurde weich und undeutlich, aber er ekelte sie nur an, Angst empfand sie nicht. »Ich brauche dich aber lebendig, damit du reden kannst. Und jetzt zum letzten Mal: Sagst du mir die Wahrheit? Dann nehme ich dir die Watte aus dem Mund.«

Sie zuckte mit den Schultern und teilte ihm mit den Augen mit, dass er verrückt sei und dass sie ihm alles gesagt hatte, was sie wusste.

»Dann beginnen wir mit einem Schnitt in die Stirn. Ich bin ja großmütig, und deswegen werde ich ihn ziemlich weit oben ansetzen, dann kannst du ihn später leichter unter deinen Haaren verstecken.« Er rieb ihr die Stirn mit einem alkoholgetränkten Wattebausch ein, wie ein gewissenhafter Krankenpfleger. »Ich möchte dir keine besonderen Schmerzen zufügen, ich möchte dich bloß entstellen – jedenfalls wenn du nicht redest.«

Sie spürte den Schnitt kaum, und das Blut lief auch nicht an ihrem Gesicht herunter, denn er tupfte es sorgfältig mit dem Wasserstoffsuperoxyd ab, während der Farblose ihren Kopf, den er eben noch wie in einem Schraubstock festgehalten hatte, einen Moment losließ.

»Wenn du mir etwas Neues erzählen möchtest, dann nickst du mit dem Kopf, und ich nehme dir die Watte aus dem Mund. Wenn du mir aber nur sagen willst, dass du nichts weißt, dann lass es lieber bleiben, sonst werde ich nur wütend.«

Vielleicht hatte sie sich das Geräusch nur eingebildet, vielleicht war es eine akustische Sinnestäuschung, ausgelöst durch ihre Hoffnung auf ein wirkliches Geräusch, jedenfalls wandte sie den Kopf instinktiv zur Tür, weil sie glaubte, ein Klingeln an der Haustür gehört zu haben.

»Hat es geklingelt?«, fragte der Mann.

»Nein«, antwortete der Farblose, »wahrscheinlich erwartet sie jemanden und hat deshalb geglaubt, dass es geklingelt hat.«

Der Mann auf ihren Knien überlegte, mit dem Federmesser in der Hand. Es schwebte so nahe vor ihrem Gesicht, dass sie sehen konnte, dass es ein Werbegeschenk war, sogar den Namen eines bekannten Likörs konnte sie erkennen. Es ist ja wahr, dass man der Intuition der Homosexuellen das nötige Gewicht beimessen soll, aber manchmal sind sie auch etwas hysterisch. »Reg dich ab. Wenn sie jemanden erwarten würde, wäre er längst hier. Diese Dame weiß, wo der Film vom letzten Jahr abgeblieben ist, vielleicht hat sie ihn sogar selbst, und am Ende wird sie es uns sagen.« Er rieb ihre linke Wange mit Alkohol ein. »Wenn du redest«, sagte er, »ersparst du dir eine Narbe auf der Wange, die auch der beste Schönheitschirurg der Welt nicht wieder beseitigen kann.« Er beobachtete sie und wartete noch ein wenig, doch dann schnitt er, die fast geschlossenen Augen waren durch die Brille hindurch unverwandt auf ihre Wange gerichtet, wie bei einem eifrigen Schüler, der auf die weiße Seite seines Heftes starrt, in das er gleich einen schönen Satz schreiben wird. »Wenn du etwas weißt – später wird es dir nicht mehr viel nützen, bestell das deinen Freunden, falls du welche hast. Wenn du allerdings redest, höre ich jetzt auf.« Er begann, die Wunde mit dem Wasserstoffsuperoxyd abzutupfen, aber trotzdem begann das Blut in kleinen Rinnsalen an ihrem Hals hinunterzulaufen bis auf die Brust und den Bauch. »Redest du jetzt, oder soll ich weitermachen?«

4

Zuerst sahen sie, wie Livias Taxi näher kam, und dann, wie sie vor dem verlassenen Neubautempel ausstieg. Auch ohne Fernglas konnte er seine Livia gut erkennen, trotzdem schaute er hindurch, auch um ihr Gesicht zu betrachten. Ihr dunkelrotes Leinenkleid gefiel ihm gut. Sie kleidete sich immer sehr geschmackvoll, mit einer bewussten, fast irritierenden Schlichtheit. Dann wurde Livia von dem Betontempel verschluckt, und das Taxi verschwand brummend in Richtung Stadt. Es war kurz nach zwei. Auch diese Pünktlichkeit war irritierend.

Ihr Beobachtungsposten befand sich unter einer Pergola, die sich an das Dach eines kleinen, baufälligen Häuschens lehnte, das aus einem Bilderbuch hätte stammen können. Haus und Pergola waren von mehreren Bäumen mit kleinen, hellen Blättern umgeben, die eine ideale Barriere bildeten, da man von außen zwar nicht in das Gehölz hineinsehen, von innen aber alles verfolgen konnte, was draußen vor sich ging. In der Hütte saß ein fetter junger Mann, der den Kopf auf den Tisch gelegt hatte und schlief: Die fünftausend Lire von ihnen hatten ihm jegliche Neugier ausgetrieben und offenbar äußerst beruhigend gewirkt. Ein Feldweg von etwa hundert Metern verband die Hütte mit der Landstraße. Die Giulietta parkte gut von den Bäumen verdeckt mit dem Kühler zur Straße, und sie selbst standen an den Kofferraum gelehnt hier im Schatten, wo sogar ein leichtes Lüftchen wehte, und beobachteten die Umgebung.

»Ist sie hineingegangen?«, fragte Davide.

»Ja.« Er reichte ihm das Fernglas, doch es war schon nichts mehr zu sehen außer dem blau-grauen Turm in dem grünen Feldermeer und weit hinten die Silhouette Mailands im sommerlichen Dunst. Ein Foto von hier auf die Wohnanlage Ulisse gäbe eine schöne Postkarte ab, vielleicht sollte er das dem Hausverwalter einmal vorschlagen.

Ein Lastwagen fuhr vorbei und hinterher ein Motorrad, dann war alles wieder still und verlassen. Plötzlich bemerkte Davide: »Der sieht so aus, als wolle er bei dem Haus halten.«

»Wer?« Er hatte ihn jedoch schon selbst entdeckt, den Mercedes 230, der am Ende der Straße aufgetaucht war und nun seine Fahrt verlangsamte, auf den vor Hitze glühenden Betonplatz einbog und in aller Ruhe auf einem der weißen Felder parkte.

Davide starrte weiter durch das Fernglas. »Dieses Auto habe ich schon einmal gesehen, gleiches Modell, gleiche Farbe. Es muss dasselbe Auto sein, so viele Mercedes 230 gibt es ja nicht, und zwei mit der gleichen Farbe kommen noch seltener vor.«

»Wo haben Sie ihn denn gesehen?« Aus dem Mercedes stieg gemächlich ein Mann, er wirkte jung, auch wenn er etwas untersetzt war, und schien absolut keine Eile zu haben.

Davides Stimme klang beunruhigt. »Letztes Jahr, an jenem Tag mit Alberta.«

»Geben Sie mir mal das Fernglas.« Er betrachtete den Mann, es sah aus, als stünde er nur fünf Meter vor ihm. Die meisten Menschen mochten ihn für einen braven Jungen halten, aber er, Arzt und Psychologe, ließ sich nicht täuschen. Für ihn war es das schlimmste Verbrechergesicht, das er sich vorstellen konnte: ein Gesicht, das unverdächtig wirkte.

»Ich habe diesen Mercedes bestimmt zweimal auf der Autobahn gesehen, bevor wir nach Somaglia kamen; und später, als wir nach Mailand zurückfuhren und Alberta weinte, war er wieder da, hinter uns. In Metanopoli habe ich ihn dann überholt, und es sah so aus, als würde er anhalten.« Selbst jetzt, nach einem Jahr, erinnerte er sich noch ganz deutlich daran. Alberta und alles, was mit ihr zu tun hatte, vergaß er nicht. Und auf einmal begriff er auch, was dieses Auto vor einem Jahr bedeutet hatte – und was es jetzt bedeutete.

Auch er selbst hatte das begriffen. »Der sieht wirklich aus wie ein Mörder«, stellte er fest und ließ das Fernglas sinken, denn nun gab es nichts mehr zu sehen. Der Killer war im Haus verschwunden, und nur der Mercedes wurde in der Sonne allmählich heiß wie ein Ofen.

»Was machen wir jetzt?«, fragte Davide. Er schien ganz grün geworden zu sein, und das lag nicht nur an den Blättern der Pergola.

Sie konnten nicht viel unternehmen, eigentlich gar nichts. Jetzt war alles klar. Der distinguierte Herr mit dem grauen Schnurrbart köderte die umtriebigen Mädchen dieser Stadt, einer vom Fach fotografierte sie, und der Mercedesfahrer überwachte sie und bestrafte die Aufmüpfigen, die mit dem Gedanken spielten, sie auffliegen zu lassen, um sich von der Ausbeutung zu befreien. Die Fotografien waren eine äußerst heiße Sache, und es handelte sich hier um Leute, die nicht davor zurückschreckten, dafür zu töten – eine, zwei, zehn Frauen.

»Wir müssen sofort hinterher«, drängte Davide.

Ja, natürlich, sie mussten sich sputen. Der Mann, der Alberta erst in Panik versetzt und ihr dann die Pulsadern aufgeschnitten hatte, der Mann, der die arme Maurilia gezwungen hatte, mit nach Rom zu kommen, um sie im Tiber zu ertränken, würde auch Livia Ussaro beim geringsten Verdacht töten.

»Nein, wir bleiben«, erwiderte er. Er selbst musste wohl auch grün geworden sein, jedenfalls fühlte sich seine Gesichtshaut so an.

»Aber das ist der Mann, der Alberta umgebracht hat, er ist uns damals die ganze Zeit gefolgt!«

»Ja, das ist er. Aber wenn wir nach oben in die Wohnung wollen, müssen wir erst die Haustür unten und dann die Wohnungstür aufbrechen, und inzwischen kann er Livia in aller Ruhe umbringen, wenn er das vorhat.« Er erklärte ihm die Situation, die so klar wie schrecklich war. Sie konnten nur hoffen, dass der Mann mit dem Mördergesicht keinen Verdacht schöpfte, sondern Livia die Fotos machen und dann wieder gehen ließ, wie all die anderen Mädchen, die vor ihr in diesem Studio gewesen waren. Und es gab eigentlich keinen Grund, Livia zu verdächtigen, denn sie hatte sich mit niemandem getroffen, nachdem sie mit Signor A gesprochen hatte, sie hatte nichts Verdächtiges unternommen, sie war aus dem Haus gegangen und direkt hierher gekommen. Livia war gewieft, sie wusste, wie sie sich verhalten musste. Und schließlich – wenn diese Verbrecher auch nur den geringsten Verdacht gehabt hätten, wäre sie erst gar nicht bis in die Höhle des Löwen vorgedrungen, sondern schlicht und einfach verschwunden. Denn diese Leute verdächtigten ihre Opfer nicht, sie überwachten sie. Nein, wenn sie Livia zu »retten« suchten, würden sie sie nur umbringen, indem sie sie enttarnten. Die einzige Möglichkeit, sie zu retten, war, hier zu bleiben und zu warten, bis sie herauskäme.

»Und wenn sie nicht herauskommt?«

Die Angst des Jungen machte ihn ganz nervös, er selbst verbarg seine Beunruhigung wenigstens. »Ewig können sie ja nicht bleiben. Entweder sie schöpfen keinen Verdacht, fotografieren sie und lassen sie dann gehen, oder sie merken etwas und versuchen zu fliehen.«

»Und Livia?«

Nein, jetzt war es aber wirklich genug! Er selbst dachte ja auch an Livia, oder eigentlich war es eher ein Gebet als ein Gedanke. Und so gab er keine Antwort.

Eine Stunde hat sechzig lange Minuten, die ganz regelmäßig verfließen, eine nach der anderen. Der junge Mann, der in dem Bilderbuchhäuschen schlief, wachte auf, als ein Traktor auf der Landstraße vorüberfuhr. Er schaute nach draußen in die Welt, zu der an diesem Tag auch die Giulietta und die beiden wartenden Männer gehörten, und so erinnerte er sich wohl an die fünftausend Lire, steckte sich eine Zigarette an und überlegte vielleicht, wie er das Geld ausgeben könnte. Im Grunde war es ja erst fünf vor halb drei, und alles, was man wissen musste, war, wie lange ein Fotograf braucht, um einen Minoxfilm zu verknipsen. Er selbst hatte keine Ahnung, wahrscheinlich hing es auch von dem jeweiligen Modell ab, aber er schätzte, dass mindestens eine halbe Stunde erforderlich war.

Davide wusste, dass er jetzt nicht reden durfte, aber irgendwann hielt er es nicht mehr aus. »Wir können doch nicht einfach hier herumstehen und warten«, sagte er.

»Doch.« Er sah auf die Uhr, es war genau eine halbe Stunde vergangen, seit Livia das Haus betreten hatte. »Genau das müssen wir tun, hier stehen und warten.«

Und da geschah es: Sie sahen zwei Männer aus der Wohnanlage Ulisse herauskommen, einer der beiden war der Mercedes-Fahrer, er schien es jetzt ziemlich eilig zu haben und war längst nicht mehr so gelassen wie vorher. Eine Tausendstelsekunde lang hofften sie, dass auch Livia aus dem Aztekentempel heraustreten würde, aber die beiden waren allein. Jetzt erreichten sie das Auto; sie machten ganz den Eindruck, als seien sie zwei Männer auf der Flucht.

»Versuchen Sie, sie zu stoppen«, forderte er Davide auf. Bis zu dem Haus waren es dreihundert Meter, das war ein eindeutiger Nachteil, aber sie hatten auch einen Vorteil, nämlich dass ihr Auto startbereit war. Sie mussten nur noch den Motor anlassen. Die beiden anderen waren gerade dabei, das Auto aufzuschließen.

Doch während sie noch herumhantierten, war Davide schon losgefahren, hatte den Feldweg hinter sich gelassen, wie der Blitz die zweihundert Meter Landstraße zurückgelegt und schoss nun direkt auf den Kühler des Mercedes zu, fest entschlossen, ihn zu Schrott zu fahren.

Der Mercedes wich mit einem heftigen Ruck aus. Die Giulietta versperrte ihm die Straße in Richtung Mailand, wo er im Verkehr hätte untertauchen können, und so fuhr er mit quietschenden Reifen in die andere Richtung, nach Melzo, während Davide ein paar Sekunden verlor, um zu wenden und die Verfolgung aufzunehmen. Der Mann am Steuer des Mercedes hatte seinen Wagen perfekt im Griff. Mit mindestens dreihundert Metern Vorsprung jagte er über die fast leere Landstraße, als würde er gleich abheben. Da sagte Duca etwas sehr Dummes: »Wenn wir sie jetzt nicht kriegen, ist es auch nicht so schlimm, dann schnappen wir sie uns eben später.«

»Ich hab sie schon«, knurrte Davide. Er hatte sein Auto nicht nur bestens unter Kontrolle – er war außerdem blind vor Wut. Binnen kürzester Zeit hatten sie das Auto vor ihnen eingeholt, als wäre es ein Mofa. Noch eine Sekunde, und sie würden es überholen.

»Vorsicht, sie biegen ab«, warnte er Davide. Vielleicht hätte er auch sagen sollen »Vorsicht, sie schießen«, aber das tat er nicht, denn wenn sie schossen, konnten sie sowieso nichts machen.

Sie bogen tatsächlich ab, damit die Giulietta sie nicht auf der

Landstraße blockierte. Wahrscheinlich wollten sie versuchen, unversehens anzuhalten und sich in die Felder zu schlagen. Wenn sie das taten, waren sie nicht bewaffnet, und wenn sie nicht bewaffnet waren, waren sie so gut wie erledigt, denn der Weg, in den sie eingebogen waren, war eine Sackgasse, die nach hundert Metern vor einem großen Hof endete.

Ein paar Hühner flatterten auf, ein bellender Hund an einer langen Kette machte ebenfalls einen Versuch zu fliegen, und eine Bäuerin in kurzen Hosen, Büstenhalter und Strohhut blieb mit einer Art Heugabel in der Hand wie versteinert stehen, als sie plötzlich die beiden Autos vor sich explodieren sah, denn es war tatsächlich eher eine Explosion als eine Vollbremsung. Die vier Türen der beiden Autos wurden gleichzeitig aufgerissen, aber er und Davide waren schneller. Er packte den nicht mehr ganz jungen Mann, den Sadisten, noch ehe er drei Schritte gemacht hatte, und bevor er begriff, dass er geschnappt worden war, hatte er ihm schon mit voller Kraft in den Magen getreten, sodass er jämmerlich winselnd vor ihm zu Boden sank.

Davide hatte den anderen gestellt und hielt ihn am Arm fest, doch ohne ihm wehzutun, denn er war ein sanfter Mensch. Trotzdem kreischte der Kerl laut und schrie hysterisch um Hilfe, was gar nicht so dumm war, denn wenn es ihm gelang – und sei es auch nur für einen Moment –, Verwirrung zu stiften und den Eindruck zu erwecken, er sei ein ehrbarer Bürger, der zu Unrecht angegriffen wurde, gelang es ihm vielleicht zu fliehen.

Duca überließ den Sadisten, der sich auf der Erde wand und vor sich hin wimmerte, einen Moment sich selbst, denn noch war er unfähig aufzustehen – wenn er ihm den Magen nicht zu Brei getreten hatte, war es ein reines Wunder, denn genau das war seine Absicht gewesen –, und wandte sich dem anderen zu. Er wusste zwar noch nicht, dass er ein Homosexueller war, aber seine Art zu schreien legte diese Annahme nahe, und als er vor ihm stand, war er sich ganz sicher.

»Sieh auf die Erde, du Schwein«, herrschte er ihn an.

Die unerwartete Aufforderung brachte den Homosexuellen einen Moment zum Schweigen, doch in weiblichem Widerspruchsgeist reckte er sein Gesicht noch höher und schrie noch lauter um Hilfe. Genau darauf hatte er gewartet, um ihm einen Schlag auf den Adamsapfel zu verpassen. Als Arzt hatte er sich nie gefragt, was wohl die Folge wäre. Die unmittelbare Wirkung war jedenfalls, dass der Mann urplötzlich verstummte und zusammensackte.

»Polizei«, sagte Duca.

Unversehens war ein alter, kräftiger Bauer aufgetaucht. Er hielt ihm die Mitgliedskarte vom Ärztebund unter die Nase, die – wie nostalgisch! – noch immer in seiner Brieftasche steckte.

»Die beiden hier sind Mörder, sie haben zwei Frauen getötet. Gibt es einen Raum, wo wir sie einsperren können?«

Jetzt kam auch ein junger Mann hinzu, dann eine alte Frau und schließlich zwei Kinder, und endlich, wenn auch mühsam, schienen sie die Situation zu erfassen, vor allem das Wort Polizei.

»Der Stall«, sagte der Alte.

»Der Stall ist genau richtig.«

Nur ein altes Zugpferd stand in dem Stall, der übrigens ein richtiger Stall war, nicht eine dieser funkelnden, voll klimatisierten Herbergen für Tiere, die man immer im Fernsehen zu sehen bekommt. Sie warfen die beiden in die dreckige Brühe. Der eine winselte noch immer, die Hände auf den Bauch gepresst, bei Bewusstsein, aber vollkommen hilflos, der andere schien ohnmächtig zu sein, oder war er womöglich erstickt? Das zu klären, war jedoch nicht so dringend.

»Davide, Sie fahren jetzt zur Wohnanlage zurück, suchen Livia, sehen nach, was passiert ist, und rufen dann Carrua an, erklären ihm alles und sagen ihm, er soll sofort kommen.« Das – ja, das war dringend, Livia. »Ich unterhalte mich inzwischen mit den beiden hier. Bis gleich.«

Im Sommer wird es in Ställen normalerweise nicht besonders heiß, dafür nimmt man Gerüche stärker wahr. Das Licht sickerte nur durch zwei runde Löcher, reichte aber aus. Als er hörte, dass Davide losfuhr, verbot er sich, an irgendetwas anderes zu denken als an diese zwei. Er stellte sich vor den Breiteren, der die Hände auf den Magen gedrückt hielt, jetzt aber nicht mehr stöhnte. Die Angst war offensichtlich stärker als der Schmerz.

»Was hast du mit dem Mädchen angestellt?«

»Welchem Mädchen?« Er versuchte sich aufzurichten, da er die stinkende Schmiere, die den Boden bedeckte – einen Perserteppich gab es hier leider nicht –, durch sein Hemd dringen fühlte.

Ohne ihn zu treten, nur durch einen leichten Druck seines Fußes zwang er ihn wieder in den Kot zurück.

»Jetzt hör mir mal gut zu«, begann er, »und ich bin froh, dass du jetzt auch wieder aufgewacht bist«, fügte er mit einem Blick auf den anderen hinzu, der die Augen aufgeschlagen hatte und nach Luft schnappte, »dann könnt ihr nämlich beide mit anhören, was ich euch vorzuschlagen habe. Ich stelle euch jetzt ein paar Fragen, und ihr antwortet. Wenn eure Antworten stimmen, gut, dann landet ihr im Gefängnis. Wenn sie hingegen nicht stimmen, dann landet ihr auf dem Friedhof, ich werde euch systematisch auseinander nehmen und alle Knochen einzeln brechen, sodass die Polizei einen Krankenwagen mit wasserdichter Plane bestellen muss. Ist das klar? Eben habe ich dich gefragt, was du mit dem Mädchen angestellt hast. Du hast geantwortet, mit welchem Mädchen. Das war keine korrekte Antwort. Ich stelle dir dieselbe Frage jetzt noch einmal, sieh zu, dass du sie diesmal richtig beantwortest, denn das ist besser für dich, das kannst du mir glauben. Also: Was hast du mit dem Mädchen gemacht?«

Schweigen. Das Pferd, das direkt neben ihnen stand, bewegte sich nicht, es drehte nicht einmal den Kopf, es schien aus Holz geschnitzt zu sein.

»Ich dachte, die Polizei hätte sie geschickt. Ich habe das geahnt und wollte sie zum Reden bringen.«

»Was hast du mit ihr gemacht?«

Der Sadist hatte einen Anfall von Brechreiz, er krümmte sich vor Schmerzen, echten Schmerzen, und dann sagte er, was er gemacht hatte. Und er reagierte nicht, stand nur unbeweglich da und versuchte, nicht an Livia zu denken.

»Und hat sie geredet?«, fragte er.

Nein, antwortete der Sadist, sie ließ sich einen Schnitt nach dem anderen zufügen und bedeutete ihm immer wieder, dass sie nichts zu sagen hatte, und am Ende war er fast überzeugt gewesen, dass sie tatsächlich nicht gekommen war, um sie auszuspionieren, und da hatten sie beschlossen, sie sich selbst zu überlassen, und waren gegangen.

»Warum hast du sie nicht umgebracht? Jetzt hat das Mädchen eine Menge zu erzählen.«

»Ich bin kein Mörder.«

»Diese Antwort ist nicht korrekt.« Sein Absatz traf ihn knapp unter der Schläfe, am Kieferansatz. Er hörte ihn stöhnen, aber der Mann verlor nicht das Bewusstsein, genau wie er es beabsichtigt hatte: Fertig machen würde er ihn, aber ohne dass er ohnmächtig wurde. »Du *bist* ein Mörder, und wenn du sie nicht umgebracht hast, dann hattest du einen Grund dafür. Und es ist besser für dich, wenn du ihn ausspuckst.« Der Kerl glaubte wohl, besonders schlau zu sein, denn er schloss die Augen und tat so, als hätte er das Bewusstsein verloren, doch konnte er nicht ahnen, welches Pech er hatte: Der Mann, der ihn verhörte, war Arzt. »Ich weiß genau, dass du nicht ohnmächtig bist. Antworte, oder ich mache dich fertig.«

Er schlug die Augen sofort wieder auf. »Ich habe nur getan, was von mir verlangt wurde, ich kann nichts dafür, ich muss tun, was sie mir sagen.«

»Ja, ich kann mir vorstellen, was sie dir gesagt haben. Mal wird getötet und mal wird entstellt, das ist ein altbekanntes System. Du bist zwar kein Mafioso, aber du bist von Mafiosi angelernt worden, wahrscheinlich hast du einen Schnellkurs in Verstümmelungstechnik absolviert. Oder etwa nicht?«

Er schwieg.

»Antworte.«

Er sah den Absatz des Schuhs einen Zentimeter vor seiner Nase. »In Turin kannte ich zwei junge Sizilianer. Aber ich war damals sehr jung und habe das fast zum Spaß gemacht.«

»Natürlich. Sie haben dir die Anatomie der Gesichtsmuskeln erklärt, die Punkte, an denen man einschneiden muss, und die Art der Schnitte. Einen Schnitt in Form eines Ms zum Beispiel kann auch der beste plastische Chirurg nie wieder in Ordnung bringen.« Das hatte sein Vater ihm erklärt, als er endlich erwachsen genug war, um seinen Erzählungen über die Mafia zu lauschen. Nicht eine einzige Minute hätte er dieser Geschichte gewidmet, wenn er nicht gleich den gewalttätigen, erbarmungslosen Stil der Mafia gespürt hätte. Nein, diese beiden Kanaillen waren keine Mafiosi, und auch ihr Chef vor Ort nicht, und wahrscheinlich nicht einmal der oberste Boss im Land, aber der Kopf, der hinter der ganzen Organisation steckte, derjenige, der die Bande durchstrukturiert hatte, der war zweifellos ein Mafioso und kassierte fünfzig Prozent.

»Über eine dermaßen entstellte Frau wird natürlich viel gesprochen, fast mehr als über eine Tote. Die Zeitungen machen so eine Notiz ganz groß auf, und den anderen Mädchen wird klar, dass ihnen dasselbe zustoßen könnte, wenn sie nicht spuren. Es ist ja nicht einfach, hunderte von Frauen, die eine Menge wissen und bestimmte Dinge am liebsten ungeschehen machen würden, unter Kontrolle zu halten, aber mit den Methoden, die euch die Mafiosi beigebracht haben, gelingt es euch ganz gut. Und jetzt will ich wissen, wer dieser Mann mit dem grauen Schnurrbart ist, der das Mädchen gestern Abend angesprochen hat.«

Keine Antwort.

»Ich weiß schon eine ganze Menge, dass ihr zu dritt seid, zum Beispiel: Der Herr von gestern, das ist der lokale Boss, und dann du und dein Freund hier. Ihr kennt wahrscheinlich nur euren Boss, aber er kennt eine Menge anderer interessanter Leute. Und ich brauche jetzt den Namen und die Adresse dieses werten Herrn. Du bist kein echter Mafioso, nein, ihr seid blutige Anfänger. Lange kannst du mir bestimmt nicht standhalten.« Sanft setzte er ihm den Fuß auf den Magen und begann zu drücken.

Der Mann brüllte auf, bekam einen Brechreiz und spuckte dann Namen, Adresse und andere äußerst interessante Dinge aus.

»Bravo. Und wenn dir dein Magen lieb ist, erzählst du mir jetzt auch noch in allen Einzelheiten, wie du Alberta Radelli umgebracht hast.«

Mit dem Fuß auf dem Magen erzählte der Kerl es sofort. Und damit war der Beweis erbracht, dass sein Vater Recht gehabt hatte: »Du musst ihre Sprache sprechen. Du kannst schließlich nicht

Französisch sprechen, wenn dein Gegenüber nur Deutsch versteht.« Natürlich war es nicht recht, natürlich spricht ein anständiger Polizist nicht die Sprache der Gewalt, sondern arbeitet mit Fingerabdrücken, Laboranalysen, geschickten Verhören und psychologischer Taktik. Aber er war ja kein Polizist, sondern ein gescheiterter Mann, der das Wort Mafia nicht hören konnte, ohne dabei seinen Vater mit dem gelähmten Arm vor sich zu sehen, durch einen Messerstich für immer degradiert zu einem grauen Schreiber im Kommissariat, zweiter Stock, Zimmer 92, ganz hinten. Ja, er wusste, es waren ganz tief sitzende, niederträchtige Rachegelüste gewesen. Er war nicht auf Gerechtigkeit aus gewesen, er hatte nicht das Gesetz erfüllen wollen, er hatte sich einfach gewünscht, diesen Verbrechern in die Augen zu schauen und ihre Sprache mit ihnen zu sprechen, denn so verstand man sich sofort.

»Und jetzt erzählst du mir, wie du Maurilia getötet hast. Falls du dich nicht recht entsinnst: Das ist das blonde Mädchen, mit dem du nach Rom gefahren bist.«

Doch, doch, er erinnerte sich sehr gut, denn je besser er sich erinnerte, desto weniger grub sich der Absatz in seinen Magen, und darum erzählte er die Geschichte mit so vielen Einzelheiten, dass sie fast wie eine Novelle klang. Damit war eigentlich alles klar, und er wollte den Absatz schon von seinem Magen nehmen, als der andere, der bisher so friedlich in seinem Mistbett gelegen hatte, die unselige Idee hatte, sein Bein zu ergreifen. Schlau, wie er war, hatte er angenommen, dass Duca sich in seiner Reichweite befand, ohne sich darüber klar zu sein. Aber natürlich war sich Duca dessen von Anfang an bewusst gewesen und stand dort ganz ruhig mit einer Hand in der Mähne des Gauls. Und kaum hatte der Homosexuelle seinen Fuß ergriffen, hielt Duca sich an dem braven Pferd fest und trat dem Erfinder der glorreichen Idee mit dem noch immer umklammerten Fuß zwei-, dreimal ins Gesicht, bis er ihn winselnd losließ. Dann trat er noch ein viertes Mal zu, diesmal entschiedener, und das Winseln erstarb auf der Stelle.

Der andere schützte sein Gesicht mit den Händen. »Nein, nein, nein«, bettelte er.

Aber auch ihn musste er nun ein wenig ruhig stellen, sonst würde er vielleicht versuchen zu fliehen, und das wollte er ja vermeiden. »Ganz ruhig.« Er trat nicht einmal besonders fest zu, gerade so fest, dass er für eine Weile das Bewusstsein verlor. Dann ging er aus dem Stall und zündete sich eine Zigarette an.

Sie kamen zwei Minuten später. Erst Davide in der Giulietta als Lotse, dann Carrua in dem Alfa der Polizei und anschließend der Gefangenentransporter.

»Ich hatte dir doch gesagt, du sollst die Finger davon lassen!«, brüllte Carrua, als er ausstieg, weiß vor Wut, als wäre seine Entrüstung echt und nicht nur Schau, und dabei war er bestens über all seine Schritte informiert gewesen – von Mascaranti –, und zwar von Anfang an.

»Sie sind da im Stall«, sagte er. »Heute Abend kann ich vorbeikommen und Bericht erstatten, die haben mir schon eine ganze Menge erzählt. Pass auf, im Stall steht ein ziemlich nervöses Pferd, das ständig um sich tritt, auch die beiden Herren dort müssen ein paar Tritte abbekommen haben.«

Carrua wurde rot. »Wenn du ihnen auch nur ein einziges Haar gekrümmt hast, wirst du eingelocht! Wo willst du hin?«

Er antwortete nicht und hörte auch nicht mehr auf sein Gebrüll. Er nahm Davide am Arm und schob ihn zur Giulietta. »Bringen Sie mich bitte ins Zentrum.« Er stellte keine Fragen, bis sie, eingepfercht zwischen all den anderen Autos, als wären sie eine

Herde Roboterschafe – denn der Verkehr war inzwischen wieder zum üblichen Chaos angewachsen – in die Via Porpora einbogen. Dann fragte er nur: »Haben Sie sie gesehen?«

Er nickte, ja. Und dabei hätte er eigentlich sagen wollen, dass er in den zweiten Stock der Wohnanlage Ulisse hinaufgestiegen war und Livia Ussaro gesehen hatte.

»War sie ohnmächtig?«

»Nein.« Eigentlich hätte er erzählen wollen, dass sie nicht ohnmächtig geworden war, dass sie dort nackt auf einem Stuhl gesessen hatte, und um den Stuhl herum hatten all die Schachfiguren auf dem Boden gelegen. Sie hatte sich das Gesicht mit einem Handtuch abgetupft, Blut war nicht viel da gewesen, nein, viel Blut war nicht da gewesen, aber dann wäre er selbst fast ohnmächtig geworden, als er ihr Gesicht gesehen hatte, in dem kurzen Moment, als sie das Handtuch wegnahm, um sich von ihm anziehen zu lassen; denn das hatte er übernehmen müssen, aber ohnmächtig war sie nicht geworden, nein, nicht einen Moment, auch nicht, als er sie ins Auto hinuntergetragen hatte; eigentlich hatte sie sogar allein gehen wollen, nur ein wenig gestützt.

»Wo haben Sie sie hingebracht?«

»Ins Fatebenefratelli. Das hat mir Carrua am Telefon gesagt.«

»Dann fahren wir jetzt da hin.«

»Das geht nicht.«

Erst jetzt merkte er, dass die Schultern des Jungen hin und wieder zuckten, wie bei Kindern, die sehr viel geweint haben. Er hatte gedacht, Davide habe eine Art Schluckauf, aber jetzt begriff er, dass das Zucken einen anderen Grund hatte. Und er begriff auch, warum sie sie jetzt nicht sehen konnten: Die Ärzte waren gerade dabei, sie wieder zusammenzuflicken. Sein Vater hatte ihm die totale Verstümmelung einmal sehr anschaulich beschrieben: Das

Schlimmste – von der Entstellung einmal abgesehen – waren die senkrechten Schnitte an den Mundwinkeln, denn wochenlang würde sie nicht sprechen und nicht essen können. Es war klar: Solange sie sie nicht zusammengenäht hatten, konnten sie sie nicht sehen.

»Dann fahren wir jetzt zur Piazza Castello.« Er erklärte ihm genau, wohin sie wollten, zu wem und warum, und er sagte ihm auch, was er zu tun hatte. »Hoffentlich entwischt er uns nicht durch eine Hintertür.«

Sie ließen das Auto auf der Piazza stehen und gingen zu Fuß. Schon bald erreichten sie das alte, enge Gässchen mit dem charakteristischen Flair, in den das Briefmarkengeschäft so gar nicht hineinpasste, mit diesen beiden abnehmbaren Schaukästen, die rechts und links vom Eingang hingen und zahlreiche schöne Briefmarken enthielten, die wahrscheinlich nie jemand betrachtet hatte, am wenigsten der Inhaber des Geschäfts selbst. Sie stiegen die beiden Stufen hinunter und traten in den Raum, der nicht viel größer war als ein Badezimmer, aber den Anspruch erhob, ein elegantes Reich der Philatelie zu sein.

Es war niemand da. Der Raum war sehr dunkel, die an der Wand befestigten, mit Briefmarken geschmückten Schaukästen schimmerten sanft. Auf dem Tresen lag ein großes, aufgeschlagenes Briefmarkenalbum. Dann gab es noch einen kleinen Sessel und einen großen Aschenbecher aus rotem Glas, der keine Kippen, dafür aber eine umso dickere Staubschicht enthielt. Signor A musste auf Rat seiner Ärzte schon vor einiger Zeit mit dem Rauchen aufgehört haben. Vor allem aber herrschte tiefe Stille. Nicht einmal die Türglocke hatte gebimmelt, als sie eingetreten waren.

»Ist hier jemand?«, fragte er höflich, und höflich schaute er auf die kleine, angelehnte Tür an der Rückseite des Geschäfts, und da begriff er, was dieses unangenehme Gefühl verursachte: Sie wurden beobachtet, von einem dieser Schaukästen aus, eine der Briefmarken war keine Briefmarke, sondern ein Loch in der Wand, um das Geschäft von dem hinteren Raum aus überblicken zu können. Gern hätte er gewusst, welche Briefmarke das wohl war – eigentlich eine kindische Neugier.

Endlich öffnete sich das Türchen hinten im Laden, und lächelnd erschien ein eleganter Herr mit grauem Schnurrbart, der genauso aussah, wie Livia ihn beschrieben hatte: Signor A.

»Entschul…« Signor A hatte wohl »Entschuldigung« sagen wollen, weil er sie so lange hatte warten lassen, doch da griffen sie schon über den Tresen, zogen ihn mit Schwung zu sich herüber, drückten ihn in den Sessel, und Duca gab ihm eine saftige Ohrfeige, sodass er etwas benommen wirkte, während Davide ihn durchsuchte.

»Ja, hier«, sagte Davide.

Er zeigte ihm eine kleine Damenpistole, die Signor A wohl nicht regelmäßig bei sich trug; er musste sie gerade erst in die Tasche gesteckt haben, zur Sicherheit.

»Suchen Sie den Lichtschalter, damit wir hier etwas sehen können«, befahl er Davide, »und dann lassen Sie den Rollladen herunter, gehen nach hinten, verschließen die Tür und rufen Carrua an. Sagen Sie ihm, er soll kommen und den Nächsten abholen.«

Nach der Ohrfeige – dieser Begriff war ziemlich untertrieben – war das eine Auge ganz blutunterlaufen, doch Signor A hatte sich nicht beklagt, nicht ein einziges Wort war über seine Lippen gekommen.

Dafür sagte Duca jetzt ein paar Worte, die sofort jeden Zweifel ausräumten. »Ihr Freund, der Fotograf, und der andere haben mir schon eine Menge interessanter Dinge erzählt«, begann er.

»Und jetzt sind Sie an der Reihe. Läden wie diesen gibt es gewiss noch in anderen italienischen Städten, und außerdem haben Sie bestimmt Verbindungen zu netten Kollegen im Ausland. Ich brauche Namen, Adressen, Einzelheiten. Davide, suchen Sie ein Stück Papier und kommen Sie her, um alles zu notieren.« Dann wandte er sich wieder an den stummen Signor A, der allerdings nicht nur stumm war, sondern auch den starren Blick dessen hatte, der nie und nimmer reden würde. »Sie sind bereits über fünfzig. Ich gebe Ihnen mein Wort als Arzt, dass Sie mehr als drei Schläge in die Leber nicht aushalten werden. Spätestens beim dritten explodieren Ihre Eingeweide. Dies ist der erste.«

Mit einer Hand hielt er ihm gleichzeitig den Mund zu, aber Signor A hatte nicht einmal die Kraft zu stöhnen. Seine Augen, die aussahen, als würden sie aus den Höhlen treten, hatten das versteinerte »Ich werde kein einziges Wort sagen« bereits verloren, und so stellte er ihm die erste Frage.

»Antworten Sie bitte rasch.«

Japsend, mit weißer Nase und bleichen Lippen, begann er zu reden. Auch auf die zweite Frage antwortete er, und auf die dritte und die vierte und auf alle anderen.

»Namen und Adressen.«

Er nannte Namen und Adressen, begann jetzt jedoch zu jammern und sich entsetzlich zu krümmen.

»Ich will alles wissen, sonst kommt der zweite.« Vielleicht hätte er bereits den zweiten Schlag nicht überlebt, auch weil er so lange in ärztlicher Behandlung gewesen war, um seine Leber wieder in Ordnung zu bringen. Trotzdem hätte Duca nicht eine Sekunde gezögert. Signor A begriff das und nannte auch den letzten Namen und die letzte Adresse, obwohl er sich geschworen hatte, das nie und nimmer zu tun.

»Ich glaube, das war alles.« Er blickte ihn an und bedankte sich. »Das war sehr klug von Ihnen.«

Davide hatte fast drei große Briefbogen beschrieben. Sie zogen den Rollladen hoch, löschten das Licht und warteten im Halbdunkel. Nur das Stöhnen des kleinen Bosses war zu vernehmen.

Dann erschien Mascaranti mit zwei Polizeibeamten, nahm Signor A und die drei Briefbogen mit, und Duca und Davide waren frei.

5

Fertig«, sagte Duca zu Davide.

Sie gingen zu ihrer Giulietta zurück. Sie waren fertig, alles war geklärt, und im Grunde war alles so verdammt einfach. »Jetzt fahren wir zum Cavour, um die Rechnung zu bezahlen.«

Von der glühend heißen Straße traten sie in die frühlingshaft kühle Bergluft des Hotels Cavour. Er bat um die Rechnung und zwei Flaschen Bier. Im Zimmer zog er sich das Jackett aus – Davide forderte er gar nicht erst auf, es ihm gleichzutun, denn er behielt es ja doch an –, setzte sich auf die Bettkante und rief im Fatebenefratelli an. Die Telefonistin des Krankenhauses stellte ihn zur Station durch, die Schwester bat ihn, einen Moment zu warten; dann hörte er die Stimme des Kollegen.

»Hier Lamberti.«

Der Kollege, ein älterer Arzt mit väterlichem Tonfall, begrüßte ihn herzlich.

»Vor knapp zwei Stunden hat man dir ein Mädchen mit einem schlimm zugerichteten Gesicht gebracht.«

Der Kollege bejahte und sagte, er sei gerade mit dem Verbinden fertig geworden. Auf seine Fragen antwortete er, nein, sie stünde nicht unter Schock, nein, der allgemeine psychische und physische Zustand sei gut, wirklich ein unglaubliches Mädchen; sie hätte sogar zu lächeln versucht, und schließlich beantwortete er ihm seine Fragen zur technischen Seite der Schnitte.

»In einer Stunde komme ich sie besuchen, bist du dann noch da?«

Nein, aber sein Kollege würde noch da sein und freute sich schon darauf, ihn begrüßen zu können. Gut. »Auch mit Ihnen bin ich nun fertig, Davide«, sagte er, als er den Hörer aufgelegt hatte. »Sie brauchen mich jetzt nicht mehr.« Er würde sich nicht mehr betrinken, auch wenn er nie ein Abstinenzler sein würde. Davide antwortete nicht.

»Ich möchte Sie um einen Gefallen bitten«, sagte er, als sie das Hotel verließen. »Ich habe noch zwei Dinge zu erledigen. Können Sie mich noch einmal fahren?«

Davide nickte.

»Gut, dann bringen Sie mich jetzt in die Via Plinio«, auch er nickte, »ja, zu Livias Familie.«

Davide fuhr langsam. »Wie geht es Livia?«

»Man hat mir mitgeteilt, es gehe ihr gut.« Eigentlich war das keine richtige Antwort, aber viel gab es da auch nicht zu sagen.

In der Via Plinio stieg er aus. »Es wird eine Weile dauern.« Er verschwand im Hauseingang und kam erst eine knappe halbe Stunde später wieder heraus. »Und jetzt fahren wir zum Fatebenefratelli.« So, jetzt waren sie endgültig fertig. Als Davide vor dem Krankenhaus anhielt, legte er ihm die Hand auf den Arm. »Es ist besser, Sie kommen nicht mit, Sie haben schon genug gesehen.«

Duca ging ins Krankenhaus. Ein Pfleger erkannte ihn und begrüßte ihn überschwänglich. Er sei so froh, ihn wieder zu sehen, sagte er. Dann kam er auf die Station und begegnete seinem Kollegen, der gerade gehen wollte. Der Alte umarmte ihn, er war diskret und klug, stellte keine Fragen, sondern antwortete nur auf die von Duca, die rein technischer Natur waren, und schließlich begleitete er ihn zu Livias Zimmer.

»Bis später. Wenn du etwas brauchst – ich bin drüben im Ärztezimmer«, meinte der Kollege.

»Danke«, antwortete er und schloss die Tür. Er schaute zu der spanischen Wand hinüber, hinter der Livias Bett stand. »Ich bin es, Livia«, sagte er.

Er ging um den Wandschirm herum, blieb einen Augenblick am Fußende des Betts stehen und blickte sie an. Dann holte er sich einen Stuhl und rückte ganz nah an ihr Bett. »Als Erstes möchte ich Ihnen sagen, dass ich gerade bei Ihrem Vater gewesen bin. Ich habe ihm erzählt, dass die Polizei Ihnen einen geheimen Auftrag erteilt hat und Sie eine Weile nicht nach Hause kommen werden. Er war natürlich ziemlich erstaunt, aber er hat mir geglaubt. Demnächst werde ich ihm auch Mascaranti schicken, und dann wird er endgültig überzeugt sein. Um Ihre Familie brauchen Sie sich also keine Sorgen zu machen.«

Damit sie die Lider nicht bewegte, denn auch in den Augenwinkeln hatte sie senkrechte Schnitte, hatte man ihr die Augen verbunden. Seine Livia Ussaro – ach nein, es war tatsächlich kein Pseudonym, hier lag ein Husar aus Fleisch und Blut, ein lebendiges, verletztes, gequältes und doch unbezwingbares Wesen – hob deshalb ein wenig die Hand, die unter der Bettdecke hervorlugte, und suchte die seine. Sie fand sie sofort und drückte sie ein wenig, einmal, zweimal, und sagte ihm damit »Danke, das ist gut«, denn reden konnte sie nicht. Für sie war es ganz klar, dass in diesem Händehalten nichts Persönliches lag, und Zuneigung erst recht nicht, es war schlicht und einfach eine Art zu kommunizieren, ihm mitzuteilen, dass sie zuhörte und verstand.

»Die Mailänder Mitglieder der Bande sind alle geschnappt worden«, begann er wieder. Eine andere Frau hätte er vielleicht damit trösten müssen, dass ihre Wunden schon bald heilen würden und die plastische Chirurgie heutzutage wahre Wunder vollbringt, dass sie schon in ein paar Wochen und so weiter, und so weiter. Aber nicht Livia Ussaro. Entweder sie dachte und hoffte diese Dinge selbst, dann hatte sie es nicht nötig, dass ihr jemand so etwas sagte, oder sie dachte und hoffte es nicht, dann würde es sie nur ärgern, wenn es jemand sagte. »Und außerdem haben wir die Namen einer Reihe von großen Bossen in ganz Europa, und deshalb wird jetzt auch Interpol eingeschaltet. Die Mafia hat mit ihren Methoden eine ausgeklügelte Organisation aufgebaut, um einer ausgewählten Kundschaft einen Luxusservice anbieten zu können. Unter den tausenden von Großstadtfrauen, die in Frage kamen, wurden immer nur die Besten ausgewählt. Die Ausbeutung von Frauen ist seit Jahren ein rückläufiges Geschäft, vor allem, wie mir Signor A sagte, in Bezug auf das Material zweiter Wahl. Aus diesem Grund haben einige Bosse, die im großen Stil und unter Federführung der Mafia arbeiten, beschlossen, einen Prostituiertenring der Luxusklasse aufzubauen. Nachdem die Frauen in diesem Ring zur Genüge ausgebeutet worden waren, konnten sie an die niederen Kategorien weitergegeben werden ... Ermüde ich Sie?« Dieser unsinnige Gedanke war ihm ganz spontan gekommen, schließlich war Livia vor wenigen Stunden einem Sadisten ausgeliefert gewesen, aber der Druck ihrer Hand sagte ihm, dass er mit dieser Annahme falsch lag. Er sollte weiterreden: Was Livia am allermeisten brauchte, war, dass er redete.

»Die Beschaffung dieses Materials erster Klasse war der kritische Punkt der ganzen Organisation. Man hatte es hier ja nicht mit kleinen, verdorbenen Mädchen zu tun, die leicht zu überreden und mit ein paar Ohrfeigen immer wieder zur Vernunft zu bringen waren. Dies hier waren ›neue‹ Mädchen, oder jedenfalls fast neue, die wie Alberta aus ehrbaren Familien stammten und oft bereuten, worauf sie sich eingelassen hatten, die zunächst einverstanden gewesen waren, dann aber einen tieferen Einblick in die Organisation bekommen hatten und wieder aussteigen wollten. Wenn sie da nicht skrupellos durchgegriffen hätten, wäre das Geschäft schon nach ein paar Wochen zusammengebrochen. Deshalb hatte jede Gruppe so einen fiesen Kerl wie den, dessen Bekanntschaft Sie heute gemacht haben.«

Der fiese Kerl brachte die Schwankenden zur Vernunft, und wer rebellierte, wurde bestraft. Außerdem hatte er die Aufgabe, die angeworbenen Mädchen an den jeweiligen Bestimmungsort zu ihrem Arbeitsplatz zu bringen.

»Die Fotografien hatten eine doppelte Funktion«, fuhr er fort und versuchte dabei, nicht auf die Verbände zu achten, unter denen sich ihr Gesicht verbarg. »Erstens kamen sie in eine Art Katalog, der bei Liebhabern und Leuten vom Fach in ganz Europa herumgereicht wurde. Und zweitens wurden sie benutzt, um die abgelichteten Mädchen zu erpressen. Die meisten, die gern abgesprungen wären, gaben nach, wenn man ihnen drohte, ihre Fotos dem Vater, dem Freund oder den Arbeitskollegen zu zeigen. Bei Alberta aber war es anders gelaufen: Sie hatte sich nicht einschüchtern lassen, sondern sich sogar den gerade erst belichteten Film geschnappt.«

Das war ein schweres Vergehen, erklärte er ihr und ließ seine offene Hand dabei weiter auf ihrem Bett liegen, und in seiner Hand lag die ihre, immer bereit, mit den Fingern leichten Druck auszuüben, um etwas zu fragen oder zu antworten. Wahrscheinlich war niemals zuvor ein Film gestohlen worden. Das reibungslose Funktionieren des ganzen Mechanismus beruhte aber gerade auf der Geheimhaltung dieser Bilder. Damit dieses Geheimnis sicher gehütet wurde, hatte man eigens ein paar ganz unverdächtige Fotostudios eingerichtet. In Mailand war es das Studio, in dem der Homosexuelle Fahrzeugmodelle fotografierte, Autos, Traktoren, Lastwagen, mit schönen Landschaftsfotos im Hintergrund. Er arbeitete für ganz seriöse Firmen, machte Werbeaufnahmen für die Industrie – eine elegante Lösung, da man es so vermied, die Aufmerksamkeit der Polizei zu erregen. Die Fotos in einer Privatwohnung zu knipsen, mit immer anderen Mädchen, die kamen und gingen, wäre viel zu riskant gewesen, deshalb brauchte man ein Schild mit der Aufschrift »Foto Sowieso«. Tatsächlich funktionierte dieses System seit gut zwei Jahren blendend in ganz Europa diesseits des Eisernen Vorhangs, denn auf der anderen Seite haben sie andere Methoden. Und da kommt Alberta und schnappt sich den Film, und die ganze Struktur droht einzustürzen wie ein Kartenhaus, denn selbst der blauäugigste Polizist begreift sofort, worum es geht, wenn er solche Bilder sieht.

»Und deshalb ist der Kerl, den Sie heute kennen gelernt haben, aktiv geworden. Es gelang ihm jedoch nicht, Alberta Angst einzujagen oder ihrer habhaft zu werden. Deshalb holte er sich die andere, Maurilia, und drohte Alberta, er würde sie umbringen, wenn sie ihm den Film nicht aushändigte.« Es war inzwischen ziemlich dunkel im Zimmer, fast zu dunkel, denn obwohl die Sonne eigentlich noch nicht ganz untergegangen war, gab sie doch mehr staubige Wärme als Licht ab, und eigentlich war dieses Halbdunkel barmherzig, denn so konnte er hin und wieder einen Blick auf das Bett werfen, wo die dunklen Schatten die Einzelheiten ihres dick verbundenen Gesichts und nach und nach sogar seine Formen selbst verbargen.

Da begriff Alberta – er erklärte es ihr ganz objektiv, ohne die geringste Unruhe in der Stimme –, dass sie sie in jedem Fall umbringen würden, auch wenn sie den Film zurückgab, und zwar erst ihre arme Freundin und dann sie selbst. Und sie hatte Recht, denn Maurilia hatten sie bereits nach Rom verschleppt und im Tiber ertränkt, und jetzt warteten sie nur auf den geeigneten Moment, auch ihrer habhaft zu werden.

Alberta hatte einen Schock erlitten, denn ganz plötzlich war ihr klar geworden, in was für einem Abgrund von Niedertracht und Gewalt sie geraten war. Doch sie war eine unbeugsame Frau, auch sich selbst gegenüber. Sie wollte den Film bei der Polizei abliefern, alles erklären und sich dann umbringen. Deshalb hatte sie den Brief an ihre Schwester in der Handtasche. Bevor sie sich umbrachte, musste sie ihr allerdings die fünfzigtausend Lire für die Nebenkosten ihrer Wohnung beschaffen, denn auch im Kleinen war sie unbeugsam, und so verdiente sie sich das Geld auf die einzige Art, die ihr in dieser Situation möglich war: Sie suchte sich einen Freier. Und fand Davide.

Sie wusste, dass sie verfolgt wurde und in Gefahr war, aber sie mischte sich immer wieder geschickt unter die Leute, und als Davide bereit war, sie mitzunehmen, fühlte sie sich etwas sicherer. Davides Gesellschaft löste dann eine Krise in ihr aus. Sie fühlte sich schwach, wollte leben, wollte fliehen, dachte, dass alles anders wäre, wenn sie weit weg führen. Davide aber konnte den Grund ihrer Krise nicht ahnen und setzte sie am Ende der Autobahn einfach auf die Straße. Und der Mann mit dem Mercedes 230 wartete schon.

»Sie können sich ja vorstellen, was dann passiert ist. Der Mann verlangte nach dem Film, sie aber hatte ihn, ohne es zu merken, in Davides Auto verloren. Er glaubte ihr nicht, durchwühlte ihre Handtasche und fand den Brief an die Schwester: Der Teufel selbst hatte ihm einen prächtigen Weg gezeigt, sie zu ermorden. Er schlug sie nieder, legte sie auf die Wiese und schnitt ihr die Pulsadern auf.« Er war wirklich ein praktisch veranlagter Mensch, der hervorragend mit dem Messer umgehen konnte. »Und dann nahm er sich noch vierzigtausend von den fünfzigtausend Lire, die Davide Alberta gegeben hatte, denn Leute von seinem Schlag sind unfähig, beim Anblick eines Zehntausendlirescheins einen kühlen Kopf zu bewahren.« Auch wenn die Polizei den beiden nicht gerade überzeugenden Selbstmorden weiter nachgegangen wäre, hätte sie den Hintergrund dafür ohne den Minoxfilm nie aufklären können. Der Film aber hatte mit einem einst tränennassen Taschentuch ein Jahr lang im Koffer von Davide gelegen, einem kerngesunden jungen Mann, der allerdings dabei war, in einer Psychose und im Alkohol zu versinken.

Er musste weiterreden, denn bei jeder längeren Pause drückte sie mit ihren Fingern sanft auf seine Handfläche. Zum Glück war es schon ziemlich dunkel im Zimmer, und zum Glück kam dann auch die Krankenschwester herein und fragte: »Sind Sie Dr. Lamberti?«

Er bejahte, schließlich stimmte es ja, auch wenn es in diesem Moment sehr, sehr schwer war, Duca Lamberti zu sein.

»Hier sind zwei Herrschaften, die Sie sprechen möchten.«

Er drückte Livias Hand. »Livia, ich gehe nur eine Sekunde hinaus, ich bin gleich wieder da.« Mit einem Druck ihrer Finger antwortete sie, ja, er konnte gehen.

Im Flur standen Davide und sein Vater, noch immer klein, noch immer Herrscher, noch immer ohne den geringsten Zweifel.

»Es tut mir Leid, dass Davide Sie jetzt hierher gebracht hat, so dringend war es auch wieder nicht.«

»Keine Ursache. Davide hat mir gesagt, Sie wollten mich sofort sehen.«

Ist ja gut, Cäsar, werd bloß nicht wütend. »Als Erstes möchte ich Ihnen Ihren Sohn zurückgeben.« Eine Schwester kam vorbei, die ihn erkannte und ihm zulächelte. »Er ist nie ein Alkoholiker gewesen und wird auch nie einer sein. Und er ist auch nicht ›groß, aber Kamuffel‹, wie Sie sagten.«

Der Kleine blickte zu Davide hoch. »Ich hoffe, die Diagnose des Doktors stimmt.«

Sicher. »Und dann wollte ich Sie um einen Gefallen bitten.« Er bat ihn, in ein paar Wochen ein Mädchen, das nach einem Unfall ziemlich entstellt sei, in seine Villa nach Inverigo bringen zu dürfen, wo sie eine Weile abgeschieden leben könnte, bis sich ihr Zustand ein wenig gebessert hätte.

»Davide hat mir gesagt, dass es kein Autounfall war«, stellte der Cäsar klar, allerdings mit einer gewissen Betroffenheit. »Schrecklich. Ich werde alles für Sie tun, was in meiner Macht steht, für Sie und das Mädchen. Die Villa steht Ihnen ab sofort zur Verfügung.«

»Danke.«

Davide wagte eine Frage: »Darf ich hineingehen, nur einen Moment?«

Er bat ihn inständig, aber es war besser, dass er es nicht tat, und so schüttelte er den Kopf. »Vielleicht morgen. Jetzt möchte ich Sie aber noch um einen Gefallen bitten: Sie könnten bei meiner Schwester vorbeifahren, die noch gar nicht weiß, was los ist. Erklären Sie ihr in groben Zügen, was passiert ist, und wenn Sie Zeit haben, leisten Sie ihr ein wenig Gesellschaft.« Lorenza war zu viel allein, er musste da eine Lösung finden. Für sich selbst musste er übrigens auch eine finden.

Er verabschiedete die beiden Auseris und ging in das Krankenzimmer zurück. Er sagte: »Ich bin's«, und dann setzte er sich wieder an ihr Bett und legte seine offene Handfläche auf das Laken, direkt neben ihre Hand, und sie legte sofort ihre Finger darauf und drückte. Sie wollte, dass er redete. In seinem Hirn brodelten die Gedanken, aber er musste ein Thema finden, das Fräulein Allgemeine Fragen zufrieden stellte. Ja, die Euthanasie! Darüber hatte er noch nie mit ihr geredet, obwohl sie ihn deshalb doch so bewunderte. Genau, jetzt war der Moment gekommen, sie damit glücklich zu machen.

»Vor drei Jahren, als ich verurteilt wurde…«, begann er. Die ganze Theorie der Sterbehilfe würde er ihr erklären, und sie würde glücklich sein, auch in diesem Krankenzimmer, so entstellt und verbunden, wie sie war, denn für sie gab es Dinge im Leben, die viel wichtiger waren als das, und zwar die Gedanken mit einem ganz großen »G«, die Theorien, die Gerechtigkeit und so weiter. »… denn Sterbehilfe…«, fuhr er fort und drückte zart ihre Hand…